AF304501

**Philip Schönenberg** wurde in einem kleinen Dorf bei Bonn geboren. Er besaß schon früh eine blühende Fantasie und wurde zum Ausdenken eigener, kleiner Welten und Geschichten motiviert. Im Winter des Jahres 2016 begann er erstmals damit, Kurzgeschichten und Gedichte zu schreiben, die er zunächst nur Freunden zeigte, später allerdings auch online veröffentlichte.

**Jo Jonson** wurde 1988 in einem kleinen Dorf bei Leipzig geboren. Als sie an einem Sommernachmittag im Jahr 2004 aus lauter Langeweile anfing, Geschichten zu schreiben, konnte sie nicht ahnen, dass sie nie wieder damit aufhören würde. Im Frühjahr 2017 erschien ihr Debütroman. Im Herbst des selben Jahres folgte gleich ihr zweites Werk "Behind the Spotlights – Tage aus Licht". Im September 2019 erschien ihr Liebesroman "Right for Love" im Digital Publishers Verlag. Ein Jahr später folgte ihr Inselroman "Sommerküsse im Paradies" und der romantische Spannungsroman "Love and Lies – Riskantes Spiel", den sie mit ihrem guten Autorenfreund Phil Schönenberg schrieb. Aktuell sitzt Jo an der Fortsetzung ihres Romanes "Behind the Spotlights".

JO JONSON & PHILIP SCHÖNEBERG

# LOVE AND Lies

RISKANTES SPIEL

Überarbeitete Neuausgabe Juni 2022

© 2022 dp Verlag, ein Imprint der dp DIGITAL PUBLISHERS GmbH

Made in Stuttgart with ♥
Alle Rechte vorbehalten

## Love and Lies

ISBN 978-3-98637-701-4
E-Book-ISBN 978-3-98637-695-6

Covergestaltung: ARTC.ore Design
Umschlaggestaltung: ARTC.ore Design
Unter Verwendung von Abbildungen von
shutterstock.com: © Novak Larisa
Lektorat: Lektorat Reim
Satz: dp DIGITAL PUBLISHERS GmbH
Druck und Bindung: Books on Demand GmbH, Norderstedt

Das Werk darf – auch teilweise – nur mit
Genehmigung des Verlages wiedergegeben werden.

Sämtliche Personen und Ereignisse dieses Werks sind frei
erfunden. Etwaige Ähnlichkeiten mit real existierenden Personen,
ob lebend oder tot, wären rein zufällig.

*Für Liv*
*Heller Stern in kalter Winternacht*

*Klatschmohn in der Gegend von Argenteuil*
*~ Claude Monet ~*

Gedankenverloren sah Samantha aus dem Fenster auf die Straße, die sich unter dem prasselnden Regenguss langsam in einen reißenden Fluss verwandelte. Sie spülte die Teller mechanisch, wie alles, was sie in dem Haus tat, das sie in ihrem Kopf als gläsernes Gefängnis bezeichnete. Es war eines dieser modernen Häuser mit einer Fassade aus Glas und exklusiven Möbeln, die auf dem teuren Boden um den ersten Preis einer Schönheitskonkurrenz wetteiferten, die erst noch erfunden werden musste. Es war ein dreistöckiges wunderschönes Gebäude mit einem Spitzdach aus dunkelgrauem Schiefer und besaß einen Salon für Robert und seine Geschäftsfreunde, den sie nur betreten durfte, wenn sie ihnen Häppchen und Aperitifs servierte. Direkt daneben befand sich eine Bibliothek mit Büchern, von denen sie kein einziges interessierte. Nicht dass sie nicht gern gelesen hätte, doch ihre Groschenromane – wie ihr Mann sie nannte – fanden genauso gut in ihrer Kommode im Schlafzimmer Platz. Das Wohnzimmer beherrschte beinahe das gesamte Untergeschoss und bot keinerlei Gemütlichkeit bis auf die kleine Ecke weitab der verglasten Wände, die sie sich in einem langen Disput mit ihrem Mann erkämpft hatte. Ein hölzerner Schaukelstuhl vor dem Kamin, von dem aus sie das Treiben draußen beobachten konnte, ohne selbst gesehen zu werden. So war es ihr am liebsten.

Es gab noch viele weitere perfekt eingerichtete Räume im Haus, die niemand jemals betrat außer ihr Hausmädchen Nancy. Ohnehin war Samantha die meiste Zeit in der Küche. Zuerst, weil Robert es verlangt hatte. „Eine anständige Ehefrau soll in der Lage sein, ein anständiges Essen zu kochen.“

Irgendwann hatte ihr das Herumexperimentieren mit den verschiedenen Zutaten und Gewürzen Spaß gemacht und ihrem Leben einen Sinn gegeben, den sie lange Zeit vermisst hatte.

Robert war ein vermögender Banker, schon damals, als sie als naive Unschuld von achtzehn Jahren seine Frau geworden war. Samantha kam aus einem zerrütteten Elternhaus. Sie konnte nicht sagen, ob es an der Armut gelegen hatte, dass es auch an der Liebe mangelte. Bereits als kleines Mädchen schwor sie sich, so niemals enden zu wollen. Und so wählte sie sich schon immer Freundinnen aus besseren Kreisen, die sie hauptsächlich in diversen Kunstkursen kennenlernte. Ihre kultivierten Umgangsformen, die sie sich mühevoll selbst antrainierte, sowie ihre Schönheit öffneten Samantha Tür und Tor. So zog sie nachts mit ihren Freundinnen durch die gehobenen Szenelokale der angesagtesten Viertel New Yorks. In einem dieser Lokale lernte sie Robert kennen, der sofort von ihr angetan war. Sie tauschten Telefonnummern aus und nur zu gern hatte sie sich in die Romanze mit dem schönen, reichen Prinzen fallen gelassen. Er umschmeichelte sie mit Rosen, holte sie in seinem teuren Auto von der High School ab, und sie war so geblendet von seinem Reichtum, seinem guten Aussehen und seiner Art, die so anders war als die der unreifen Jungs an ihrer Schule, dass sie seinem Werben nachgab.

Heute war sie eine reiche verheiratete Frau. Hier in den Hamptons, wo Long Island viel mehr als nur ein Eistee war, gehörte es sich nicht, dass die Frauen einer anderen Karriere nachgingen, als der, ihrem Mann eine gute Ehefrau zu sein. Samantha durfte sich kaufen, was sie wollte, konnte ihre Zeit in den Country Clubs der Schönen und Reichen verbringen.

Schließlich war sie selbst nicht weniger als das. Ihr langes blondes Haar, das ihr bis über die Hüfte reichte, war seidenweich und sprach von teurer Pflege. Ihre Haut war weiß und makellos, was weniger ihrem Bankkonto als guten Genen ihrer Familie mütterlicherseits zu verdanken war. Sie hatte große rauchgraue Augen, mit denen es ihr ein Leichtes gewesen war, einen gutaussehenden reichen Mann wie Robert dazu zu bringen, sie zu heiraten. Nur dass es ihr damals nicht ums Geld gegangen war. Sie hatte wirklich geglaubt, sich in diesen Mann verliebt zu haben.

Heute konnte sie es nicht mehr sagen. Heute war sie klüger. Heute wusste sie, dass sie nur ein hübsches Spielzeug für ihn war. Eines von vielen, wenngleich sie das Privileg bekommen hatte, den Namen Carstairs tragen zu dürfen. Sie erwartete längst keine Blumen mehr, die bekamen nur die Frauen, die er auf seinem Schreibtisch vögelte, wenn er ihr sagte, er müsse mal wieder Überstunden machen. Ein Blick in sein Telefon hatte genügt, es herauszufinden. Er hielt sie nach wie vor für ahnungslos. Seit sie es wusste, hatte sie damit aufgehört, abends auf ihn zu warten. Stattdessen hatte sie sich ebenfalls neue Anreize gesucht und diese in der Kunst gefunden.

Robert würde Augen machen, wenn er wüsste, wie weit sie dabei bereits gegangen war. Es bereitete Samantha im wahrsten Sinne des Wortes ein diebisches Vergnügen, sich vorzustellen, wie er eines Tages die doppelte Wand in ihrem Kleiderschrank entdeckte, die sie nur zu dem Zweck eingebaut hatte, ihre gesammelten Kunstwerke dahinter zu verbergen. Wer hätte schon gerade bei einer tugendsamen Frau aus gutem Hause nach jahrelang gesuchtem Diebesgut geforscht?

Sie trocknete sich die Hände ab und glättete den Zeitungsausschnitt, der auf der Spüle lag und den sie seit Wochen mit sich herumtrug. Das Bild über dem Artikel zeigte ein verwaschenes Ölgemälde von Monet. Darauf zu sehen war ein Mohnfeld und dahinter ein kleines Haus, das sie als so heimisch empfand, dass sie zu gern durch das Bild gestiegen wäre, um durch den strahlenden Mohn zu laufen.

Es erinnerte sie an das Haus ihrer Großmutter. Sie dachte nicht gern an sie zurück, da die Erinnerungen schmerzten. Gleichzeitig bargen sie eine Freude und Liebe, die Samantha so nie wieder empfunden hatte. Auch Grannys Haus war im Sommer stets von einem prachtvoll blühenden Mohnfeld umgeben gewesen.

Samantha hatte es genossen, frei von den Streitereien ihrer Eltern, dort ihre Ferien verbringen zu können. Sie war stundenlang durch das Mohnfeld gewandert und stets hatte Granny sie danach mit offenen Armen und einem Lächeln erwartet. Diese Art des Sich-Zuhause-Fühlens hatte sie sich auch von ihrer Ehe versprochen. Heute war sie klüger. Aber vielleicht war das Bild in der Lage, ihr etwas von diesem Gefühl in das kalte Glashaus zu bringen. Deswegen musste sie es haben und war bereit, alles dafür aufs Spiel zu setzen, was sie ausmachte. Ein Einbruch ins Met war kein Sonntagsspaziergang. Das wusste sie umso besser, da sie sich seit Wochen darauf vorbereitete. Es gab noch eintausend Unwägbarkeiten, die sie nicht vorhersagen konnte. Sie hatte versucht, das Gemälde zu vergessen, doch es hatte sich in ihre Träume geschlichen und war fast ein Teil ihrer selbst geworden.

Sie faltete lächelnd den Artikel zusammen und steckte ihn sich in die Tasche ihrer teuren Seidenbluse, ehe sie sich daran machte, das Haus zu verlassen. Sie würde sich das Bild in der Galerie ansehen und herausfinden, ob es den Aufwand wert war, es zu ihrem eigenen zu machen.

*Regen prasselte auf die Windschutzscheibe des schwarzen Ford Crown Victoria, den Derrick seit Anfang seiner Karriere als Detective beim NYPD fuhr. Den Commissioner hatte er gebeten, ihm einen der neuen Dodge Charger zu überlassen.*

*„Man kann es sich nun mal nicht aussuchen", hatte dieser nur trocken erwidert.*

Ein Charger hätte wenigstens eine vernünftige Heizung gehabt, regelmäßig musste er die beschlagenen Scheiben freiwischen. Drei Stunden in klirrender Kälte in einem halb defekten Ford wartete er nun bereits vor dem Metropolitan Museum of Art auf eine unbekannte Person, die vielleicht auftauchte. Niemand im NYPD wusste, ob der Unbekannte wirklich kommen würde. Aber die Raubzüge, die die Ostküste der USA plagten, wurden in den letzten Monaten immer mehr. Und dies war die bedeutendste Ausstellung des Jahres. Die Chancen standen nicht schlecht.

Es gab durchaus angenehmere Möglichkeiten, einen Freitagabend zu verbringen. Direkt hinter ihm war ein italienisches Restaurant, Giovanni Venticinque. Viel zu teuer für seine Gehaltsklasse, allerdings perfekt für die umliegenden Bewohner der E 83rd Street, zwischen Fifth und Madison Avenue.

Derrick spielte an einem abgenutzten Stück Plastik herum, das von der Mittelkonsole abgefallen war. Zehntausend Gäste würden dieser Ausstellung in drei Tagen beiwohnen. Darunter vielleicht ein Kunsträuber. Eine komplette Einsatzgruppe des NYPD war abgestellt worden, um die Sicherheit der ausgestellten Gemälde zu gewährleisten. Der Commissioner wusste genauso gut wie Derrick, dass jeder Treffer hier ein Glücksgriff wäre.

„NYPD, hier Detective Graves, bitte um Ablösung an der 83rd, ich will mir den Laden mal von innen ansehen", sprach er in das Funkgerät, als er das Warten leid war.

In der Sekunde, in der er die Autotür aufschwang, war er schon komplett durchnässt. Die langen dunkelblonden Haare hatten sich zu einem golden schimmernden Schwarz verfärbt und hingen in sein Gesicht. Er strich sie sich aus dem Sichtfeld und lief mit schnellen Schritten auf den Haupteingang des Met zu. Sein dunkelblauer Trenchcoat konnte ihm vor dem Regenguss kaum Schutz bieten.

Ausgerechnet er hatte den Beobachtungspunkt bekommen, der am weitesten vom Eingang entfernt war. Aus der Perspektive seines Autos war die sonst so belebte Upper East Side beinahe menschenleer, aber je näher er der Fifth Avenue kam, desto deutlicher war die Traube von Menschen sichtbar, die sich vor den Treppen zum Eingang gebildet hatte.

Zu seinem Glück war die Schlange unter einer Art Pavillon vor dem Regen geschützt. Seine Dienstmarke durfte er an der Tür nicht vorzeigen, das war Teil der Mission. Niemand im NYPD wusste, wie gut sich der Räuber vorbereitete, aber eine Erfolgsquote von einhundert Prozent war definitiv Grund genug, mit größtmöglicher Sorgfalt vorzugehen.

Obwohl sich die Schlange relativ zügig voranbewegte, nahm sich Derrick die Zeit, alle Personen in der Umgebung unter die Lupe zu nehmen. Verdächtig kam ihm allerdings nichts vor. Ein Herr sah ständig auf sein Smartphone, etwas nervös, aber wer tat das in New York City nicht? Ein anderer sah häufig zum Dach hinauf, wieder ein anderer schaute ständig über die Schulter. Eine Gruppe Herren hatte größere Rucksäcke dabei. Einer, fast noch ein Junge, schien sich pedantisch die Lederhandschuhe zu reinigen. Als ob er keine Spuren hinterlassen wollte. Oder als ob er einfach an einem gewöhnlichen Putzfimmel litt. Jeder konnte ein Verdächtiger sein.

„Name?", fragte das Wachpersonal am Eingang barsch.

„Graves. Ich habe eine Einla..."

*„Okay, Sie können weiter", wurde er unfreundlich unterbrochen.*

*In weit ausfallenden Schritten bewegte sich Derrick bis zum hinteren Ende der Eingangshalle. Vor ihm hing ein Schild. Es verwies auf Kandinsky, Kirchner, Nolde und Chagall zur Linken, der Flügel für expressionistische Kunst. Renoir, Monet, Van Gogh zur Rechten, Impressionismus. Geradeaus ein Ensemble verschiedener Künstler der klassischen Epochen. Sein Blick wanderte nach oben, zur gläsernen Dachkuppel, von der Regentropfen langsam hinabliefen.*

*„Wo bist du?", murmelte er.*

Sie näherte sich dem Museum in dem nachlässigen Studentinnen-Look, der zwei Stunden akribische Vorbereitungszeit benötigt hatte. Sie hatte kaum Make-up aufgelegt, doch ihre Augen mittels buntem Lidschatten groß und unbedarft gezaubert. Der hohe unordentliche Zopf schenkte ihr noch einmal fünf Jahre, auch wenn der Regen sie ihr fast schon lasziv an der Haut kleben ließ. Die zerfetzten Jeans und der Oversize-Pullover taten ihr Übriges. Die neu gekauften Converse hatte sie so lange mit einer Küchenschere bearbeitet, dass sie gerade noch gepflegt genug aussahen, um im Met Einlass zu finden. Über ihrer Schulter hing lässig ein schwarzer Rucksack, der übersät war mit bunten Buttons sowie einem Aufnäher der Tierschutzorganisation „Sea Shepherd", den sie in Rekordzeit in ihrem Auto angenäht hatte.

Kritisch besah sie ihr Spiegelbild in einer der überdimensionalen Fensterscheiben der Fifth Avenue und dachte zufrieden, dass sie gut und gerne als Anfang zwanzig durchging. Zur Krönung setzte sie noch eine große Brille mit schwarzem Rahmen auf. Diese hatte sie in einer Drogerie um die Ecke gekauft, zusammen mit den Requisiten, bestehend aus Block und Stift, mit denen sie sich nun bewaffnete, ehe sie mit einem einstudiert begeisterten Lächeln die Stufen des Metropolitan Museum of Art hinauflief.

Eine der Frauen im teuren Businesskostüm am Kartenschalter musterte sie beinahe abwertend, so als ob sie bezweifelte, dass sie das nötige Kleingeld für die Eintrittskarte besaß. Sie kramte so lange in ihren Taschen nach dem Geld, wie es die Dame am Schalter zweifelsohne erwartete, und förderte schließlich grinsend einen Zwanzig-Dollar-Schein zutage.

Als die Dame mit gespitzten Lippen die Eintrittskarte über den Tresen schob und sich schon dem nächsten Besucher zuwenden wollte, schob Emily Singer – wie sie sich als Studentin nannte – demonstrativ ihren Studentenausweis über den Tresen. „Sie schulden mir noch fünf Dollar, Miss. Ich bin für meine Bachelor-Arbeit hier, wissen Sie?"

Natürlich hatte sie das nötige Kleingeld und war nicht auf Sparmaßnahmen angewiesen, doch sie war eine geborene Perfektionistin und so zog sie ihre Rolle gnadenlos durch. Außerdem bereitete es ihr ein diebisches Vergnügen zu sehen, wie die Dame am Schalter kritisch ihren perfekt selbstgefälschten Ausweis prüfte und ihn ihr resigniert mit einer Fünf-Dollar-Note zurückgab.

„Vielen Dank." Grinsend wandte sie sich ab und machte sich vergnügt auf eine Entdeckungstour durch das Museum. Zuerst kramte sie in ihrem Rucksack nach dem Museumsplan, wobei sie absichtlich ihr Haarspray herausfallen ließ, welches lautstark auf die Fliesen knallte. Die Leute drehten sich kopfschüttelnd zu ihr um. Sie tat peinlich berührt und packte es hektisch wieder ein. Wer versuchte, so wenig Aufmerksamkeit wie möglich zu erregen, erregte viel Aufmerksamkeit.

Liv – wie sie sich insgeheim in ihrem zweiten Leben nannte, wenn sie nicht gerade gezwungen war, andere Identitäten anzunehmen – war die geborene Täuscherin. Genauso wie sie bei Robert die glückliche Ehefrau spielte, schlüpfte sie nun mühelos in die Rolle der schusseligen Studentin Emily.

Sie schlenderte in gespielter Planlosigkeit durch die Räume, blieb hier und da vor einem Gemälde stehen und machte sich eifrig Notizen. Natürlich wusste sie genau, wo ihr Zielobjekt hing, aber sie war nicht so dumm, es als erstes anzusteuern. Sie musste den richtigen Zeitpunkt abwarten. Es durfte nur ein Zwischenstopp von maximal zehn Minuten sein, ehe sich die Studentin Emily wieder Dingen zuwandte, die sie mehr interessierten als ein Gemälde von roten Blumen.

Während sie lässig durch die Räume schritt, prägte sich ihr messerscharfer Verstand alles ein. Die Notausgänge, die Lage der Fenster, die Höhe der Decken, mögliche Nischen als Versteck, sollte es hart auf hart kommen. Woran sie nicht glaubte, denn sie war noch nie erwischt worden. Sie tat es seit drei Jahren. Und sie war gut.

Sie bog in den Flügel der Arts of Africa ab und stellte sich staunend vor eine der großen Maskenskulpturen, bei deren Betrachtung man fast schon die Trommeln im Hinterland Afrikas hören konnte. Während sie eine Skizze davon anfertigte, nahm sie aus den Augenwinkeln die Leute im Raum ins Visier. Eine Reisegruppe ließ sich gerade die Skulptur neben ihr erklären – eine afrikanische Frau mit einem Neugeborenen zwischen den Schenkeln, die in der typischen Gebärhaltung der Bantu neues Leben auf die Welt brachte.

Als ein einzelner Mann den Raum betrat, stellte sie sich automatisch zu der Reisegruppe und tat so, als höre sie zu, während ihre Sinne gespannt waren wie die Sehnen eines Bogens.

Der Neuankömmling roch förmlich nach Cop. Für Liv hatte sich mit seinem Eintreten die komplette Atmosphäre des Raumes verändert. Er hatte nicht das typische Aussehen eines Cops – aus den Augenwinkeln meinte sie, lange nasse Haare zu sehen. Ihr war die Gefahr der Situation durchaus bewusst. Wenn er gut war, konnte er sie ebenso erspüren wie sie ihn.

Ergriff sie sofort die Flucht, würde sie sich verraten, und so harrte sie noch zehn Minuten aus, ehe sie mit der Reisegruppe zusammen den Raum verließ. Sie wandte sich noch einmal um. Als sie sah, dass er ihr nicht folgte, machte sie sich zu ihrem eigentlichen Ziel auf den Weg.

Sie betrat die Welt des Impressionismus und nahm die anderen Gemälde nur am Rande ihres Sichtfeldes wahr wie Felder, an denen man auf der Autobahn vorbeirast. Das Zielobjekt hing in einer anheimelnden Ecke, welche einem Wohnzimmer nachempfunden war. Es thronte an einer olivfarbenen Wand über einer alten viktorianischen Couch, neben der eine ebenso alte Stehlampe stand und sanftes Licht auf die roten Blüten auf dem Gemälde warf.

Selbstvergessen trat Liv näher heran und sah auf das Häuschen hinter dem Mohnfeld. Die Sehnsucht, die sie bei diesem Anblick ergriff, riss sie beinahe von den Füßen. Sie musste es besitzen, um es immer wieder ansehen zu können, wenn sie sich wurzellos und verloren fühlte.

# Kapitel 2



Derrick stand einen Moment in der Halle der Arts of Africa, holte tief Luft und sah sich noch einmal um. Das Mädchen gehörte sicher nicht zur Gruppe, die nun von einem Guide zur nächsten Skulptur geführt wurde. Er war ihr anscheinend direkt aufgefallen, für den Bruchteil einer Sekunde trafen sich ihre Blicke. Er hob den Arm und brachte die Hand vor seinen Mund. In das kleine Mikrofon, das in seinem Ärmel befestigt war, flüsterte er: „Verdächtige Personen gefunden. Ein Mann, Haupthalle, und ein Mädchen, Halle für Impressionismus. Beide erstaunlich aufmerksam, reagieren merkwürdig auf Beobachtung. Achtet auf einen jüngeren Herrn, etwa 1,75 Meter groß, trägt ein blau-kariertes Hemd und eine schwarze Brille. Ich schaue nach dem Mädchen."

Mit langen Schritten machte er sich auf den Weg, den Saal für impressionistische Kunst zu betreten. Im großen Portal zwischen den Sälen vibrierte sein Handy. Seine Hand wanderte in die Jackentasche, und er zog es hervor. Auf dem Sperrbildschirm blinkte eine Nachricht von „Hernandez" auf. Der Commissioner. Der Nachricht ließ sich entnehmen, dass dieser anscheinend große Probleme mit dem Gedanken hatte, dass ein seit Jahren gesuchter Kunstdieb, für die Polizei bislang absolut ungreifbar, weiblich sein könnte. Derricks erste Vermutung wäre es auch nicht gewesen, aber bei ihr hatte er ein seltsames Gefühl.

„Nähere mich Zielperson", murmelte er schnell in sein Funkmikrofon und näherte sich dem Mädchen, das sich gerade einen Monet ansah. Aus der Nähe konnte er einen Collegeblock erkennen, auf dem anscheinend Notizen über diverse Kunstgegenstände der Galerie niedergeschrieben waren. Eine Studentin vielleicht?

„Sie studieren Kunst?", bemerkte er, sich neben sie stellend, ohne sie auch nur eine Sekunde anzusehen. Ein kurzes Zucken durchfuhr ihren Körper, sie wandte sich erschreckt zu ihm, wobei beinahe ihre Brille herunterfiel.

„Oh. Ja, genau, an der Columbia. Eigentlich bin ich wegen der afrikanischen Ausstellung hier. Ein Projekt über die Völker Afrikas. Aber das Bild hier ist auch ganz hübsch."

Sie sah zu Monets Klatschmohn in der Gegend von Argenteuil und rückte ihre Brille zurecht. Einen Moment lang betrachtete sie wortlos das Gemälde. Derricks Blick folgte dem ihren und musterte es eingehend. Er wollte gerade etwas sagen, um die Stille zu brechen, als sie loslachte. „Entschuldigen Sie, ich habe nicht wirklich Erfahrung mit diesen malerischen Sachen."

Er drehte sich zu ihr. Im Augenwinkel erkannte er die Reisegruppe aus der afrikanischen Halle, die sich nun bis hierhin vorkämpfte. „Es gefällt Ihnen? Ein Monet. Eines seiner berühmtesten Werke, soweit ich weiß."

Das Mädchen fixierte ihn kurz, aber intensiv, bevor sie sich ruckartig von ihm abwandte. „Ja, es gefällt mir. Es ist still und lebendig zugleich, meinen Sie nicht?"

Einen Moment lang überlegte er, welche Rolle er nun am besten spielen sollte, entschied sich dann allerdings doch für eine sehr vertraute. Als Kunstkritiker könnte er sowieso nicht durchgehen. „Ich bin da vermutlich nicht die Person, die Sie fragen sollten. In Sachen Kunst bin ich absolut ungebildet", antwortete er lächelnd nach einer etwas zu langen Wartezeit.

Neugierig drehte sie sich zu ihm. „Und was tun Sie dann hier, wenn Kunst nicht Ihr Gebiet ist?"

„Eine Einladung zum bedeutendsten Event der Stadt kann man schwer ablehnen, oder? Man trifft 'ne Menge interessanter Menschen hier."

Ihre Schultern fielen in dem Moment ein wenig in sich zusammen, ihr Blick nur noch auf den Boden gerichtet. „Sie vielleicht. Eine Studentin beachtet hier niemand", antwortete sie etwas bedrückt.

Derrick lachte laut los, was nicht nur einen verwirrten Blick der jungen Studentin verursachte, sondern auch das Interesse einiger Personen im Raum weckte. „Sie haben 'ne Menge Aufmerksamkeit auf sich gezogen, vorhin. Die Spraydose", entgegnete er, auf den schwarzen Rucksack auf ihrem Rücken deutend.

Die Studentin kicherte ebenfalls. „O Gott, ist mir das peinlich! Nun, ich bin nicht so oft in so edlen Etablissements. Ich schätze, das merkt man mir an." Sie hielt einen Moment inne. „Und Sie sind ein ziemlich wichtiger Mann, wenn Sie eine Einladung vom Met erhalten."

Derrick ertappte sich dabei, wie er leicht rot wurde, so was hatte er nun wirklich selten gehört. Er starrte einen Moment auf den Monet. „Wichtig nicht, nein, um Gottes willen! Ich kann mir ja kaum ein Essen in einem der Restaurants hier auf der Fifth leisten. Fiel mir eben auf. Ich kenne bloß die ein oder andere Person hier im Museum."

Sie waren nun etwa auf einer Wellenlänge, die Miene der Studentin besserte sich merklich.

„Ich ziehe eh eine wirklich gute Pommesbude vor. Das kennen Sie sicher noch. Sie waren ja auch mal Student. Auch wenn Sie mit dieser Frisur eher wie ein Musiker aussehen."

Er wischte sich die nassen Haare aus dem Gesicht. „Ich habe nie studiert."

Sichtlich aufgelockert lachte sie los und strich sich eine Strähne aus dem Gesicht, die aus dem Zopf gerutscht war. „Das war ein Fehler, die Partys sind der Hammer! Aber wenn Sie nicht studiert haben, was haben Sie dann getan?"

„Ach, eigentlich unspektakulär. Ein Bürojob, bei der Bank of America. In 'nem Bürowürfel. Aber hey, immerhin habe ich eine tolle Aussicht." Seufzend tippte er mit dem Finger auf seiner Hose herum und zuckte mit den Schultern. Ihre ohnehin schon groß wirkenden Augen wurden noch um ein Vielfaches größer. „Wow, danach sehen Sie wirklich nicht aus!"

„Wonach sehe ich denn aus?", fragte er frech und fixierte ihre Augen.

Sie wandte sich von ihm ab, schlenderte etwas den Gang hinab. Links und rechts von ihnen hingen diverse Werke Monets, weiter hinten begann ein Abschnitt zu Renoir. Vor den letzten zu Monet gehörenden Werken blieb sie stehen. „Nach einem Rockstar, das sagte ich Ihnen doch. Die Mädchen in meinem Kurs wären verrückt nach Ihnen, wissen Sie?"

Sie zwinkerte ihm zu und bekam ein freches Grinsen als Antwort. „Dann habe ich es also bisher nur bei den Falschen versucht?"

„Jetzt machen Sie sich nicht lächerlich", antwortete sie, das Bild musternd.

„Wie bitte?"

Das Mädchen drehte sich um und stemmte strahlend die Hände in die Seiten. „Ich kenne Männer wie Sie. Tun, als wären sie einsame Wölfe, um sich an arme, unschuldige Mädchen heranzumachen!" Ihre Augen blitzten humorvoll auf.

„Mein großes Geheimnis ist gelüftet", prustete er los, ehe sein Handy vibrierte. Er griff flink in die Tasche seines Trenchcoats und holte es hervor.

„Die werte Gattin?", fragte sie und nickte in dessen Richtung.

„Die gibt es leider noch nicht. Es ist ...", setzte er an, die Nachricht lesend. Etwas leiser, ernster fuhr er fort. „... die Arbeit."

„Diese Bank nimmt Sie ganz schön in Anspruch, was?", erkundigte sie sich, leise, ohne die mädchenhafte Stimme, die sie zuvor gepflegt hatte. Eine Zeit lang schwiegen sie. Das Stimmenmeer der Halle hatte sie beide eingeschlossen, eine Weile lang, und niemand traute sich, diesen Käfig zu durchbrechen.

Bis Derrick das Schweigen brach. „Werden Sie morgen hier sein?"

Die Studentin, die gerade erst diesem merkwürdigen Zustand entkam, blinzelte verwirrt. „Morgen?"

„Die Ausstellung. Ist ja morgen auch noch da."

Sie kratzte sich an der Schulter und lachte. „Oh, sicher ... eigentlich hatte ich es nicht vor, es sei denn, Sie geben mir einen Grund."

Ein breites Grinsen zierte nun sein Gesicht. „Ist es Grund genug, dass ich morgen wieder hier bin?"

„Banker sind eigentlich nicht so meins, aber wer weiß? Vielleicht überraschen Sie mich ja!"

„Wer spricht denn von Romantik? Um halb neun in der Haupthalle?" Er drehte sich um und ging los, vernahm noch eindeutig ein hinterhergerufenes „Wir werden sehen".

Dann wurde er von der Menge verschluckt. Schritt für Schritt begab er sich in Richtung der Herrentoilette, sein Handy in der Hand. Er schaltete es ein, auf die Worte des Commissioners konzentriert. „Sie ist es nicht."

Derrick wusste, dass er jedes Wort mitgehört hatte. Vielleicht hatte er recht. Vermutlich. Er kam in einem der vielen Gänge zum Stehen. Die digitale Tastatur öffnete sich auf dem Touchscreen, und er tippte die knappe Antwort ein. Nach Drücken des Sendebuttons erschien seine Nachricht im Chatverlauf.

„Sieht so aus."

# 

*Spielende Formen*
*~ Franz Marc ~*

Liv wusste, sie sollte sofort die Stadt verlassen und sich ein anderes Ziel suchen. Der Cop hatte sie ins Visier genommen. Auch wenn sie ihre Rolle mit Bravour gemeistert hatte, glaubte sie dennoch nicht, dass er sich aus reinem Vergnügen mit einer einfachen Studentin unterhalten hatte. Oder in einer Galerie herumschlenderte.

Auch wenn sie nicht jede seiner Lügen durchschaut hatte, so glaubte sie ihm doch, dass er morgen Abend hier auf sie warten würde. Und sie wäre närrisch, ihm dann direkt in die Arme zu laufen. Eigentlich hatte er ihr mit seiner Konfrontation die Chance gegeben, von ihrem Plan abzuweichen und den Monet zu vergessen. Doch Liv war nicht gut im Vergessen.

Es war nicht allein das Bild, das konnte sie sich beim besten Willen nicht einreden. Irgendwie hatte er sie mit seinem Verhalten geradezu herausgefordert, es sich zu holen. Sie wusste, sie hatte sich töricht benommen und ihren Auftritt als Emily gefährlich übertrieben. Doch die Unterhaltung hatte ihr so viel Spaß bereitet wie zuvor schon lange nichts mehr. Und da war noch etwas anderes. Er reizte sie. Sie fand es faszinierend, einem Menschen zu begegnen, der es genauso gut wie sie verstand, Poker zu spielen.

Sie besah sich ihr Gesicht im zerbrochenen Spiegel der öffentlichen Toilette des Central Parks. Die übertriebene Mädchenschminke hatte sie entfernt, ebenso den Zopf, sodass ihr langes Haar nun wieder in sanften Wellen über ihre Schultern floss. Sie zog sich das edle Chanelkleid an und stopfte die Requisiten und Kleider der Studentin in eine große Plastiktüte.

Während sie ihre Pumps wieder überzog, klingelte ihr Telefon. Sie stöhnte auf. Das konnte nur Rob sein, der eher zu Hause war und sich fragte, wo sie war. Sie würde sich beeilen und den Monet vergessen müssen.

Ein Blick auf ihr Handydisplay sagte ihr jedoch, dass es ihr Hausmädchen war. Erleichtert nahm sie ab. „Nancy, ich grüße Sie."

„Entschuldigen Sie, dass ich Sie störe, Mrs. Carstairs", begrüßte das Mädchen sie höflich. „Ich wollte Sie nur darüber informieren, dass Ihr Mann anrief. Er lässt ausrichten, dass er über das Wochenende geschäftlich in Florida ist."

Mit einer seiner Geliebten, während er stets zu viel zu tun hatte, um mit ihr zu verreisen. Ein gefährliches Lächeln breitete sich auf Livs Gesicht aus. „Verstehe. Danke, Nancy. Ich werde selbst über das Wochenende fort sein. Nehmen Sie sich doch die Tage frei."

„Oh, das ist sehr großzügig, Mrs. Carstairs!" Sie hörte die unverhohlene Freude in der Stimme der anderen Frau.

„Dafür erwarte ich absolute Verschwiegenheit, haben Sie mich verstanden, Nancy?", fragte sie lächelnd.

„Natürlich, Ma'm. Wie immer."

Nun, das eröffnete ihr völlig neue Möglichkeiten. Kurzerhand schnappte sich Liv die Tasche mit Emilys Sachen und verließ die Toilettenkabine. Die Sonne hatte den Regen verdrängt und wärmte ihr Gesicht, während sie durch den Park schritt, vorbei am Museum zu dem pompösen Hotel, das sich genau auf der gegenüberliegenden Seite der Straße befand.

Selbstbewusst betrat sie das gigantische Foyer mit den roten fluffigen Teppichen. Die Blicke der Angestellten am Empfangstresen richteten sich sofort auf sie. Liv wusste, sie sahen ihr den Reichtum an. Und so behandelte man sie auch.

Ein Page kam eilig zu ihr. „Willkommen in The Mark Hotel, Miss. Darf ich Ihnen das Gepäck abnehmen?"

Sie ließ es lächelnd in seine Hände sinken und ging zum Tresen, hinter dem sie eine lächelnde Angestellte erwartete. „Guten Tag. Ich hätte gern das schönste Zimmer mit Ausblick auf den Park, das Sie mir bieten können."

„Sie haben Glück, gerade ist eine unserer schönsten Suiten freigeworden. Wie lange möchten Sie bleiben?", fragte die Angestellte freundlich.

Liv lächelte sanft. „Bitte checken Sie mich bis Montagabend ein." Sollte der Job unerwartet länger dauern, wäre es unklug, sich zu lange an ein und demselben Ort einzuquartieren.

„Ihren Namen und Ihr Geburtsdatum benötige ich bitte noch."

„7. Juli 88", erwiderte sie ohne Zögern. „Shannia Roberts." Sie förderte die passende Kreditkarte mit dem Ausweis zutage und fragte sich gleichzeitig, ob sie noch ein Konto für Emily eröffnen sollte, verwarf den

Gedanken aber schließlich. Diese Identität würde sie nur noch einmal brauchen. Und zwar morgen Abend für den Cop.

Die Garden Suite war ein Traum aus weichen Teppichen, ausladenden Sesseln, stylischen Möbeln und einem atemberaubenden Blick auf den Central Park – und was für sie noch viel wichtiger war – auf das Museum.

„Ist alles zu Ihrer Zufriedenheit, Miss?", fragte der Page, der gerade mit den beiden Taschen hinter ihr in der Tür erschienen war.

Sie sah hinunter auf das Museum und lächelte. „Es ist perfekt. Oh, stellen Sie die Taschen einfach vorn ab, bitte."

„Kann ich noch etwas für Sie tun?"

„Danke, nein", sagte sie lächelnd und reichte ihm ein großzügiges Trinkgeld.

Sobald er verschwunden war, ging Liv wieder ans Fenster und sah auf das Metropolitan Museum hinab wie die Königin ihres eigenen Königreiches. Sie konnte viele Dachfenster erkennen. Das Gemälde befand sich auf einer leichten, nicht allzu großen Leinwand. Erst einmal aus dem Rahmen befreit, könnte sie es zusammengerollt auf ihren Rücken binden und es damit sogar durch einen Schacht schaffen. Doch es waren noch einige Recherchen vonnöten, ehe sie eine finale Entscheidung darüber traf, wie sie es angehen sollte.

Und immer wieder schweiften ihre Gedanken ab zu dem Cop. Sicher war ein Treffen mit ihm mehr Mittel zum Zweck, um die Gegend noch besser in Augenschein zu nehmen, doch normalerweise ließ sie sich vor einem Zugriff nie zweimal am Tatort sehen. Sie fand es interessant, dass sie sich darauf einließ, und spielte sogar kurz mit dem Gedanken, in ihrer wahren Gestalt zu erscheinen, ehe sie ihn lächelnd wieder verwarf.

„Du benimmst dich kindisch", schalt sie sich selbst. Sie musste sich auf ihre Aufgabe konzentrieren, doch das hinderte sie nicht daran, das Treffen als netten Abstecher auf ihrem Weg anzusehen.

*Die Straßen New Yorks verschwammen vor seiner Windschutzscheibe, sein Ford bahnte sich den Weg durch den dichten Verkehr des FDR Drive. Zu seiner Rechten ragten gigantische Glasfassaden hoch auf, beugten sich beinahe über ihn, verdeckten den Himmel. Zu seiner Linken der East River, jenseits davon Queens und Brooklyn. Vor ihm ragte die Williamsburg Bridge in die Höhe. Das leicht bläuliche Stahlskelett war als einzige der drei Brücken im Süden Manhattans schon aus der Ferne zu sehen. Gleichzeitig war sie sein Heimweg.*

*Seine neue Wohnung in Williamsburg, der Metropolitan Avenue, war keineswegs schlecht, aber ernüchternd, in Anbetracht der Tatsache, dass sie den größten Teil seines Gehalts vereinnahmte. Noch konnte er allerdings nicht den Weg nehmen, der ihn zur Auffahrt der Brücke führte. Er durfte noch dem Commissioner berichten.*

*Derrick schaltete das Radio ein. Die Sendersuche sprang automatisch auf 97.9, KissFM. Der Radiomoderator bewarb gerade Fastrac Coffee, machte eine ziemlich unverständliche Ansage und spielte dann „Homecoming" ein. Er drehte das Radio lauter. Nicht weil er das Lied* besonders mochte, sondern um die hunderten Hupen, die gleichzeitig am Werk waren, zu übertönen.

Als er vor Jahren von Flemington in den Big Apple gezogen war, hätte er nie gedacht, dass ihm die Geräusche der Stadt einmal auf die Nerven gehen würden. Aber an Tagen wie heute hätte er sie einfach gern abgestellt. An der Abfahrt der Brooklyn Bridge schluckten ihn die Häuserschluchten dann endgültig. Sofort tauchte der große braune Block auf, der das Hauptquartier des NYPD war.

Je näher er kam, desto bekannter wurde alles. Die Schleifen, die er an der Park Row drehen musste, um auf die richtige Straße zu kommen, das Pförtnerhaus an der Einfahrt des Geländes, an dem er nicht einmal mehr seine Dienstmarke vorzeigen musste. Einige Gesichter kannte hier jeder. Sogar seine Parkplatznummer kannte er mittlerweile besser als seine eigene Telefonnummer.

Einen Moment blieb er im Wagen sitzen, ließ das Lied ausspielen. Die letzte Textzeile kam bei ihm kaum noch bewusst an. „Maybe we could start again." Sanft prasselten die Regentropfen auf den Wagen, das war ein anderer Regen als vorhin, leichter, beinahe schon erfrischend. Schließlich drückte er die Wagentür auf. Mit hastigen Schritten lief er durch die Drehtür, zum Aufzug, hinauf in den neunten Stock des Departments. Die Aufzugtüren glitten auf. Direkt ihm gegenüber stand Elijah, sein ehemaliger Partner. Derrick hatte vor Monaten darum gebeten, allein arbeiten zu dürfen. Nicht weil er Elijah nicht mochte, sondern weil er Gesellschaft nicht mochte.

„Der Commissioner wartet schon", meinte dieser, zwei Ordner in der Hand, und betrat den Aufzug, den Derrick soeben verließ. Bevor sich die Türen wieder schlossen, ging *er vorbei an den Schreibtischen der Detectives zum Hauptbüro am anderen Ende des Raumes.*

*„Detective Graves! Da sind Sie ja!", rief eine Stimme. Auch wenn er sie eindeutig Commissioner Hernandez zuordnen konnte, tat er sich einen Moment lang schwer, diesen in dessen Büro zu finden. Das Licht war karg, künstliche Beleuchtung gab es gar nicht. Die einzige Lichtquelle waren die Lichter der Stadt, die durch die Jalousien fielen und den Raum in regelmäßigen Abständen in hell und dunkel teilten. Aus irgendeinem Grund arbeitete Hernandez lieber im Halbdunkel.*

*„Sie wollten mich sprechen. Wegen dem Mädchen, nehme ich an?"*

*Ein kurzer Blick der Verwirrung zeichnete sich auf dem Gesicht seines Vorgesetzten ab. „Was? Nein, es geht um den anderen, den Typen aus der Haupthalle, auf den Sie uns aufmerksam machten. Es gab einen Treffer in der Datenbank. Der Typ ist schon häufiger wegen Diebstahl auffällig geworden. Kunst noch nicht. Zumindest nicht bekannt. Wir sind uns sehr sicher, dass er es ist."*

*„Sie trauen dem zu, drei Jahre lang unentdeckt Kunst im Wert von Millionen zu stehlen?"*

*Hernandez beugte sich etwas nach vorn. „Sie trauen es einem Mädchen zu, Graves. Ich bitte Sie."*

*Derrick wandte sich ab, schaute durch die Spalten der Jalousien, sein Gesicht in ein Film-Noir-esques Schattenmuster getaucht. „Ich treffe mich trotzdem mit ihr. Ich traue ihr nicht. Vielleicht ist sie nicht die Person, die wir suchen, aber irgendwas an ihr ist faul. So richtig."*

*Er schaute zurück zum Schreibtisch, wo die nun noch mehr in Schatten getauchte Gestalt mit den Schultern zuckte, bevor sie ihre kräftigen Arme auf der Holzplatte* abstützte. „Tun Sie, was Sie wollen. Aber bleiben Sie bei der Mission. Auch wenn wir Sie nicht unbedingt körperlich brauchen, mental brauchen wir jeden Detective."

Durch die Spalten erkannte Derrick eine Frau, die mit ihrem Baby am Fuß der Brooklyn Bridge ankam. In der Hand hielt sie etwas, das wie Blumen aussah. Einen Moment lang folgte sein Blick der Person in der Ferne. Sie legte die Blumen ab, an einem Geländer, das Straße und Gehweg trennte. Ein sichtlich neuerer Abschnitt als die Umliegenden. Er war wohl vor gar nicht so langer Zeit ersetzt worden. Seine Gedanken wanderten ab, er malte sich Szenarien aus, eins düsterer als das andere. Dann riss der Commissioner ihn abrupt aus seiner Gedankenwelt. „Gehen Sie nach Hause, Graves, und trinken Sie ein Glas Wein."

# Kapitel 4

*Die Elster*
*~ Claude Monet ~*

Liv hatte sich für diese Nacht genau vier Stunden Schlaf eingeteilt. Punkt ein Uhr klingelte ihr Wecker. Sie war sofort hellwach. Sie schlug das teure Laken zurück und hüllte sich in einen der seidenen Morgenmäntel, in denen die Initialen des Hotels eingestickt waren. Die Lichter im Zimmer ließ sie gelöscht. Sie fand wie eine Raubkatze zielsicher ihren Weg durch die Dunkelheit in die Küche und stellte die Kaffeemaschine an. Sie hätte sich auch einen guten italienischen Latte Macchiato kommen lassen können, doch sie wäre dumm, mitten in der Nacht die Aufmerksamkeit der Hotelangestellten zu erregen.

Routiniert legte sie ihre Utensilien auf dem breiten Fenstersims vor der großen Glasfassade, die einen herrlichen Blick auf das Met bot, ab. Ein Fernglas, Zettel, Stift, die gute Spiegelreflex mit dem Nachtsichtobjektiv. Eine Waffe besaß sie nicht. Sie war keine Kämpferin, hasste Gewalt. Sie wollte sich einfach nur holen, was ihr Herz begehrte, und fand nichts Falsches daran, wenn sie schon dazu verdammt war, ein unglückliches Leben zu führen.

Der Kaffee war durch. Sie stellte die Tasse mit der dampfenden nachtschwarzen Flüssigkeit ebenfalls auf den Fenstersims ab, setzte das Fernglas an die Augen und beobachtete alle fünf Minuten einen anderen Punkt des Museums. Stunde um Stunde um Stunde. Ihre Glieder schmerzten, doch sie rührte sich nicht. Ihre langen Beine, die nackt unter dem Morgenmantel hervorblitzten, waren eiskalt. Ihre Augen tränten. Doch ihr Hirn arbeitete auf Hochtouren.

Wachmänner an jedem Ausgang, selbst an den kleinen Nischen, bei denen man davon ausgehen konnte, dass sie nicht mehr benutzt wurden. Hier und da konnte sie in den Seitenstraßen einen Streifenwagen in Zivil erkennen, von dem ihr ihre Kamera verraten hatte, dass jemand in ihm saß, bewegungslos, starr. Genau wie sie hier oben. Sie wurde erwartet.

Als es dämmerte, legte sie das Fernglas beiseite und ließ sich an der eiskalten Heizung zu Boden sinken, trank den jämmerlich kalten Kaffee aus. Das Gemälde war sicherlich durch einen besonders ausgefuchsten Alarm gesichert. Das Museum war voller Kameras und so groß und verwinkelt, dass sie einiges mehr an Vorbereitungszeit bräuchte als die zwei Tage, die sie sich genommen hatte. Was hatte sie erwartet? Einen jämmerlichen müden alten Wachmann wie in den kleinen Schuppen nahe Washingtons? Oder eine Alarmanlage, die selbst sie mit ihrem geringen technischen Verständnis hacken konnte wie neulich im El Museo del Barrio? Wahrscheinlich war das hier eine Nummer zu groß für sie.

Sie vergrub das Gesicht in den Händen. Warum konnte sie nicht einfach nach Hause fahren und all das vergessen? Dankbar sein, dass sie bisher davongekommen war und sich in das Leben fügen, das nun mal das ihre geworden war?

„Weil es nicht ausreicht“, flüsterte sie zu sich selbst. „Reiß dich zusammen!“

Sie stand abrupt auf, das Gesicht wieder kühl und klar, und machte sich bereit für den Tag.

Punkt acht Uhr war sie wieder in der öffentlichen Toilette des Central Parks und zog sich Emilys Haut über. Tauschte Pumps gegen Turnschuhe, die teuren Ohrclips gegen simple Stecker. Doch ihr Make–up ließ sie dieses Mal, wie es war. Auch den Zopf ließ sie weg. Sie strich sich zögernd durch das goldene Haar und versuchte, zu rechtfertigen, warum sie die Verwandlung nicht zu Ende führte. Warum wollte sie, dass dieser Cop einen Teil ihrer Wahrheit sah?

Sie schüttelte die Frage ab und erklärte sich ihr Verhalten damit, dass dies auch für Emily kein gewöhnliches Treffen war. Dass sie natürlich hübsch sein wollte für den fremden älteren Mann. Liv besah sich nochmal kritisch im Spiegel. Wirkte sie so noch wie das junge naive Mädchen? Nun, sie würde es herausfinden. Wenn er Verdacht schöpfte, sagte sie sich, konnte sie noch immer ihre Siebensachen packen und verschwinden. Doch ihre Neugierde war geweckt. Wie weit durchschaute er sie bereits?

Viertel vor neun spazierte sie lässig durch den Park und ließ sich bewusst Zeit. Sie würde nicht pünktlich sein, auch wenn sie wusste, dass er sie bereits erwartete. Schließlich war Emily keine verantwortungsbewusste erwachsene Frau. Viertel nach neun konnte sie sich nicht mehr zügeln und ging zum Museum.

Er wartete inmitten der Great Hall auf sie, den Rücken dem Eingang zugewandt, sodass er sie nicht kommen sah. Etwas an der Tatsache, dass er tatsächlich Wort gehalten hatte und gekommen war, ließ eine unbändige kindische Freude in ihr aufsteigen. Sie näherte sich ihm leise wie eine Katze, so nah, dass er ihr teures Parfum riechen konnte, als sie ihn ansprach. „Ich hätte nicht gedacht, Sie noch einmal wiederzusehen."

Er drehte sich zu ihr um und wirkte nicht im mindesten überrascht. „Nicht?"

Sie zuckte mit den Schultern. „Für jemanden, der mit Kunst nichts anfangen kann. Und was nun? Wollen Sie mir die Werke etwa aus Ihrer Sicht erklären?"

„Ich wollte erst einmal anmerken, dass ich Ihren Namen nicht kenne." Er trat einen Schritt näher.

Aus irgendeinem Grund raubte seine Nähe ihr den Atem. Automatisch trat sie einen Schritt zurück, ehe es atemlos aus ihrem Mund stolperte. „Liv."

Sie verfluchte sich selbst. Sie war doch die Studentin Emily. Warum stellte sie sich als die Diebin bei ihm vor? Es war gleich, dass er den Namen nicht kannte, sie daran nicht identifizieren konnte. Es ging ihr ums Prinzip. Liv machte keine Fehler. Und wenn sie es schon tat, wollte sie wenigstens auf demselben Wissensstand sein wie er. „Darf ich vielleicht auch den Ihren erfahren?"

„Selbstverständlich!" Er streckte die Hand aus. „Ich bin Derrick."

Sie sah auf die Hand, versuchte zu entscheiden, ob das ein Trick war, und legte schließlich zögernd ihre hinein, um sie ihm dann genauso schnell wieder zu entziehen. „Und nun, Derrick?"

„Ich weiß nicht." Er schlenderte den Gang hinab. „Wie geht es mit Ihrer Arbeit voran?"

Er spielte mit ihr. Sie war selbst zu gut darin, um einen Meister bei der Arbeit nicht zu erkennen. „Nicht sonderlich gut, fürchte ich. Offensichtlich verbringe ich meine Zeit lieber mit Ihnen, anstatt daran zu arbeiten."

„Das klingt so negativ. Haben Sie eigentlich schon die Ausstellung gesehen? Abgesehen von der Afrikaausstellung und der impressionistischen Galerie?"

„Oh, einen Teil. Nicht alles, fürchte ich." Sie beschleunigte ihre Schritte, holte ihn ein und ging langsam rückwärts vor ihm, um ihn nicht aus den Augen lassen zu müssen. „Was von dem Zeug hier interessiert Sie eigentlich wirklich?"

„Die verschiedenen Epochen, Funde aus der Bronzezeit. All so etwas. Die Geschichte der Menschheit fasziniert mich einfach."

Die Antwort kam eine Spur zu schnell, wie auswendig gelernt. Sie lächelt ihn an. „Dann lassen Sie uns das doch zusammen anschauen. Aber lassen Sie mich vorher noch einen Kaffee in der Cafeteria holen, ich hatte eine furchtbare Nacht."

„Eine Ihrer legendären Partys?" Er lachte und lehnte sich an eine Säule.

„Hm … kann man so sagen." Sie blieb unschlüssig stehen. „Soll ich Ihnen einen mitbringen?"

„Ja, das wäre nett, ich saß auch noch Ewigkeiten über ...“ Er hielt kurz inne. „Schwarz, wenn es geht.“ Er lächelte sie an.

Er legte ihr bewusst Köder. Sie kniff die Augen zusammen, sah ihn noch einen Moment an, dann lächelte sie und ging.

Liv ließ sich Zeit mit dem Kaffee, nahm bewusst einen längeren Weg, von dem aus sie ihn beobachten konnte. Er sah auf sein Handy, wie bei ihrem ersten Aufeinandertreffen. Ob er sie in diesem Augenblick schon an seine Kollegen verriet? Und warum zum Teufel ging sie nicht einfach? Doch jetzt zu verschwinden wäre ebenso auffällig, sagte sie sich und ignorierte das Gefühl, dass sie seine Gegenwart genoss.

„Da bin ich wieder. Ich habe Ihnen einen Schokoriegel mitgebracht. Ich denke, Sie können etwas Süßes vertragen.“ Sie überreichte ihm den schwarzen Kaffee und den Schokoriegel und nippte grinsend an ihrem eigenen Becher.

„Sehr aufmerksam von Ihnen!“ Er lachte, trank einen großen Schluck und machte sich langsam auf den Weg zur Ausstellung.

Sie ging schweigend neben ihm her und sah sich unauffällig die Gemälde und Skulpturen an, ihre Befestigungen. Sie zählte die Fenster, schätzte ihre Höhe ab und fragte sich, ob sie sich mit einem Sprung sehr verletzen würde.

Sie betraten die altertümliche Halle mit Reliquien aus längst vergangenen Zeiten. Die Menschen, die sie benutzt hatten, waren seit tausenden von Jahren tot, dennoch wirkten die ausgestellten Stücke sehr lebendig. Liv konnte förmlich die Geschichten hinter den Materialien summen hören.

„Die Ausstellung beherbergt Gegenstände aus den unterschiedlichsten Epochen, von der frühen Bronzezeit bis zur islamischen Ära", sagte Derrick, als sie gerade einen gotischen Wandteppich ansah, der mit seinen goldenen Ornamenten überladen wirkte.

Sie sah ihn überrascht an. „Für jemanden, der sich nicht besonders gut auskennt, wissen Sie erstaunlich viel."

„Ich habe etwas recherchiert. Neben einer Frau von Bildung will ich nicht wie ein Idiot aussehen." Er lächelte sie frech an, und näherte sich einem Gegenstand. Eine Art Zange. Sie bestand aus Bronze und war mit einer grünlichen Patina überzogen.

Liv blieb hinter ihm stehen und musterte stumm seine Statur, fast wie er das Ausstellungsstück musterte. Sie fragte sich, was für ein Mann er war; wo er sie belog und wo er die Wahrheit sagte. Dann trat sie neben ihn. „Ich bin nur eine Studentin. Ich weiß noch gar nicht, was ich am Ende wirklich tun will."

„Gar keine Idee?" Er musterte sie kurz, wandte sich dann wieder der Zange zu und hielt einen Moment inne. „Die ist aus dem neuen Reich. Sie erraten nie, wofür die benutzt wurde."

„Ich wette, Sie überraschen mich." Sie lachte und besah sich die Zange näher. „Ein Folterinstrument?"

„Sozusagen. Damit brach man Dieben die Finger." Er war einen Moment absolut still, nicht einmal ein Atemgeräusch war zu hören. Dann prustete er los.

Sie wusste, ihr hätte nicht nach Lachen zumute sein sollen. Er hatte sie eindeutig enttarnt. Warum verriet er ihr das dermaßen eindeutig? Er war kein Idiot. Alles, was er sagte, schien System zu haben. Wieder sagte ihr Kopf, dass sie sich sofort eine Ausrede einfallen lassen und verschwinden sollte, solange sie noch konnte. Aber da war dieser Funken. Etwas, das sie bisher nur von Kunstwerken kannte, die sie interessierten. Sie wollte unbedingt herausfinden, was hinter seinen Farben steckte.

Langsam drehte sie sich zu ihm um und sah ihn direkt an. „Sie haben eine perfide Art, die mir gefällt, Derrick. Und jetzt seien Sie ehrlich, treffen Sie sich immer mit jungen Studentinnen? Nach Ihrem Feierabend in der *Bank?*" Das letzte Wort betonte sie übertrieben. Sie wollte, dass er wusste, dass sie ihn genauso überführt hatte, wie er sie.

„Nur wenn sie besonders interessant sind." Er wich ihrem Blick aus und sah sich im Ausstellungsraum um.

Aha. Auf diesem Gebiet war er nicht sonderlich gut im Spielen. Dafür war sie es umso mehr. Sie lächelte. „Wissen Sie, ich habe keine Lust, meinen freien Nachmittag zwischen verstaubten Antiquitäten zu verbringen, Sie etwa?" Sie lachte frech und nickte zu den Fenstern, durch die das Sonnenlicht flutete. „Haben Sie Lust auf einen Spaziergang im Central Park?"

„Nichts lieber als das! Es fiel mir langsam schwer, Interesse an Kunst vorzutäuschen."

Sie legte den Kopf schräg und blitzte ihn an. „Das alles für mich? So viel Mühe müssen Sie sich gar nicht geben." Sie ging ihm voran zielstrebig Richtung Hinterausgang, der zum Park führte.

Er folgte ihr mit etwa einem Meter Abstand, sein Blick auf Livs nun offene Haare gerichtet. „Steht Ihnen! Die Frisur."

„Freut mich, dass es Ihnen gefällt." Das Lächeln breitete sich automatisch auf ihren Zügen aus, doch sie wandte sich nicht um, damit er es nicht sah. Sie fragte sich besorgt, was zur Hölle sie hier tat. Zum ersten Mal hatte sie keinen Plan.

Draußen in der Sonne wurde ihr leichter ums Herz, die Luft war erfüllt vom Stimmengewirr der Spaziergänger. Sie wartete am unteren Treppenabsatz auf ihn.

Innerhalb von zwei Sekunden stand er neben ihr, atmete tief durch. Er warf seinen leeren Kaffeebecher in die Mülltonne neben dem Ausgang und drehte sich zu ihr um. „Angenehm frische Luft hier. So was bekommt man leider viel zu selten, egal, in welchem Stadtteil man wohnt."

Sie lächelte geistesabwesend. „Sie sollten mal in die Hamptons fahren. Wenn das Meer gegen die Felsen schlägt, dann ..." Sie brach erschrocken ab und verstummte. Was war nur in sie gefahren? Genauso gut konnte sie ihm gleich ihre Fingerabdrücke geben.

„Dann bin ich immer noch zu arm, um mir dort auch nur ein Handtuch für den Strand zu mieten." Er lachte los. „Was machen Sie denn in den Hamptons?"

„Meine Großeltern haben dort ein Strandhaus", erwiderte sie schnell. „Im Sommer bin ich verdammt gern dort."

„Glaube ich Ihnen. Ich war ein paar Mal geschäftlich da, es ist wirklich unglaublich schön." Er setzte langsam einen Schritt vor den anderen und ging tiefer in den Central Park.

„Vielleicht sehen wir uns dort ja mal", erwiderte sie und versuchte, ihre Nervosität zu verbergen, indem sie unentwegt lächelte.

Ein paar Minuten lang ging er schweigend neben ihr her, dann sah er Sie direkt an. „Wissen Sie, Sie können aufhören, mir etwas vorzumachen."

Sie blieb abrupt stehen. Es war, als hätte er einen Eimer Eiswasser über ihr entleert. „Was reden Sie da?"

„Das teure Parfum, die Hamptons. Ich weiß, was Sie versuchen." Er lächelte sie herausfordernd an.

Sie musste improvisieren! Und wenn es noch so billig war, hatte sie keine andere Waffe parat, als die Waffe einer Frau. Sie setzte ein verführerisches Lächeln auf, trat einen Schritt näher und fragte dann leise: „So? Was versuche ich denn?"

„Sie sind gar nicht irgendeine Studentin, die viermal die Woche Ramen essen muss, Sie sind wohlhabender als das. Sie verstecken das nur vor Ihren Kommilitonen." Er zwinkerte ihr zu.

Für einen Moment sah sie ihn entgeistert an, ehe sie laut auflachte. „Ich glaubte, Sie unterstellen mir stattdessen, ich wollte Sie verführen."

„Wollen Sie es denn?" Er lachte. „Na? Wer aus Ihrer Familie macht denn das große Geld? Ihre Eltern? Großeltern?"

Ihr Lächeln verschwand. Er ließ sich nicht auf den Flirt ein. Er wollte sie einfach nur kriegen. Sie hatte keine andere Wahl mehr außer Flucht. „Sie haben recht. Ich verstelle mich nur vor meinen Kommilitonen. Und das macht einsam, kennen Sie das? Wenn man sich fast schon wünscht, sie mögen es herausfinden? Damit jemand etwas mehr von einem weiß als man selbst." Sie beschleunigte ihre Schritte und brachte Abstand zwischen sich und ihn.

„Ich weiß, was Sie meinen." Er lief ein wenig, um sie wieder einzuholen.

„Was ist Ihnen dermaßen peinlich daran, dass Sie es vor Ihren Kommilitonen verschweigen? Messen Sie sich an Ihren eigenen Errungenschaften, dann wird Ihnen niemand etwas übelnehmen, wer auch immer Ihre Familie sein mag."

„Hören Sie auf damit, mich entschlüsseln zu wollen!", sagte sie heftiger als beabsichtigt. Weil sie ungewollt darüber nachdachte, was ihre eigenen Errungenschaften waren. Gestohlene Träume anderer ... „Ich muss jetzt gehen, Derrick. Leben Sie wohl."

Sie drehte sich um und ging mit schnellen Schritten davon.

# Kapitel 5



Derrick sah ihr einen Moment hinterher, wie sie sich langsam ihren Weg durch die belebten Wege und Pfade des Central Park bahnte, und dann hinter einem großen Baum verschwand. Er setzte sich auf eine Parkbank, die nur wenige Meter von der Stelle entfernt war, an der das Mädchen so plötzlich verschwunden war. Das war eine Achterbahn. Irgendetwas war schiefgelaufen; nicht so, wie er es sich vorgestellt hatte. Und nicht einmal annähernd so, wie er es sich erhofft hatte.

Er hatte vieles aus ihr herausbekommen, aber nicht das, was er wirklich wissen wollte. Ihr Name war vermutlich Olivia. Er glaubte nicht, dass das gelogen war, und sie lebte in den Hamptons. Ob sie wirklich Kunst studierte, ob sie überhaupt studierte, er war sich nicht sicher.

Der Commissioner bestand darauf, dass er sich auf den eigentlichen Verdächtigen fokussierte. „Olivia" hatte sich durch ihre Hamptons-Ausflucht nicht gerade reingewaschen. Was verbarg sie vor ihm? Und warum? So unerwartet offen sie auch in mancherlei Hinsicht war, was ihre Motive sein könnten, was für ein Typ Mensch sie war – in ihre Persönlichkeit ließ sie niemanden hineinschauen.

Derrick stand auf und sah sich kurz um. Ein Junge rannte mit einem Frisbee in der Hand auf ihn zu, die Augen scheinbar überall, nur nicht auf dem Weg vor ihm. Er machte einen schnellen Schritt zur Seite, der Junge rannte an ihm vorbei, in Richtung des Hinterausgangs des Metropolitan Museum. Derrick sah ihm noch eine Weile hinterher. An der untersten Stufe des Met blieb er stehen, holte einen Freund zu sich. Die beiden redeten über irgendetwas, der dazugestoßene Junge lachte.

Derrick war dabei, seinen Blick abzuwenden, in Richtung seines Wagens zu gehen. Doch seine Aufmerksamkeit blieb an einem Objekt kleben, direkt neben den beiden Freunden. Dem Mülleimer. Ein älterer Herr mit orangefarbener Weste näherte sich dem Kübel und griff den Rand des grauen Müllsacks, bereit, ihn herauszuziehen. Er rannte im Vollsprint auf den Mann zu, der den Müllsack gleich wieder fallen ließ.

Derrick zog seine Marke hervor und keuchte: „NYPD!"

Seine Hand griff die Tüte und öffnete sie weit genug, um die beiden Kaffeebecher zu sehen. Aus der Innentasche seines Trenchcoats zog er einen durchsichtigen Plastikbeutel, in dem er die Becher vorsichtig verstaute. Dem Herrn der städtischen Müllentsorgung warf er ein hastiges „Vielen Dank" entgegen, bevor er sich im Eiltempo auf den Weg zu seinem Auto machte.


Die Türen des Aufzugs auf Etage neun des Police Departments schwangen auf, und Derrick trat energisch an den ersten Schreibtisch zu seiner Linken. Eine junge Detective saß an der Arbeitsplatte und schob sichtlich gelangweilt Zettel hin und her.

„Können Sie das für mich ins Labor bringen? Ich brauche Fingerabdrücke und Speichelanalysen von beiden Bechern.

Auf einem von denen sollte ich sein", fragte Derrick und warf den Plastikbeutel auf den Tisch.

Sie schenkte ihm ein kurzes, aber herzliches Lächeln und verschwand sofort mit dem Beutel in einen anderen Aufzug. Derrick zögerte nicht lang und befand sich Sekunden später im Büro seines Vorgesetzten.

„Commissioner, ich habe von diesem Mädchen erfahren ...", setzte er an, als ihm dieser bedeutete, ruhig zu sein.

„Ich weiß, Graves, Sie hat jetzt der Ehrgeiz gepackt, aber Sie interpretieren da zu viel rein."

Er war einen Moment still, dann setzte er erneut an. „Ich kann jetzt beweisen, dass sie mich angelogen hat, die ganze Zeit!"

Hernandez war nicht beeindruckt. „Es gibt Millionen Gründe, die ein Mensch hat, zu lügen. Die wenigsten sind kriminell, und mit Kunstraub hat fast keiner zu tun. Sie haben mich ja auch schon oft genug belogen."

Derrick schaute ein wenig beschämt zu Boden. „Ich habe doch nur ...", warf er kleinlaut ein, wurde aber direkt wieder unterbrochen.

„Sogar in der Police Academy haben Sie gelogen, beim medizinischen Test. Ich erinnere Sie an Ihre Leber. Ich nehme Ihnen das nicht übel, aber verstehen Sie, dass nicht hinter jeder Lüge böse Absicht steckt."

„Erlauben Sie mir, dem nachzugehen, Commissioner. Mein Bauchgefühl sagt mir, dass da irgendetwas ist, und dem haben Sie bisher auch immer getraut."

Hernandez seufzte, nickte dann aber zustimmend und drückte ihm eine Akte mit Informationen zum Hauptverdächtigen im Kunstraub-Fall in die Hand. „Vergessen Sie dabei aber nicht Ihren eigentlichen Fall."

*Die Sonne senkte sich und rotes Licht erfüllte das Büro, in dem Derrick stundenlang die Akten studierte. Dort stand alles über diesen Typen, jedes Detail, das mit richterlicher Anordnung auffindbar war. Aber nichts, das herausstach, nichts, das ihn so wirklich zum gesuchten Kunstdieb machen würde. Zumindest nicht in seinen Augen. Er legte die Akten weg und trank noch einen Schluck aus seiner Tasse, während er seine Sachen zusammenräumte.*

*Gerade, als er sich umdrehen wollte, stand eine Gestalt vor ihm. Die junge Detective, der er die Proben gegeben hatte. „Ah, das Labor ist schon fertig?"*

*Sie grinste. „Abgesehen von Essensresten, Bakterien und anderen unappetitlichen Dingen waren an den Bechern Spuren. Spuren von Derrick Graves ..."*

*Derrick rollte mit den Augen. „Was Sie nicht sagen!"*

*Triumphierend hielt sie ihm einen Zettel unter die Augen. „Und von einer Samantha Carstairs, wohnhaft in ..."*

*„... den Hamptons", beendete er ihren Satz.*

*Sie nickte. Derrick machte sich daran, seine Sachen weiter einzupacken, doch die Detective blieb an seinem Schreibtisch stehen. „Ich bin Valentina Neri. Ich glaube, wir wurden einander noch nicht vorgestellt. Ich bin erst vor Kurzem in diese Abteilung versetzt worden."*

*Er blickte auf und sah direkt in ihre tiefdunklen Augen. Das Lächeln auf seinen Lippen wurde breiter. „Derrick Graves, Sie kennen meinen Namen ja schon von der ... der Probe." Er lachte.*

*Sie beugte sich ein wenig nach vorn. „Hat Derrick Graves von der Probe denn schon Pläne für heute Abend?"*

*Er stützte sich auf seiner Arbeitsplatte ab. „Nein, hat er noch nicht."*

Liv hatte sie zu ihm gesagt. Das war zwar nicht ihr richtiger Name, doch es war der Name, den sie sich für das Leben gewählt hatte, in dem sie bisher am glücklichsten gewesen war. Liv war eine Aufforderung, die sie sich selbst gestellt hatte. Leb! Lebe, fernab der toten Schaufensterpuppe, die du in Robs Gegenwart sein musst.

Warum hatte sie nicht Emily gesagt? War es wirklich unbeabsichtigt gewesen?

Sie saß auf einer Bank im Central Park und sah zu, wie die Sonne immer längere Schatten warf, ehe sie gänzlich hinter den Bäumen verschwand. Emily hatte sie in einer Tüte in einem nahegelegenen Mülleimer entsorgt. Nach dem letzten Gespräch mit Derrick gab es für sie nur noch eine clevere Option: nach Hause fahren.

In diesem Moment gab ihr Handy den ersten Laut nach Stunden von sich. Es war Rob. In fast schon widerwilliger Hoffnung öffnete sie den Chat. Vielleicht war er früher nach Hause gekommen und fragte sich besorgt, wo sie war. Vielleicht gab es doch noch Hoffnung für ihre Ehe.

Doch als sie den Chat öffnete, erwartete sie dort nur ein Foto mit einer kurzen Notiz.

*„Bin am Arbeiten, Darling. Es könnte ein paar Tage später werden.“*

Auf dem Foto sah sie nur seine Beine in den teuren Jeans, die auf den Laken eines teuren Bettes lagen, den Laptop auf dem Schoß. Er hatte sich nicht einmal die Mühe gemacht, den schwarzen Spitzen–BH von der

Stuhllehne zu nehmen, der sie im Hintergrund des Bildes höhnisch auszulachen schien.

Von einer heißen abgrundtiefen Scham erfasst, schloss sie das Fenster des Chats und blinzelte die Zornestränen aus ihren Augen. Nein, sie würde nicht nach Hause fahren und dort weiß Gott wie lange auf ihn warten. Lieber würde sie sterben! Sie stand entschlossen auf und machte sich auf den Weg zurück ins Hotel.

In ihrem Zimmer angekommen, aß sie noch eine Kleinigkeit, die sie sich nach oben kommen ließ, danach reinigte sie die Räume gründlich mit Handschuhen und Desinfektionsspray. Niemand würde auch nur eine Spur hier von ihr finden. Vielleicht sollte sie dasselbe in ihrem Heim tun und für immer verschwinden. Auf dem Boden knieend hielt sie kurz inne und dachte über diese Option nach, die ihr zuvor niemals in den Sinn gekommen war. Warum verließ sie Rob nicht einfach? Weil es sich nicht gehörte? Weil ihr Leben dann mit dem Makel der Scheidung befleckt wäre? Oder liebte sie diesen kalten Bastard noch immer?

Sie konnte es beim besten Willen nicht sagen und es war ohnehin egal. Liv war es egal, denn Liv war nicht verheiratet. Liv mochte es einsam und gefährlich. Und genauso würde diese Nacht sein.

„Hat Ihnen der Aufenthalt gefallen?“, fragte die freundliche Hotelangestellte am Empfang.

„O ja, sehr!“, erwiderte Liv mit einem strahlenden Lächeln. „Für eine Frau, die aus einem Kaff bei Texas kommt, ist New York das berühmte Großstadtmärchen.“

„Das glaube ich Ihnen." Die Angestellte lachte und nannte den zu zahlenden Restbetrag.

Liv schob Shannias Kreditkarte über den Tresen, bedankte sich und verließ das Hotel.

Draußen angekommen bog sie sofort in eine kleine unbelebte Nebenstraße ab und machte sich auf den Weg zu ihrem Wagen, der eine dreiviertel Stunde Fußmarsch entfernt auf dem Parkplatz eines anderen Hotels stand, in dem sie sich der Form halber mit einem weiteren falschen Namen eingecheckt hatte. Sie warf ihre persönlichen Sachen ins Auto, schnappte sich nur die teure Tasche mit den Utensilien für die kommende Nacht und machte sich gemächlich auf den Weg zum Metropolitan Museum – nichts anderes mehr als ihr Ziel vor Augen.

Dieses Mal betrat sie das Museum in ihrem normalen Aussehen – dem roséfarbenen Chanelkleidchen und den hohen Schuhen. Niemand erkannte Emily in der eleganten Frau wieder. Und da sie sich perfekt in die teure Umgebung fügte, achtete niemand auf sie.

Sie hatte noch gute zwei Stunden bis zur Schließung und so benahm sie sich, wie jeder andere im Museum auch. Sie ging staunend durch die Räume und sah sich die Ausstellungen an. Dabei konnte sie es nicht lassen, noch einmal die Ausstellung zu besuchen, in der sie am Vormittag mit Derrick gewesen war. Als sie vor der Zange ankam, blieb sie stehen. „Damit brach man Dieben die Finger."

„Sehr witzig", murmelte sie bei der Erinnerung an seine Worte. „Wir werden sehen, Detective."

Viertel vor neun ging sie auf die Damentoilette. Das Museum hatte sich schon fast gänzlich geleert. Gleich würden die Reinigungskräfte mit ihrer Arbeit beginnen. Schnell holte sie das Defektschild aus ihrer Handtasche, brachte es an der Tür einer der Kabinen an und schloss sich darin ein. Sie stellte sich auf den Toilettensitz, damit man weder ihre Füße noch ihren Schatten durch den Türspalt sah, und wartete.

Natürlich war diese Vorgehensweise riskant. In einem solch renommierten Museum konnte es durchaus passieren, dass die Angestellten versuchten, in den Kabinen nachzusehen, ob noch jemand da war. Gleichzeitig wusste Liv, dass dies die einzige Möglichkeit mit ihren beschränkten Mitteln war, die immensen Sicherheitsvorkehrungen am Eingang zu umgehen. Wenn man sie hier fand, konnte sie immer noch einen Schwächeanfall vortäuschen.

Kurz vor neun kam wie erwartet der Putzdienst mit einem Wagen herein, sie hörte das Quietschen der Räder, das Klappern der Putzmittel, das Rauschen von Wasser. Dann war der kritische Moment da, als jemand vor ihrer Tür stehen blieb, Liv hielt die Luft an. Ihr wurde klar, dass sie noch nie so nah dran gewesen war, erwischt zu werden wie in diesem Augenblick, und sie machte sich schon auf das Schauspiel ihres Lebens gefasst, als einmal kurz die Türklinke nach unten gedrückt wurde. Doch dabei blieb es.

Danach dauerte die Reinigung des Raumes weitere zehn Minuten, ehe das Licht gelöscht wurde und sie allein war. Sie konnte es nicht glauben. Das war fast schon zu einfach. Sie wartete noch so lange, bis sie draußen keine Geräusche mehr hörte, dann stieg sie von der Toilette und öffnete ihre Tasche. Sie traf die Vorbereitungen so routiniert wie jemand, der sich für einen Kinoabend zurechtmachte. Schnell legte sie ihre teuren Sachen ab und verstaute sie in der mitgebrachten Tasche, ehe sie in Livs wahre Haut schlüpfte. Diese bestand aus einem schwarzen Einteiler aus glattem Stoff, der nirgendwo hängen blieb und keine Fasern hinterließ. Darüber zog sie kniehohe Stiefel, die ebenso hauteng an ihren schlanken Beinen anlagen und eine nahezu lautlose Sohle mit gutem Profil besaßen – eine Eigenanfertigung vom Schuster ihres Vertrauens. Ebenso verhielt es sich mit den dünnen Lederhandschuhen, die für ihre kleinen Hände erst gefertigt werden mussten. Doch zuvor setzte sie die schwarze Langhaarperücke auf, was praktische Hintergründe hatte. Schwarz war in der Nacht einfach besser zur Tarnung geeignet als ihr langes blondes Haar. Sie verbot sich den Gedanken an eine Kapuze, denn noch immer kam sie aus gutem Hause und besaß auch in ihrem Leben als Diebin einen gewissen Anspruch an Stil.

Als sie die Handschuhe angezogen hatte, zog sie ein Tuch aus ihrer Tasche und begann, die Kabine von ihren Spuren zu reinigen, ehe sie mit der Tasche daraus hervortrat und zielstrebig zum Fenster ging. Es schien nicht alarmgesichert, da es viel zu hoch und zu klein war, als dass ein Mensch hindurchgepasst hätte. Doch es war perfekt, um ihre Tasche zu entsorgen. Wenn alles glatt ging, würde sie diese auf dem Rückweg zu ihrem Wagen einsammeln.

Als das geschafft war, checkte sie die Aufzeichnungen auf ihrem Smartphone. Dort befanden sich Skizzen der Reichweite der verschiedenen Überwachungskameras. Es waren erstaunlich wenige für die Größe des

Museums, sodass sie niemals alle Winkel erfassen konnten. Sie hatte die Sichtwinkel grob berechnet und sich einen Weg zur Abteilung der impressionistischen Ausstellung ausgearbeitet. Diesen überflog sie noch einmal grob, ehe sie sich daran machte, leise wie ein Schatten die Toilette zu verlassen.

Die Gänge waren gespenstisch ausgestorben, doch sie wusste, dass Wachen an den Ausgängen postiert waren, weshalb sie lieber den langen dafür aber sicheren Weg zu ihrem Ziel wählte. Allein war sie allerdings auch hier nicht. Natürlich hatte sie damit gerechnet, dass die Gänge sporadisch bewacht würden, aber es war etwas ganz anderes, in der Situation zu sein. Das hatte nichts mehr von den ausgestorbenen Gängen der kleinen Museen, denen sie sonst einen Besuch abstattete. Zweimal wurde es richtig knapp. Das erste Mal, als sie gerade den Augen eines Wachmannes entkommen war, indem sie sich in einen kleinen Seitengang flüchtete, wo gleich der nächste um die Ecke kam. In ihrer Verzweiflung konnte sie nichts anderes tun, als sich hinter die Säule zu kauern, auf welche der Kopf König Davids thronte und zu hoffen, dass sie nicht den Alarm auslöste. Sie hatte Glück. Beim zweiten Mal entfuhr ihr ein Nieser, der zwei in der Nähe patrouillierende Wachen auf den Plan rief, die sofort alarmiert in den Gang gerannt kamen, in dem sie sich gerade befand. Liv schlug alle Vorsicht in den Wind und rannte blindlings davon. Im nächsten Gang blieb sie atemlos stehen und lauschte zitternd, ob sie über dem Geräusch ihres lauten Herzschlages noch Schritte vernahm. Auch dieses Mal hatte sie Glück. Doch wenn es ihr jetzt noch möglich gewesen wäre, dann wäre sie umgekehrt. Einen Moment schloss sie angstvoll die Augen und wünschte sich zurück ins Hotelzimmer. War ein Bild, das ihr etwas Behaglichkeit vermittelte, dieses Risiko wert? Oder wollte sie erwischt werden, um ihrem alten Leben in irgendeiner Weise ein Ende zu setzen? Wie armselig dieser Gedanke doch war. Und wie naheliegend. Aber jetzt war nicht die Zeit, darüber nachzudenken. Sie sammelte sich und machte sich daran, zu Ende zu führen, wofür sie hergekommen war. Sie bewegte sich schnell aber achtsam, suchte immer wieder in kleinen Nischen Schutz, um zu überprüfen, ob sie noch allein war, wobei sie penibel darauf achtete, an keiner der Skulpturen Alarm auszulösen.

Was unweigerlich spätestens dann geschehen musste, wenn sie bei ihrem Ziel angekommen wäre. Sie vermutete hinter dem Bild einen Human Detector – ein Alarmmodul, was als eine Art Folie direkt am Rahmen hinter der Leinwand angebracht wurde. Eine kostengünstige und effiziente Variante, die viele Museen bei Einzelbildern anwandten. Sie hatte keine Möglichkeit, diesen Alarm zu umgehen, also musste sie auf ihre Schnelligkeit setzen. War das Bild erst einmal von der Wand runter, hatte sie höchstens zwei Minuten, es aus seinem Rahmen zu lösen und zu verschwinden, bis die Wachen vom nächsten Ausgang bei ihr wären. Vielleicht auch weniger. Es war ein vages Unternehmen, denn sie hatte keine Muster in den Bewegungsabläufen der Wachen erkannt. Diese schienen ihre Streifzüge spontan zu verändern. Ihr würde nichts anderes übrigbleiben, als die Scheibe des Fensters einzuschlagen und zu hoffen, dass das Glück auch dabei auf ihrer Seite wäre. Liv war klar, dass dies die riskanteste Aktion war, die sie jemals durchgeführt hatte. Doch nun gab es kein Zurück mehr.

An der Ecke kurz vor dem Gang zum Impressionismus wurde es noch einmal brenzlig, da sich hier zwei Überwachungskameras befanden, die sich überkreuzten. Sie war sich nicht sicher, wie weit diese reichten, aber es gab keinen anderen Weg, also setzte sie alles auf eine Karte und rannte in den nächsten Raum. Sie rannte weiter zum Gemälde und verlor keine Zeit.

Als sie gerade Hand anlegen wollte, ertönte rechts über ihr ein ohrenbetäubendes Scheppern und es regnete Glas. In der nächsten Sekunde war die Hölle los. Ohrenbetäubender Alarm ertönte, eine komplett in Schwarz gekleidete Gestalt landete neben ihr. Für eine Sekunde sahen sie einander an. Es war eindeutig ein Mann, das konnte sie an der Statur sehen. Ansonsten konnte sie nichts erkennen, da er eine Maske trug. Im nächsten Moment traf sie etwas Kaltes, Hartes so fest am Kopf, dass sie sofort zusammenbrach.

Schmerz explodierte in ihrem Schädel, sodass sie nicht mal mehr in der Lage war, den Kopf zu heben. Sie hörte über den Alarm hinweg, wie sich Schritte näherten und dachte noch „Jetzt ist es aus".

Im nächsten Moment sah sie verschwommen zwei Wachmänner um die Ecke kommen. Ehe sie etwas tun konnten, ertönten Schüsse. Noch mehr Schmerz in ihrem Kopf. Zwei Körper fielen neben ihr zu Boden, etwas Kaltes wurde unter ihre Hand geschoben. Sie sah, wie die Gestalt das Gemälde an sich nahm und aus dem Fenster verschwand.

Dann fiel sie in tiefe Schwärze.

# Kapitel 6



*Grenzen des Verstandes*
*~ Paul Klee ~*

Die Williamsburg Bridge war noch voller, als sie es normalerweise war. Ausgerechnet heute. Valentina tippte neben ihm auf dem Türgriff herum, und Derrick gab sich Mühe, nicht loszuhupen wie ein Verrückter.

„Wohin wollen wir denn?", fragte sie und beugte sich zu ihm herüber.

Derrick lächelte. „Ins Queen, ein Restaurant in Brooklyn. Die haben 'ne tolle Pasta–Karte! Und es ist ganz bei mir in der Näh..."

Er wurde unterbrochen durch das Rauschen seines Funkgeräts. Sie wussten beide, was das bedeutete. Er drückte auf die Sprechtaste und fauchte entnervt: „Was ist denn?"

Die anfangs unverständliche Stimme klarte etwas auf. Es war Hernandez. „Graves. Ihr Fall ist gerade deutlich interessanter geworden."

Derrick schaute Valentina an.

„Wir haben Ihr Mädchen ohnmächtig im Metropolitan Museum gefunden. Neben zwei Leichen."

Seine Augen weiteten sich. Vor schierem Entsetzen ließ er das Funkgerät fallen. Das kleine Blaulicht, das im Handschuhfach des Ford verstaut war, platzierte er durch sein Fenster auf dem Dach. Es begann, einen schrillen Ton abzugeben, eine Sirene, die den Lärm der Brücke durchschnitt. Die Wagen vor ihm formten eine Gasse in ihrer Mitte. Erstaunlicherweise. Normalerweise gaben die Fahrer New York Citys nicht viel auf die Polizei.

Derrick trat das Gaspedal durch. Sein alter, gebrechlicher Wagen konnte nicht viel. Nur an Pferdestärken mangelte es kaum. Der Motor heulte auf, die Reifen quietschten und mit einem Satz raste der Crown Victoria durch die Gasse nach Brooklyn, wendete und raste die andere Seite der Brücke hinab, zurück nach Manhattan.

„Fahren Sie zum Lenox Hill Hospital", befahl Hernandez, Derrick nahm es eher unterbewusst wahr. Die Farben der Ampeln und Straßenlichter verschwammen in der Dunkelheit, während er Block für Block passierte.

Er bog auf die Siebenundsiebzigste Straße, vor den Haupteingang des Hospitals. Die Straße war eng, aber es war ihm egal. Er stellte seinen Wagen verkehrtherum mitten auf der Einbahnstraße ab und stieg aus. Zwei Schritte hinter ihm folgte Valentina. Eine Gruppe Krankenschwestern wartete in der Eingangshalle. „NYPD. Wir suchen eine Samantha Carstairs. Sie ist Hauptverdächtige in zwei Ermittlungsfällen", ratterte er schnell herunter, um keine Zeit zu verlieren.

„Etage fünf!", rief ihm eine der Schwestern zu. Derrick nickte und lief in Richtung des Aufzuges.

Valentina gelang es gerade so, sich zwischen die schließenden Türen zu werfen, um mitzufahren. Derrick hämmerte energisch auf den Knopf mit der Fünf ein. Einige Meter weiter oben glitten die Türen wieder auf. Er musste nicht fragen, auf welchem Zimmer sie lag. Es war Zimmer 502, das Zimmer, vor dem eine ganze Horde Polizisten stand.

„Commissioner!", rief Derrick.

Hernandez machte ein paar Schritte auf ihn zu. Er drückte ihm einen Ordner in die Hand. Derrick öffnete ihn. Zu sehen waren zwei Fotos, eines von einem auf dem Boden liegenden Körper, eines von der Halle, sowie ein Textdokument, das den Sachverhalt grob umriss. „Am wahrscheinlichsten ist, dass ein Komplize sie niederschlug, nachdem sie sich um die Wachen gekümmert hatte." Derrick nickte.

„Ist sie wach?", fragte er eine vorbeilaufende Schwester. Diese zuckte nur mit den Schultern. „Ich gehe gleich mal zu ihr rein." Er warf noch einen fragenden Blick zu Hernandez, um sich dessen Erlaubnis einzuholen. Dieser nickte nur kurz. „Wir wollten sowieso, dass Sie das machen."

Er drückte die Türklinke hinunter und trat langsam in das Zimmer. Kein Licht war eingeschaltet, der Raum wurde nur durch die Lichter der Stadt erhellt. Doch dass sie wach war, merkte er an ihrem unregelmäßigen Atem. Wortlos trat er an sie heran, unsicher, was er von all dem halten sollte. Gegenüber vom Bett stand ein Stuhl, den er nun heranzog. Sie sollte das Gespräch eröffnen, denn er wusste nicht, was er sagen sollte. Irgendwo hatte er sich gewünscht, sich in diesem Fall zu irren.

„Auf diesen Moment haben Sie gewartet, habe ich recht?", begann sie dann, in ihrer Stimme eine seltsame Mischung aus Verteidigung und Resignation.

Er holte tief Luft. Hatte er es wirklich so aussehen lassen? „Nein. Wenn ich ehrlich bin, hätte ich heute Abend auf zwei Morde und einen Millionen–Diebstahl verzichten können." Er sah zur Tür, hinter der Valentina Neri auf ihn wartete. Er könnte einfach gehen, ihren gemeinsamen Abend noch retten. Aber er hatte hier eine Aufgabe zu erfüllen. Er blickte zurück zu Liv, deren Augen nun sichtlich feucht wurden.

„Sie sind tot?" Konnte sie wirklich so gut schauspielern? Sein Kopf senkte sich. „Zweimal Kopfschuss." Er schob den Stuhl beiseite und ging langsam zum Fenster. Sein Gesicht wurde von den Lichtern der benachbarten Büros hell erleuchtet. „Können Sie mir sagen, wie ich das zu interpretieren habe?"

Livs Kinnlade fiel hinunter, zitternd setzte sie sich auf. „Sie glauben, dass ich das war?"

Seine Hand wanderte in seine Jackentasche. Er holte das Foto aus dem Ordner hervor und betrachtete es genau. „Sie hatten eine Waffe in der Hand, als man Sie fand. Eine Colt M1911, neun Millimeter. Zwei Schüsse fehlen im Magazin. In den Köpfen der Opfer stecken zwei Kugeln, neun Millimeter. Was soll ich damit machen?"

Er drehte sich um und sah sie direkt an. Vor dem Hintergrund der von Bürolichtern gefluteten Scheibe war er für sie vermutlich nur als schwarzer Umriss zu erkennen.

Sie stotterte, nach Worten suchend. „Ich ... ich besitze gar keine Waffe! Ich weiß, wie das alles für Sie aussehen muss, aber ich war nicht allein dort! Glauben Sie, ich habe mich selbst zu Boden geschlagen?"

Er seufzte. „Sie machen es mir nicht leicht. Der Commissioner will, dass ich das Gemälde finde. Und dass ich erkläre, wie sie es erst verstecken konnten, um dann niedergeschlagen zu werden."

Kraftlos sah sie zu Boden und murmelte ein paar kaum verständliche Worte vor sich hin. „Sie haben Ihr Urteil doch längst gefällt."

Er musterte sie eingehend. Er war kein Psychologe, doch er hatte keine schlechte Menschenkenntnis. „Ja, habe ich tatsächlich. Ich glaube nicht, dass Sie für die Morde verantwortlich sind."

Er stellte sicher, hier nur die Morde anzubringen, nicht den Kunstraub. Eigentlich war es egal, er hatte hier sowieso schon gegen diverse Regularien verstoßen. Trotzdem achtete er sehr genau darauf, eine Art Versuch, etwas Seriosität zu wahren. Ihr Blick war ehrlich überrascht, nichts daran schien im Entferntesten gespielt. „Sie glauben mir?"

In seinem Kopf ging er wieder die möglichen Formulierungen für seinen nächsten Satz durch. „Ich glaube nicht, dass Sie die beiden Wachmänner erschossen haben. Aber das wird einem Richter vermutlich nicht reichen. Sie müssen mir alles sagen, was Sie wissen. Von Anfang an. Sonst kann ich Ihnen nicht helfen."

Ironische Wortwahl für einen Ermittler. Eigentlich sollte er ihr nicht helfen, sie war Hauptverdächtige in zwei Verfahren. Aber irgendwas in ihm wollte ihr helfen. Vielleicht aus einer Mischung aus seinem Bauchgefühl und seinem Gerechtigkeitssinn heraus. Vielleicht wegen etwas Anderem. Er zwang sich, diesen Gedanken zu verwerfen. Sie wandte den Blick von ihm ab, schaute demonstrativ in eine andere Richtung.

„Woher soll ich wissen, dass ich Ihnen vertrauen kann? Warum sollten Sie mir helfen wollen, Derrick? Sie haben mich von Anfang an genauso belogen wie ich Sie!"

Er ging langsam zurück zum Stuhl, zog seine Jacke aus und warf sie über die Lehne. Erst jetzt fiel ihm auf, wie schmutzig und verschwitzt sein weißes Hemd war. Er stemmte die Arme in die Seiten. „Ich bin Detective, lügen ist Hauptbestandteil meines Jobs. Hätte ich Ihnen sagen sollen, dass ich gegen Sie ermittle?"

Sie wandte sich ihm wieder zu. „Und was glauben Sie, was ich tue?!", schrie sie ihn fast an, offenbar ein wenig zu laut, da ihre Hand sofort zu ihrer Schläfe fuhr und sie zurück in ihr Kissen sank. „Wir versuchen doch alle nur, unsere Aufgabe zu erfüllen."

Er schüttelte den Kopf. „Und Ihre Aufgabe ist es, Leute zu bestehlen? Hören Sie, für Doppelmord bekämen Sie lebenslang. Was haben Sie denn zu verlieren?"

Er erhoffte sich nicht viel von diesem Überzeugungsversuch, aber er wollte es trotzdem probieren. Die Vorstellung, dass sie den Rest ihres Lebens im Gefängnis verbringen würde, drehte ihm den Magen um.

Sie funkelte ihn wütend an. „Ich weiß, Sie halten mich für kleinkriminellen Abschaum und sich selbst für den guten Jungen! Wie kommen Sie darauf, dass ich stehlen würde? Hätten Sie auch nur einmal gefragt, was ich in dem Museum verloren hatte, hätte ich Ihnen sagen können, dass ich mich versehentlich in der Toilette eingeschlossen hatte und nur den Ausgang gesucht habe!"

Ihre Worte hörten sich erstaunlich erbärmlich an. Er war von ihr gute Lügen gewohnt. Oft war sie ein Buch mit sieben Siegeln gewesen, und es brauchte einen Fehler von ihr, kombiniert mit seinem aufmerksamen Gehör, um einen Funken Wahrheit zu erfahren. Heute war es anders. Diese Ausrede hätte ein Dreijähriger besser präsentiert.

Er lachte. „Auf der Toilette eingeschlossen. Dabei versehentlich meisterhaft an den Kameras vorbeigeschlichen. Auf den Monet zu, den Sie so anhimmelten. Mit Handschuhen und Perücke?"

Ihre Augen weiteten sich, als sie das Wort „Handschuh" hörte. „Natürlich! Ich habe Handschuhe getragen! Haben

Sie auch nur einen Fingerabdruck von mir am Abzug der Waffe gefunden, Sie Genie?"

Einen Moment dachte er, das sei alles eines ihrer Spielchen, aber es kam ihm sehr schnell, dass sie es ernst meinte. Sie wurde mit einer Waffe in der Hand neben zwei Toten gefunden und berief sich auf Fingerabdrücke. Er schüttelte den Kopf und ging auf die Tür zu. „Sie wissen anscheinend nicht, wie schlecht es wirklich um Sie steht."

Ihr triumphierender Tonfall der Handschuh–Bemerkung verflog komplett, und wandelte sich in reine Verzweiflung. „Wo wollen Sie hin?"

Er griff nach der Klinke. „Wenn Sie mir nichts zu sagen haben, kann ich auch gehen. So viel Spaß machen mir Befragungen auch nicht."

Er drückte die Tür auf und trat hinaus. Am Ende des Ganges sah er noch, wie Valentina im Aufzug verschwand. „So viel zu meinem Abend ...", murmelte er, die Hände zu Fäusten geballt. Hernandez sparte sich genauere Fragen, er konnte sich sicher denken, dass dieses Gespräch zu nichts geführt hatte.

„Scheiße!", fluchte er noch, ehe er schnellen Schrittes verschwand, und sich nun allein auf den Weg zu seinem Wagen machte, um zu seiner Wohnung zu fahren. Anstatt eines Dates mit einer Frau wartete nun ein Date mit einer Flasche Whiskey auf ihn.

# Kapitel 7

Sie befand sich in einem großen dunklen Raum. Ein unsichtbares Fenster zersplitterte und messerscharfe Scherben regneten auf sie herab. Dann hörte sie Schritte. Eilige Schritte, gefolgt von scharfen Rufen. Sie waren hinter ihr her. Wie ein in die Enge getriebenes Tier drängte sie sich in die Schatten an der Wand. Es gab keinen Ausweg, die Wachmänner kamen immer näher. Jetzt konnte sie sogar ihre Gesichter erkennen. Die Augenfarbe, die feinen Schweißperlen auf der Stirn.

Im nächsten Moment fielen zwei laute Schüsse und die Männer fielen leblos zu Boden. Im fast selben Augenblick bemerkte sie das kalte Metall in der Hand. Von Grauen erfüllt sah sie nach unten und entdeckte die Pistole, ein Rinnsal Blut tropfte ihren Ärmel hinab und benetzte ihre Finger. Schluchzend ließ sie die Waffe fallen und wurde von ihren eigenen Schreien geweckt.

Den Rest der Nacht tat sie kein Auge mehr zu, aus Angst, die Bilder mochten sich wiederholen. Hatte sie tatsächlich Blut an den Händen kleben? Liv wusste, sie hatte die Männer nicht getötet. Auch erinnerte sie sich deutlich an die Gegenwart einer weiteren Person. Doch sie fragte sich, ob die Männer ihretwegen hatten sterben müssen. Ohne ihre Anwesenheit wäre der zweite Dieb vielleicht nicht so abgelenkt gewesen und hätte das Gemälde mit sich genommen, bevor er die Aufmerksamkeit der Wachen auf sich gelenkt hatte.

Um nicht weiter über diese Möglichkeit nachdenken zu müssen, setzte sie sich langsam auf und schwang die Beine über den Bettrand. Noch immer schwankte das ganze Zimmer bei der kleinsten Anstrengung. Die rasenden Gedanken in ihrem Kopf waren nicht gerade hilfreich, zur Ruhe zu kommen.

Trotzdem erhob sie sich und tastete sich vorsichtig an der Wand entlang Richtung Fenster. Die Lichter der Stadt funkelten zu ihr herauf. Für einen Fluchtversuch war sie viel zu weit oben und sie nahm an, dass vor der Tür mindestens ein Polizist Wache saß.

Ob Derrick dort draußen war? Kurz verspürte sie den starken Impuls, nachzusehen und mit ihm zu sprechen, doch dann rief sie sich zur Vernunft. Sie sollte ihm gar nichts sagen, ehe sie nicht mit ihrem Anwalt gesprochen hatte. Aber konnte Daniel sie aus dieser Situation herausboxen?

Man hielt sie für eine Mörderin. Alles, was sie zu diesem Zeitpunkt noch für sich selbst tun konnte, war, den Schaden so gering wie möglich zu halten. Auf keinen Fall durfte Rob davon erfahren! Wenn sie an seine Reaktion dachte, wurde ihr übel.

Natürlich hatten sie ihr das Handy abgenommen, das hatte sie schon am Abend bemerkt, ehe sie eingeschlafen war. Sicher gab es auf der Station ein Telefon. Sie bezweifelte allerdings, dass man es sie benutzen lassen würde. Doch wenn sie Rob keine

Nachricht hinterließe, würde er sich automatisch an die Polizei wenden. Oder wäre es ihm egal und er würde sich einfach eine seiner Gespielinnen zur neuen Frau machen?

Auch dieser Gedanke war nicht gerade angenehm, wenn er auch durchaus seine Berechtigung hatte. Doch vermutlich war dies ein Luxusproblem, das sie sich in ihrer Situation nicht mehr leisten konnte. So wie sie es sah, bekäme sie lebenslänglich.

Es war nicht so, dass sie nie zuvor über die Möglichkeit nachgedacht hatte, doch sie hatte sich immer für unberührbar gehalten. Als könnte ihr das nicht passieren und wenn doch, würde sie es sicherlich schaffen, sich irgendwie herauszuwinden. Die vielen Identitäten hatten ihr eine trügerische Freiheit verliehen, die sie nun auf einen Schlag verloren hatte. Morgen würde man sie mitnehmen und vielleicht – oder sogar wahrscheinlich – wäre sie dann nie mehr frei. Die Vorstellung erschien ihr unerträglich.

An was sollte sie zurückdenken, um als mutmaßliche Mörderin in einer tristen Gefängniszelle, Kraft zu schöpfen? An ihr erfülltes Leben? Sie hatte nichts von den Dingen getan, die sie sich als Jugendliche für sich erträumt hatte. Keine Reisen, keine Kinder, keine Freude. Niemand würde sie vermissen. Mit ihren Eltern hatte sie sich aufgrund ihrer frühen Heirat mit Rob zerstritten. Geschwister hatte sie keine und die Freundschaften aus dem Country Club basierten auf oberflächlichem Klatsch.

Ihre Kehle wurde trocken und sie griff nach dem Hebel, um das Fenster zu öffnen. Was hielt sie davon ab, diesem Wahnsinn ein Ende zu setzen, dieser gescheiterten Existenz? Doch es war natürlich verschlossen. Sie fluchte laut, als ihr bewusst wurde, was sie im Begriff gewesen war zu tun, und wandte sich schnell ab. Liv gab nicht auf. Liv lebte. Doch wie lebte es sich in einem Käfig?

Am nächsten Morgen war sie wieder mehr sie selbst. Mehr wie Liv. Sie hatte ein Ziel und wenn sie ein Ziel hatte, konnte sie hartnäckig sein. Seit gut zehn Minuten bearbeitete sie die Schwester, die die Visite durchführte. „Bitte lassen Sie mich kurz telefonieren. Nur zwei Minuten!"

Die Tür schwang auf und Derrick betrat den Raum.

„Das trifft sich gut!", begrüßte ihn die ältere rüstige Schwester wütend. „Sagen Sie ihr, dass sie nicht telefonieren darf! Ich bin für heute durch. Sie können sie in einer halben Stunde mitnehmen. Ich mache die Papiere fertig." Damit stapfte sie an ihm vorbei aus dem Raum.

„Telefonieren?", fragte Derrick neugierig. „Wie geht es Ihrem Kopf?"

Sie verschränkte die Arme vor der Brust, weil sie sich über sich selbst ärgerte, dass sie so froh war, ihn zu sehen. „Jetzt interessiert es Sie plötzlich, wie es mir geht, nachdem Sie mich gestern einfach sitzen gelassen haben?"

Er zog einen Stuhl heran und setzte sich verkehrtherum darauf, die Arme auf der Lehne abgestützt. „Was wollen Sie eigentlich von mir?"

„Mein Handy wäre für den Anfang nicht schlecht! Wo ist es?"

„Das liegt in der NYPD–Zentrale und wird gerade ausgewertet. Es ist mir auf Anordnung des Commissioners nicht erlaubt, Sie telefonieren zu lassen. Ich kann aber, wenn Sie es wollen, eine Nachricht weiterleiten.“

Liv schoss jeglichen falschen Stolz in den Wind und setzte sich auf. „Bitte! Es ist wirklich wichtig. Ich schwöre, ich belüge Sie nicht oder spiele irgendwelche Spielchen.“

Er schwieg und mied ihren Blick. Sie ergriff mit beiden Händen seine rechte Hand.

„Wenn es sein muss, können Sie im Raum bleiben“, fügte sie flehend hinzu.

Er seufzte und sah sie nachdenklich an. Seine Finger tippten auf dem Stahlrahmen des Krankenbettes herum. Er kniff die Augen zusammen, die aufgehende Sonne blendete ihn. Dann langte er in seine Tasche und reichte ihr sein Handy.

Vor Überraschung riss sie die Augen auf, schwang die Beine aus dem Bett und umarmte ihn kurz und heftig. „Tausend Dank“, flüsterte sie an seinem Hals.

Seine Arme weiteten sich automatisch und legten sich um sie. „Ich hoffe einfach, dass Sie mein Vertrauen nicht missbrauchen.“

Sie löste sich von ihm und sah ihn dankbar an. Das hatte sie nicht erwartet und sie würde es nicht vergessen. Ebenso wenig wie das Gefühl, von ihm gehalten zu werden. „Bestimmt nicht.“

Sie entfernte sich einige Schritte, soweit es in dem kleinen Zimmer möglich war, und wählte mit schnellen Fingern eine Nummer. Ehe die Person am anderen Ende etwas sagen konnte, gab Liv ihr schon

Anweisungen. „Ich bin es, Nancy. Tun Sie mir einen Gefallen. Fahren Sie zum Haus und richten Sie Rob, wenn er kommt, aus, dass ich auf Reisen bin.“

Die junge Frau wirkte ehrlich überfordert. „Er wird sehr wütend werden, Miss. Und wissen wollen, wo Sie sind.“

„Das weiß ich! Ist mir vollkommen egal. Stellen Sie keine Fragen! Sagen Sie ihm, ich hätte von seinen Affären erfahren und wäre fort. Ich werde zu gegebener Zeit meine Sachen holen. Sagen Sie einfach, Sie wissen nicht, wo ich bin!“

„Sie machen mir gerade fürchterliche Angst, und ich mache mir Sorgen um Sie“, kam die ehrliche Erwiderung.

Liv hörte die Nervosität aus Nancys Stimme klingen, aber je weniger sie wusste, desto besser. Außerdem hatte sie ja noch einen stummen Mithörer. „Kann ich mich auf Sie verlassen?“

„Natürlich“, kam die resignierte Erwiderung. „Wie immer, Miss. Passen Sie auf sich auf.“

„Vielen Dank. Ich melde mich bei Ihnen, sobald ich kann.“

Sie legte auf, löschte die gewählte Nummer geistesgegenwärtig aus dem Protokoll des Telefons und hielt Derrick wortlos das Handy entgegen.

„Was war das denn?“ Er nahm das Handy entgegen. „Sie werden bald aus dem Krankenhaus entlassen. Das ist die letzte Gelegenheit für uns, unter vier Augen zu reden.“

Sie sah ihn an. „Was wollen Sie denn wissen?“

„Was wollen Sie denn erzählen?“

„Fragen Sie einfach ... dann fällt es mir leichter zu entscheiden, ob ich Ihnen die Wahrheit erzählen kann.“ Dann wurden ihr seine Worte klar. „Was meinen Sie damit, es ist die letzte Gelegenheit für uns, unter vier Augen zu reden?“

„In Untersuchungshaft ist immer ein Psychologe dabei, mehrere Detectives, gelegentlich diverse Experten für das jeweilige Gebiet. Dort ist immer ein ganzer Stab anwesend. Hier sind wir allein.“ Er überlegte einen Moment über die Wahl seiner nächsten Worte. „Sie müssen mir alles erzählen, was Sie wissen.“

„Das kann ich auch noch dort tun, oder?“, sagte sie mit einem traurigen Lächeln. „Dort haben wir mehr als genug Zeit ... lassen Sie uns über etwas anderes reden.“ Sie setzte sich ihm gegenüber auf das Bett und sah zur Uhr. „Laut dem Stationsdrachen haben wir noch genau fünfzehn Minuten.“

„Über was wollen Sie denn reden?“, fragte er und setzte sich neben sie auf das Bett.

„Von welchem Zeitpunkt an wussten Sie, dass ich ...“ Sie stockte kurz und fragte sich, wie nahe sie mit den nächsten Worten einem Geständnis war. „Nicht die bin, für die ich mich ausgegeben habe?“

Er lächelte und trommelte auf seinem Bein herum. „Als Sie mir bei der Ausstellung im Met direkt in die Augen gesehen haben.“

Sie lächelte. „Ich wusste es. Ich habe es nicht wirklich versucht, wissen Sie.“

„Drei Jahre sind Sie fehlerlos vorgegangen, niemand hatte auch nur eine Ahnung, wen wir suchten. Was war diesmal anders?“

Sie schwieg lange, doch dann sah sie ein, dass ihre Lage aussichtslos war. Ihre Lügen brachten sie nicht mehr weiter. Darum war sie ehrlich und antwortete nur: „Sie."

Er sah auf, direkt in ihre Augen. „Ich?"

Müde legte sie den Kopf auf seiner Schulter ab. „Keine Bange, in zehn Minuten werde ich wieder die Diebin und Sie der Detective sein. Ich brauche nur kurz etwas ... Normalität."

Er legte den Arm um ihre Schultern und hielt sie fest. „Sie sind immer noch Liv, ich bin immer noch Derrick."

Liv schloss die Augen und lächelte. Sie hatte fast vergessen, wie es sich anfühlte, so von einem Mann gehalten zu werden.

Die Tür öffnete sich und die schlechtgelaunte Schwester trat ein. Beim Anblick der beiden blieb sie fassungslos in der Tür stehen. Liv hob langsam den Kopf und brachte Abstand zwischen Derrick und sich.

Dieser erhob sich. „Ich glaube, Ihre Eskorte ist hier."

Die Schwester sah ihn nach wie vor entsetzt an, dann drückte sie ihm brüsk die Papiere in die Hand. „Die sind für Sie. Und jetzt nehmen Sie sie mit. Es hat sich herumgesprochen, dass eine Mörderin auf der Station ist. Die anderen Patienten sind nervös."

Derrick nahm die Papiere entgegen und lächelte die Schwester frech an. „Es ist eine Mörderin auf der Station und ich weiß nichts davon? Dann bringen Sie mich besser mal zu ihr."

Liv lächelte dankbar in sich hinein und folgte ihm auf den Gang hinaus. Zumindest gab es einen Menschen auf dieser Welt, der ihr glaubte.

# Kapitel 8



*Das weiße Licht des Knopfes zwischen den Aufzügen leuchtete auf, und ein dezentes Summen näherte sich dem Flur des neunten Stocks. Die Türen des Aufzugs öffneten sich und Derrick trat hinein, Liv direkt hinter ihm. In dem Moment, als sich die Türen schlossen, wurde es auf einmal sehr eng. Es fühlte sich an, als würde die Decke auf sie hinabfallen, oder die Wände sie zerquetschen. Als ob sich unter ihnen eine Falltür öffnete, sank der Boden hinab. Seine Hände langten zu den kalten Handschellen an seinem Gürtel. Er musste nun tun, was er immer hatte vermeiden wollen. Die falsche Person verhaften. Er verlor sich in seinen Gedanken, als sie ihn ansprach.*

*„Sie haben etwas auf dem Herzen, oder, Derrick?"*

*Nein. Vielleicht war sie nicht für diesen Fall verantwortlich, aber unschuldig war sie sicher nicht. Er musste sie verhaften, so oder so. Es fühlte sich nur so falsch an. Er versuchte, sie nicht direkt anzusehen.*

*„Ich will das nicht tun." Er spürte, dass sie nicht genau wusste, wovon er redete. Erst jetzt fiel ihm auf, dass die Handschellen nach wie vor durch seine Jacke bedeckt waren. „Sie sind nicht schuldig, ich sollte Sie nicht so abführen müssen." Zu seiner Überraschung war seine Stimme brüchig und heiser, gar nicht so, wie sie es sonst*

immer war. Ob das an seiner Sympathie für sie lag oder am übermäßigen Whiskeykonsum der letzten Nacht, wusste er nicht genau. Hoffentlich war es Letzteres.

„Es bedeutet mir viel, dass Sie an meine Unschuld glauben. Aber ich habe keine Ahnung, wovon Sie reden." Sie klang so viel selbstsicherer als er in dieser Situation. Niemals durfte ein Detective solche Schwäche zeigen. Zorn kam in ihm auf, auf alles, Liv, seinen Job, sich selbst. Er ballte die Hand zur Faust und eine bestimmte Tastenkombination der Knöpfe im Aufzug. Sie brauchten Zeit. Etwas, das sie von Anfang an zu wenig hatten. Der Fahrstuhl kam abrupt zum Stehen. Die Handschellen blitzten hinter seiner Jacke hervor, sodass Liv sie sehen konnte.

Sie wurde bleich. Dann atmete sie langsam aus. „Es ist Ihr Job. Das haben Sie letzte Nacht selbst gesagt."

Sie drehte sich um, ihre Handgelenke ihm entgegengestreckt. Sie hatte recht. Es war sein Job. Er musste es tun. „Es tut mir leid", brachte er hervor, während die Handschellen mit einem Klickgeräusch um Livs Gelenke schnappten. Derrick hielt sie einige Zeit fest. Ihre Hände waren eiskalt, blutleer. Dann drückte er eine Taste, und der Fahrstuhl setzte sich wieder in Bewegung.

„Ich wünschte, wir hätten uns unter anderen Umständen kennengelernt, Derrick", flüsterte Liv. Von ihm kam keine Antwort, doch sein Blick sagte in diesem Fall alles.

„Können wir bitte schnell gehen?", fragte sie, der Aufzug bremste. Die Türen glitten auf. Derrick griff ihren Oberarm und führte sie schnell durch den Eingangsbereich. Die Polizisten, die Wache standen, schienen sich nicht für das Geschehen zu interessieren, und die Blicke der Schwestern durchlöcherten die beiden wie eine Tommy Gun. Wäre er allein, hätte er jetzt eine Szene gemacht, aber Liv hatte ihn gebeten, sich zu beeilen. Also beließ er es bei einem bösen Blick durch den Raum.

Schon bevor sie die große Glastür am Eingang des Krankenhauses erreichten, hörte Derrick den Regen auf die Scheiben einprasseln. Es war Morgen, aber es sah aus wie spät am Abend. Wolken hatten den Himmel über New York verdunkelt. Sein Auto stand direkt vor der Tür, doch die wenigen Meter durch den Regen reichten, um sie beide komplett zu durchnässen. Wie aus Reflex hielt er die erste Tür auf, die er greifen konnte. Die Tür hinter dem Fahrersitz. Es war gegen das Protokoll, Verhaftete genau hinter sich sitzen zu lassen, wenn nur eine Person transportiert wurde. Aber es war auch zu spät, um die Tür wieder zu schließen.

Liv war schon halb eingestiegen. Das nasse Haar hing ihr ins Gesicht, und er musste den Impuls unterdrücken, es ihr beiseite zu streichen. Rasch stieg er vorne ein. Jetzt erst kam ihm der Gedanke, dass er mit relativ hoher Wahrscheinlichkeit noch Restalkohol im Blut hatte. Obwohl er vorhin schon die komplette Strecke von Brooklyn bis zum Krankenhaus gefahren war.

Ein Flimmern entzündete sich in ihm, und Bilder flogen vor seinem inneren Auge vorbei. Er dachte an alles, was er verpasst hatte. Dank seines Jobs und dank dieses speziellen Falls. Ein Date mit Valentina Neri hätte er haben können. Überhaupt ein Date. Aber wie jedes Mal, wenn sein Privatleben begann, sich zart zu entwickeln, wenn seine Arbeit ein wenig in den Hintergrund rückte, geschah irgendwas. Seine Kiefermuskulatur arbeitete sichtlich, seine Backenzähne schliffen aufeinander, bis es ihm Kopfschmerzen bereitete. Der Autoschlüssel glitt ins Schloss und Derrick drehte in herum. Der V8–Motor röchelte etwas, dann ging er aus. Er versuchte es nochmal. Demütigender konnte es für ihn nicht mehr werden. Ein Detective der New Yorker Polizei hat nicht einmal Zugriff auf ein funktionierendes Auto.

„Hätten Sie mir nicht wenigstens einen glamourösen Abgang verschaffen können?", klang es sarkastisch vom Platz hinter ihm.

Hätte er ihr einen glamouröseren Abgang verschaffen können? Hätte er, wenn der Commissioner ihm ein richtiges Auto gegeben hätte, wie vielen anderen Detectives auch. Oder wenn man sich um seine Schrottmühle vernünftig kümmern würde. Oder viel besser, wenn das Alles nicht passiert wäre und er einen einzigen Abend lang hätte Freizeit genießen dürfen, fernab von Akten, Dokumenten und Wänden von Text, von unnötigen Verhören dreister Drogenkuriere, von Besuchen auf zu lauten Partys, weil die Streife sich dafür zu fein war, von jugendlichen Schlägern, die ihm stockbesoffen auf die Schuhe kotzten, fernab von diesem gottverdammten Job als Hüter lückenhafter Gesetze in einer von Arschlöchern besiedelten Stadt. Ein Tropfen zu viel.

Seine ganze Energie entlud sich plötzlich, unangekündigt, und wie wild drosch er auf die Plastikarmatur neben seinem Lenkrad ein. Die Personifikation aller Probleme erschien genau dort, genau jetzt. Jeder Schlag fester, tiefer in das Plastik, bis es abfiel. Er atmete aus, lang, tief.

„Vielleicht werden wir beide eingesperrt, wenn Sie Polizeieigentum beschädigen. Das würde mir gefallen", witzelte Liv, diesmal etwas leiser.

Er war sich sicher, es würde ihr gefallen. Sein Puls entsprach gerade dem eines Spitzensportlers, doch er versuchte, ruhig zu bleiben. Er drehte den Schlüssel erneut im Schloss, und nach einer Sekunde des Röchelns sprang der Motor blubbernd an. Er holte Luft, als ob er etwas sagen wollte, entschied sich dann aber dagegen. Er trat nur das Gaspedal durch, die Drehzahl des Wagens schoss nach oben und der Motor schrie auf. Das Ende der Straße war in Sekunden da. Gefolgt vom Nächsten. Und vom Nächsten. Derrick schoss über einige Blocks mit einer gefährlich hohen Geschwindigkeit. Jede Gerade heulte der Motor auf, die Umgebung verschwamm. In jeder Kurve wurde der gesamte Wageninhalt umhergeworfen, seine Aktentasche, sein Mantel, die unzähligen leeren Papp-Kaffeebecher.

„Kommt mir fast vor, als könnten Sie es gar nicht abwarten, mich abzuliefern", kommentierte Liv leise.

Er sah in den Rückspiegel, sein Fahrstil normalisierte sich wieder. Liv machte ihm erst bewusst, wie gefährlich er fuhr. „Ich will Sie nicht abliefern. Ich wünschte, ich könnte abhauen."

Ihre Blicke trafen sich. Ohne auch nur eine Miene zu verziehen starrte sie ihm in die Augen. „Dann tun wir's doch", erwiderte sie todernst.

„Sie wissen genau, dass ich das nicht kann."

Sie lehnte sich zur Seite und sah aus dem Fenster. „Nein, natürlich nicht. Dafür ist Ihr Gerechtigkeitssinn viel zu ausgeprägt. Schade eigentlich. Ich dachte, wir beide könnten zusammen so eine Bonnie-und-Clyde-Sache durchziehen."

Der Regen hatte etwas nachgelassen und Derrick kurbelte das Fenster hinunter. Er versuchte es zumindest, und mit ein wenig Gewalt glückte es ihm auch. „Wenn Sie abhauen, werden Sie nie wieder wirklich frei sein."

Er hörte sie durchatmen, die frische, vom Regen gereinigte Luft. „Wie geht es jetzt weiter?", fragte sie schließlich.

Er überlegte eine Sekunde lang. „Man wird Sie in Gewahrsam nehmen. Keine Ahnung wie lang. Allzu lang sollte es nicht sein, es gibt kaum Beweise gegen Sie. Die einzige Person, die überzeugt werden muss, ist der Richter. Die Wahrheit muss ans Licht kommen, bevor der Prozess beendet wird."

Sie sah ihn durch den Rückspiegel an. „Gewahrsam ... glauben Sie, ich werde je wieder frei sein?"

Er antwortete nicht, obwohl er es so gern wollte. Die Stille war erstaunlich. An diesem Morgen schien die Stadt, die niemals schläft, zu schlafen. Sogar der Verkehr war ziemlich ruhig. Schließlich zwang er sich zu einer Antwort. Er konnte sie nicht auf dieser Frage sitzenlassen. „Ich verspreche es Ihnen."

Das Polizeipräsidium erschien zwischen den riesigen Häuserfassaden. Ein wenig deplatziert befand sich dieser triste Bau zwischen den modernen Glaswänden des Financial Districts. „Commissioner Hernandez wird Sie empfangen, er hat einige Fragen an Sie."

Liv nickte nur. Derrick fuhr die Schleife zur Auffahrt hinauf und hielt auf dem vorderen Parkplatz des Präsidiums. Mehrere Leute warteten schon auf sie. Er stoppte abrupt und zog die Handbremse. Ein großer, stämmiger Mann lief um das Auto, verwundert, dass Liv auf der falschen Seite saß. Schließlich öffnete er ihr die Tür.

„Mrs. Carstairs. Mein Name ist Hernandez", sagte er, während er ihre Handschellen öffnete.

Sie streckte ihm spontan die Hand für einen Händedruck entgegen. „Hallo, Mr. Hernandez."

„Laurence und Fisher werden Sie ins Präsidium begleiten. Folgen Sie ihnen, ich werde mich schnellstmöglich um Sie kümmern", befahl der Commissioner ihr ruhig. Auf ihre ausgestreckte Hand ging er gar nicht erst ein.

Derrick lehnte sich an sein Auto und beobachtete, wie Hernandez im Präsidium verschwand, gefolgt von mehreren uniformierten Polizisten. Liv drehte sich um, sah ihm noch einmal in die Augen. Dann war auch sie im Gebäude verschwunden.

# Kapitel 9



*Die Gefangenen*
*~ Käthe Kollwitz ~*

Der Streifenpolizist brachte sie in einen kargen Raum mit gräulichen Wänden. In eine davon war ein langer Spiegel eingelassen. Sie wusste, dies war ein Fenster für die Detectives, um ihr Verhalten zu beobachten. Wie bei einem Tier im Zoo. Unwillkürlich wischte sie die schweißnassen Hände an den ausgewaschenen Jeans ab, die man ihr im Krankenhaus gegeben hatte. Wo ihre Sachen waren, wusste sie nicht. Sie besaß rein gar nichts mehr, was ihr gehörte. Nur sich selbst.

„Der Commissioner wird bald da sein", sagte der Polizist, der sie hereingebracht und auf dessen Namensschild sie nun „A. Laurence" lesen konnte. „Setzen Sie sich."

Sie sah ihn nicht an. „In Ordnung", erwiderte sie kühl und blieb neben dem Tisch stehen, weil sie es nicht über sich brachte, sich auf einen der harten Holzstühle zu setzen wie eine Angeklagte, obwohl sie wusste, dass sie genau das war.

Etwa zwei Minuten vergingen, in denen der Police Officer an seiner Dienstmarke herumspielte. Sie verspürte ein seltsames Gefühl. Etwas, das sie schon so lange nicht mehr gespürt hatte, dass es eine Weile dauerte, ehe sie es als Nervosität enttarnt hatte. All ihre

Tarnungen waren aufgeflogen und sie konnte nicht in ihr altes Leben zurückkehren. Wer in Gottes Namen war sie dann jetzt? Vielleicht würde sie hier enden. In irgendeiner heruntergekommenen Zelle. War es das alles wert gewesen? Warum hatte sie sich nicht einfach scheiden lassen und eine schöne Abfindung kassiert wie die anderen unglücklichen Frauen reicher Männer?

Zu mehr Überlegungen kam sie nicht, schon schwang die Tür auf. In Windeseile machte sich Laurence aus dem Staub, und die stattliche Figur von Commissioner Hernandez erfüllte beinahe den ganzen Raum. „Samantha Carstairs. Ich nehme an, ich muss Ihnen nicht erklären, warum Sie hier sind", sagte er beinahe desinteressiert. Er blätterte durch den Ordner und setzte sich auf einen der Stühle.

Sie ließ ihn keinen Augenblick aus den Augen und schwieg. Er wusste vermutlich genauso gut, warum sie hier war, und sie würde sich nicht um Kopf und Kragen reden.

„Ein beeindruckendes Résumé. Drei Jahre, in denen Sie eine wahnsinnige Karriere hingelegt haben – acht mit Ihnen in Verbindung gebrachte Diebstähle. Ich vermute, das letzte Nacht sollte Ihr großer Coup werden. Ein millionenschwerer Monet. Und zwei Mordfälle", las er monoton von einem der Zettel vor.

„Ich habe niemanden umgebracht!", platzte es wütend aus ihr heraus.

Er sah auf. Es war seltsam, äußerlich wirkte er beinahe abwesend, aber bei seinem Blick würden selbst Boxer zurückzucken. Es lag eine unantastbare Autorität in seinen Augen. „Nun, man fand Sie mit einer Waffe in der Hand neben zwei toten Wachleuten.“

„Doch meine Spuren fanden Sie nicht auf der Waffe, habe ich recht?“, entgegnete sie angriffslustig. Liv fürchtete sich nicht vor Konfrontationen. Sie fürchtete keine Autoritäten – sie hasste sie. Liv war eine Frau, die andere Dinge fürchtete.

Einer seiner Mundwinkel hob sich ein wenig, abwertend und demütigend. „Sie trugen Handschuhe, natürlich nicht. Leugnen sie auch, dass sie Handschuhe und Perücke trugen? Ihre ganze Aufmachung schrie nach Meisterdiebin.“

„Ich will meinen Anwalt sprechen!“

„Nehmen Sie Platz, Mrs. Carstairs.“

Sie ballte zornig die Hände zu Fäusten. Sie war vielleicht eine Diebin, doch sie kannte ihre Rechte. Sie hatte das Recht auf einen Anwalt. Sie hatte das Recht, bis zu seinem Eintreffen zu schweigen. Und genau das würde sie tun!

Einen Moment zögerte Hernandez. Dann beugte er sich weit nach vorn. „Einer der Wachleute, Michael Overman, er war Vater. Hatte zwei Töchter. Die kleine Mia, sieben Jahre alt, und Rose, drei Jahre alt.“

Liv spürte, dass sie erbleichte. Ihre Haltung fiel in sich zusammen, sie kniff kurz die Augen zu und presste dann hervor: „Ich habe diese Männer nicht ermordet.“

„Hat Ihr Komplize sie erschossen?“ Hernandez hob eine Augenbraue.

„Ich habe keinen Komplizen!“, erwiderte sie wütend und kämpfte gegen die aufsteigenden Bilder in ihrem Kopf an. Die toten Körper, das Geräusch der Schüsse. Der Schmerz der Gehirnerschütterung in ihrem Kopf schwoll soweit an, dass sie taumelte und doch auf den zweiten Stuhl sank. Sie wollte schlafen und aus diesem schrecklichen Albtraum erwachen. Und sie sehnte sich danach, mit Derrick zu sprechen, obwohl sie gleichzeitig nicht wusste, was sie ihm sagen wollte.

In dem Moment, in dem sie sich hinsetzte, stand Hernandez auf. „Wer hat geschossen?", fragte er nachdrücklich, jedes Wort besonders betonend.

Sie rieb sich die Schläfe, versuchte sich zu erinnern. „Ich kenne ihn nicht. Er war vermummt."

Er verschränkte die Arme. „Es war noch jemand im Museum?"

„Was glauben Sie denn? Sind Ihre Leute noch nicht darauf gekommen? Was tut denn Ihre Spurensicherung, wenn ich fragen darf?"

„Die Spurensicherung findet Stück für Stück Dinge, die Sie weiter belasten", sagte er mit einer bedrohlichen Ruhe.

Sie schlug so kraftvoll mit den Fäusten auf den Tisch, dass ihre Hände schmerzten. „ICH WILL EINEN ANWALT, VERDAMMT!"

Und wie sehr sie sich wirklich danach sehnte! Sie hatte den bekanntesten Staranwalt New Yorks und obendrein war er ihr bester Freund. Liv war sich sicher, sobald Dan auf der Bildoberfläche erschien, wäre alles nur noch halb so schlimm. Doch mit Schrecken wurde ihr bewusst, dass dann unweigerlich auch Rob von dieser Sache erfahren würde. Es sah jedoch nicht so aus, als bräuchte sie sich Sorgen darum machen, denn Hernandez ignorierte ihre Forderungen weiter geflissentlich.

„Die Patronen, die einen verlobten jungen Mann und einen Familienvater so abrupt aus dem Leben gerissen haben, wurden von einem Robert Carstairs gekauft.“

Sie spürte, dass sie erbleichte. War das eine Finte, um mehr über ihre Identität herauszufinden?

Fiebrig überlegte sie, was Hernandez mit dieser Aussage bezwecken sollte, denn die Wahrheit war einfach zu lachhaft. Der selbstgerechte, allzu korrekte Rob ein Gauner? Das konnte nur ein Irrtum sein.

Sie verschränkte wieder die Arme vor der Brust. „Ohne meinen Anwalt, sage ich gar nichts mehr!“

Da schwang mit unglaublicher Gewalt die Tür auf. So hart, dass in der Wand eine Delle von der Klinke zurückblieb. Derrick betrat schwer atmend den Raum. Als sie ihn sah, entspannte sie sich augenblicklich. „Ich kann das übernehmen, Commissioner.“

Hernandez starrte Derrick einen Moment mit zusammengekniffenen Augen an. Liv war sich sicher, dass er ihn hinauswerfen würde. Für einen Moment schien er mit dem Gedanken zu spielen, dann schien er seine Meinung zu ändern.

„Nun gut“, antwortete er und ging langsam zur Tür.

Derrick rief ihm noch zu, er solle das Mikrofon im Raum abstellen, damit sie wirklich unter vier Augen reden würden.

„Ich habe keine Ahnung, was Sie vorhaben, Graves, aber das dürfen Sie mir heute Abend ausführlich in meinem Büro erklären.“

Liv war sofort misstrauisch. Kaum war die Tür hinter Hernandez zugeschlagen, zischte sie wütend: „Glauben Sie bloß nicht, dass ich Ihnen irgendetwas erzähle, solange wir hier drin sind!“

Er stützte sich auf dem Tisch ab und sah sie wortlos an.

Sein Blick trocknete ihre Kehle aus. Sie wollte ihm die Wahrheit sagen. Und zwar alles. Angefangen von ihrer unglücklichen Ehe, über die vielen Diebstähle bishin zu den gestohlenen Gemälden in ihrem Schlafzimmerschrank. Sie spürte, wie die Worte in ihr brodelten und an die Oberfläche drängten. Darum presste sie die Lippen noch fester aufeinander und lehnte sich im Stuhl zurück, um ihm nicht mehr so nahe zu sein.

„Robert Carstairs?", fragte er schwer, immer noch auf ihre grünen Augen fixiert.

„Ich will mit meinem Anwalt sprechen."

„Der wird Sie nicht retten." Er schüttelte den Kopf und sah zum Spiegel.

Wieder schlug Wut in Liv hoch. Sie hatte ihm vertraut, hatte sich von ihm in Handschellen abführen lassen und jetzt spielte er hier Spielchen. Sie hatte das schreckliche Gefühl, dass er sie verraten hatte. Dass er sich ihr Vertrauen erschlichen hatte, um sie für immer hinter Gitter zu bringen. Warum kam ihr dieser Gedanke erst jetzt? Warum tat ihr dieser Gedanke so weh?

„Hören Sie auf mit dieser stillen Kommunikation mit ihren Komplizen!", fauchte sie und nickte gereizt Richtung Spiegel.

Derrick zog gewaltsam den Stuhl heran und setzte sich ihr gegenüber. Seine Stimme war nun laut und zittrig. „Passen Sie auf! Ich weiß nicht, wie sehr Ihnen schmollen als Kind geholfen hat oder bei Ihrem Ehemann." Er hielt wütend inne und sie fühlte sich auf absurde Weise schuldig. „Aber hier geht es weder um einen Lollipop noch um ein schickes Kleidchen von Gucci, hier geht es um Ihre Freiheit!" Beim letzten Wort schlug seine flache Hand auf den Tisch. „Sie stecken tief drin, und sie werden den Rest Ihres Lebens hinter Gittern verbringen, wenn sich nichts ändert, und alles, was Sie zu tun haben, ist Ihren einzigen Verbündeten anzuschwärzen!"

Sie wollte nicht mit ihm reden, während sie sich so beobachtet fühlte, obwohl sie wusste, dass er recht hatte. Mit seinen Worten hatte er sie verletzt und sich fühlen lassen wie eine verwöhnte Göre. Sie sah ihn weiter wortlos an, schätzte ihre Chancen ab. Wenn seine Freundlichkeit nur ein Trick gewesen war, um sie hierher zu bekommen, ohne dass sie sich übermäßig wehrte oder um ihr ein Geständnis zu entlocken, warum war er dann jetzt so aufgebracht? Ein Teil von ihr wollte ihm sagen, dass sie Rob nicht liebte und diese Ehe ihren Namen nicht verdiente. Doch dann wurde ihr klar, dass das hier völlig unrelevant war. Sie war nicht mehr Liv, er war nicht mehr Derrick. Sie war Samantha Carstairs und entgegen allem, was er im Auto zu ihr gesagt hatte, hatte sie wohl keine Chance mehr, jemals wieder frei zu sein. Außer sie log weiter.

„Ich bin nicht verheiratet. Oder sehen Sie einen Ring an meinem Finger? Hier liegt eine Verwechslung vor. Mein Name ist Liv, das wissen Sie doch." Und mit aller Kraft, die sie aufbieten konnte, setzte sie ein Lächeln auf.

Vielleicht hätte sie ihn von Anfang an verführen sollen, schon am ersten Abend. Vielleicht war er einer dieser Männer, die sich damit kaufen ließen. Sie fürchtete nur, dass sie keine dieser Frauen war.

„Sind Sie Liv? Oder doch Samantha?" Er zog eine kleine Plastikkarte hervor, ein Studentenausweis, und funkelte sie wütend an. „Oder Emily?"

Sie sah ihn ruhig an, versuchte zu verstehen, was hinter diesen grünen Augen vor sich ging. Warum klang er derart verletzt? Warum fühlte sie sich ihm so unsagbar nah? So gefährlich nah, dass Schweigen die einzige richtige Antwort war.

„Denken Sie in Ruhe drüber nach. Ich kann Ihnen so nicht helfen, das sagte ich Ihnen schon einmal. Wenn Sie sich entschieden haben, verlangen Sie einfach nach mir." Er drehte sich um und stellte sich neben die Tür. Einen Moment verweilte sein Blick auf ihr.

„Sie sagen, Sie wollen mir helfen. Dabei sollte Ihnen doch klar sein, dass mich jedes weitere Wort selbst belasten würde", sagte sie leise mit Blick auf ihre Hände.

Er lehnte sich an die Tür und verschränkte die Arme. „Ich rede nicht von einem Freispruch. Aber vielleicht von Schadensbegrenzung."

Sie vergrub das Gesicht in den Händen. Ihr Kopf war leer, sie war so müde. Doch sie wollte nicht allein sein. Sie wollte nicht in eine kalte Zelle gesperrt werden. Allein der Gedanke jagte ihr mehr Angst ein, als sie hätte sagen können. Schließlich fragte sie: „Was soll ich tun?"

„Ruhen Sie sich aus, schlafen Sie. Sobald Sie sich bereit fühlen, fragen Sie nach mir, dann erzählen Sie mir alles. Die kompletten letzten drei Jahre. Wenn es sein muss mehr."

Da sah sie auf. Wie sollte sie nur jemandem vertrauen, der sie verdammen konnte? Diesen Fehler hatte sie bereits bei ihrem Mann gemacht. „Wo bringt man mich jetzt hin?"

„In eine Zelle. Zur Untersuchungshaft." Er lachte kurz auf und es lief ihr eiskalt den Rücken herunter. „Die komfortabelsten Zellen im ganzen Komplex."

Sie schloss die Augen. „Eins noch … es wird doch niemand zu … zu meinem Haus fahren, oder?"

„Ich trage mich dafür ein. Vielleicht vergesse ich es ja." Er grinste, was etwas unpassend war. Er hatte gerade vorgeschlagen, gegen die Dienstvorschrift zu verstoßen.

Nun wusste sie, dass sie nicht beobachtet wurden und riss überrascht die Augen auf. Automatisch erhob sie sich und ging einige Schritte auf ihn zu. „Das mit meinem Mann … ich …" Sie schluckte, fühlte sich töricht und brach ab.

Er sah sie fragend an. „Das mit Ihrem Mann?"

Sie schüttelte den Kopf, als würde sie aus einem tiefen Traum erwachen und sagte verlegen: „Vergessen Sie's."

„Denken Sie daran, was ich Ihnen gesagt habe."

Er verließ den Raum, vergaß aber, die Tür komplett zu schließen. Aus dem Vorraum hörte sie die Stimme des Commissioners. „Haben Sie etwas gegen sie in der Hand? Hat sie angebissen?"

„Sie ist eine Verdächtige, Commissioner. Keine Verurteilte."

Sie ging näher an den Türspalt heran und sah, wie sich Derrick müde durchs Haar fuhr. Er sah abgekämpft aus und zum ersten Mal fragte sie sich, wann er das letzte Mal geschlafen hatte. Sie zuckte erschrocken zurück, als ihr die Tür entgegenschwang und Laurence vor ihr stand.

Alarmiert, weil sie so nah an der halb geöffneten Tür gestanden hatte, packte er sie roh am Handgelenk. Seine nächsten Worte waren keine Bitte mehr, sondern ein Befehl. „Folgen Sie mir."

Von da an war sie eine Gefangene. Sie merkte es an der Art, wie er sie durch die Gänge führte. Spürte es an seinem endgültigen Schweigen und den Blicken der anderen Detectives. Fast schon feierlich. Ob sie heute Abend darauf trinken würden, dass sie die Diebin geschnappt hatten, die millionenschwere Gemälde gestohlen hatte? Wie lange würde es dauern, bis sie die Gemälde fanden?

Sie wünschte, sie hätte eine Möglichkeit, Daniel zu kontaktieren. Sie wusste, er würde sie sofort hier herausholen. Dann könnte sie die Scherben ihres Lebens zusammenkehren. Wie lange würde es dauern, bis er sie fände? Sie hatte Rob eine falsche Fährte gelegt. Würde Daniel sie ebenfalls schlucken, ohne sie zu hinterfragen?

„Da sind wir. Morgen wird jemand zu Ihnen kommen, der Ihnen sagt, wie es weitergehen wird", unterbrach der Polizist ihre Gedanken und sie erschrak, als die Tür hinter ihr ins Schloss fiel und sie allein war.

Sie befand sich in einem schlauchförmigen Raum, der mit drei großen Schritten durchmessen werden konnte. Ein winziges Fenster ließ spärliche Sonnenstrahlen herein. Es musste schon Nachmittag sein. Sie hatte jegliches Zeitgefühl verloren. Erschöpft setzte sie sich auf das kleine Bett, das nicht so hart war, wie sie erwartet hatte. Sie wollte sich nur kurz hinlegen und die Augen schließen, doch sofort fiel sie in einen tiefen Schlaf.

# Kapitel 10



Derrick wartete vor der großen Doppeltür des Anwesens. Sogar die Klingel klang pompös. Er konnte sich beim besten Willen nicht vorstellen, dass Liv hier lebte. Er sah zur Seite. Auf der Vierlings-Einfahrt standen drei Wagen, ein silberner Mercedes und ein giftgrüner Lamborghini. Und sein schwarzer Ford Crown Victoria. Absolut deplatziert. Endlich schwang ein Flügel der Tür auf. Zum Vorschein kam ein leicht zu stark gebräunter, trotzdem nicht schlecht aussehender Mann mit einem entnervten Blick.

Derrick hielt ihm seine Dienstmarke entgegen. „Ich bin Detective Graves, NYPD. Darf ich reinkommen?"

Wortlos trat der Mann, der Robert Carstairs zu sein schien, zur Seite. Derrick trat ein. Der Boden war mit cremefarbenen Marmorplatten bedeckt, im Raum selbst standen Schuhschränke und Sideboards aus einem teuren Tropenholz. Teak vielleicht, oder Mahagoni. Er kannte den Unterschied nicht, aber die Namen waren ihm ein Begriff. Trotz einer unglaublichen Anzahl an kargen aber sicher sehr teuren Pflanzen, Gemälden und Statuen aus Bronze und anderen Dekorationen im Raum wirkte er leer, das Volumen war einfach zu groß, um gefüllt zu werden. Es war ein Erlebnis, die Umgebung hier auf sich wirken zu lassen. Es fühlte sich seltsam an, ein wenig einschüchternd und abstoßend, gleichzeitig aber auch anziehend.

„Was ist mit meiner Frau?!", blaffte Robert ihn an und riss ihn aus seiner Gedankenwelt.

Er brauchte einen Moment, um die Frage zu verarbeiten. „Ihre Frau befindet sich in Polizeigewahrsam. Sie ist Hauptverdächtige in zwei Ermittlungen. Es geht um zweifachen Mord und millionenschweren Raub."

Er wusste nicht genau, warum er so zwanghaft versuchte, seriös zu wirken. Seit dem Liv–Fall fühlte er sich einfach in seiner Autorität ein Stück weit untergraben. Die Effektivität dieses Versuchs stellte sich schnell heraus: Robert lachte einfach los.

„Da müssen Sie sich in der Tür geirrt haben, Detective. Samantha ist eine Dame aus gehobenen Kreisen, wie Sie sicher unschwer erkennen können. Sie ist eine ruhige und beherrschte Frau. Keine Kriminelle."

O ja, und ob er erkannte, wie gehoben die Kreise waren. Die Anziehungskraft verflog spontan und Ekel machte sich wieder in ihm breit.

„Ihre Frau, Samantha Carstairs, sitzt in Gewahrsam", erwiderte er, und der Druck hinter jedem Wort war eindeutig vernehmbar. Es war, als würde er schreien, ohne zu schreien.

Robert schnappte nach Luft. „Sie haben die Falsche! Meine Frau ist keine Kriminelle! Was fällt Ihnen ein, in mein Haus zu kommen und meine Frau mitzunehmen?!"

Er war wütend. Sein Kopf wurde rot. Aber die Tatsache, dass Rob wütend wurde, provozierte Derrick im Gegenzug nur weiter.

„Man fand sie im Metropolitan Museum, mit einer Waffe in der Hand. Mit einer Waffe, die zwei Wachleute erschoss."

Die Ruhe, die er in diesen Satz legte, war falsch. Und das ließ er Rob auch wissen.

Dieser hob die Hand. Derrick rechnete mit einem Schlag, mental griff er schon zu seiner Dienstwaffe unter seiner Jacke. Aber Rob löste nur den Knoten seiner Krawatte, um tief Luft zu holen. „Sie kommen hier rein und knallen mir diesen Brocken hin. Das ergibt alles keinen Sinn! Ich will zu meiner Frau! Ich glaube es erst, wenn ich es mit eigenen Augen sehe!"

Eigentlich wollte er ein Treffen zwischen Liv und ihrem Mann vermeiden. Er überlegte, wie er diesen Geldsack überzeugt bekam. Er langte in seine Jackentasche und holte einen Zettel hervor, die Feststellung der Haft, mit dem Stempel des Police Departments.

Doch das interessierte Robert nicht. Er sah sich den Zettel nicht einmal an. „Das können Sie sich sparen. Wer auch immer in Ihrer Zelle sitzt, meine Frau ist es nicht. Sehen Sie sich doch mal um! Sie hat hier alles, was sie braucht. Wieso sollte sie stehlen? Das ergibt doch keinen Sinn!" Einen Moment hielt er mit einem dünnen Lächeln inne. „Sie sind sicher noch nicht besonders lang im Geschäft, und jedem passiert mal ein Fehler."

Derrick seufzte. Es ließ sich wohl kaum vermeiden. „Sie wollen also Ihre Frau sehen?"

„Ja verdammt, das will ich!"

„Ich nehme an, Sie werden mir keine Fragen beantworten."

„Ich habe Ihnen rein gar nichts zu sagen!", zischte Robert ihn an. Er benahm sich, als ob er gerade vom Commissioner im Verhör bearbeitet würde. Eine derart ekelhafte Person hatte er schon lang nicht mehr getroffen, und in seinem Job traf er normalerweise oft auf unangenehme Gestalten. Am liebsten hätte er ihm eine verpasst, aber er würde wegen so jemandem nicht seinen Job verlieren.

Derrick zog die Tür auf und meinte nur mit monotoner Stimme: „Dann folgen Sie mir."

Er schloss die Tür zum Verhörraum auf und ließ Robert vor sich eintreten. Er selbst folgte dicht hinter ihm. In wenigen Schritten hatte dieser den Raum durchquert und besah sich fassungslos seine Frau. Er musterte sie eingehend, die Kleidung, die Schrammen und Beulen, die tiefen Augenringe. „Mein Gott, Samantha! Was haben sie mit dir gemacht?"

Liv sah ihn nicht direkt an, sie starrte nur auf die Tischplatte. „Was willst du hier? Hast du Nancys Nachricht nicht erhalten?"

„Nein, habe ich nicht!", raunte Rob. „Denn sie war nicht da, wo sie hingehörte! Genau wie meine Frau!"

Derrick war sich gerade nicht zu hundert Prozent sicher, ob die Situation zur Überreaktion zwang, oder ob der Umgang im Hause Carstairs immer so verlief. „Ich habe ihn hergebracht. Er bestand darauf, Sie zu sehen."

Auf Deeskalation schien außer ihm aber gerade niemand aus zu sein.

„Ich habe ja wohl das Recht, zu wissen, wo sich meine Frau rumtreibt!", beschwerte sich der Geldsack mit einem kurzen Blick zu ihm.

Liv schlug mit der flachen Hand auf den Tisch. „Und wo hast du dich so herumgetrieben?" Sie atmete tief durch, um ihre Fassung wiederzugewinnen. „Ich bin fertig mit dir. Geh einfach."

Er fühlte sich wie in einer Talkshow, nicht wie in einem Polizeiverhör. Er schüttelte den Kopf. Die ganze Situation

*war ein Zirkus, und Robert Carstairs war der Clown.
„Bist du von allen guten Geistern verlassen? Was ist los mit
dir? Der Typ da erzählt etwas von Raub und Mord!" Robert
wurde mit jedem Wort lauter.*

*Derrick stellte sich aufrecht hin, in der Ecke des Raumes
an die Tür angelehnt wurde er kaum wahrgenommen.
„Besitzen Sie Kunst, Mr. Carstairs?", fragte er.*

*Ob er hier eine Befragung durchführen konnte?
Vermutlich nicht. Aber einen Versuch war es wert. Zu
seiner Überraschung war es Liv, die wütend aufsprang.*

*„Halten Sie sich da raus!", herrschte sie ihn an, während
Robert einen Satz vor sich hinmurmelte. „Ich halte nichts
von diesen wirren Farben, auch nichts von dieser albernen
Musik, die sie immer hört."*

*Derrick sah zu Liv hinüber. Selbstverständlich waren die
Gemüter erhitzt, aber er konnte es trotzdem nicht
hinnehmen, angeblafft zu werden. „Ich bin hier der
zuständige Detective, ich halte mich aus gar nichts raus!"
Dann wandte er sich wieder an Robert. „Besitzt Ihre Frau
Kunst, oder hat sie sich vor Ihnen jemals kunstinteressiert
gegeben?"*

*Er schüttelte den Kopf. „Woher soll ich das wissen?
Samantha interessiert sich für Klamotten und ... wofür sich
Frauen eben interessieren!"*

*Liv rutschte auf ihrem Stuhl ein wenig zurück, weg von
ihm. „Geh nach Hause, Rob."*

*Der Mann beugte sich über den Tisch, um die Distanz
wieder zu verringern. „Was ist mit dir passiert, während
ich weg war?"*

*Derrick ging einen Schritt auf den Tisch zu. Jede Sekunde
drohte die Eskalation. Aber Liv antwortete ihrem Mann
nicht.*

*Diesem schien das wenig zu gefallen. „Hast du das wirklich getan, Samantha? Weißt du, was die Leute tun werden? Ich könnte all meine Kunden verlieren! Die Zeitungen werden voll davon sein! Wenn du mir sagst, was wirklich passiert ist, kann Dan dich da rausboxen!"*

*Liv sah zu ihrem Mann auf, mit dem Hauch eines Lächelns, das aber sofort wieder verschwand.*

*„Dan?", erkundigte sich Derrick.*

*„Ihr Anwalt", kommentierte Rob, ohne ihn anzusehen. Stattdessen beugte er sich noch näher zu Liv. „Wieso sagst du nichts? Du hast nichts zu verbergen! Es sei denn, du bist wirklich diese widerliche Kriminelle, von der ich gehört habe. Sag jetzt was!", schrie er und griff ihre Hände. Mit einem starken Ruck riss er sie an sich, sodass sie halb über den Tisch geschleift wurde.*

*Mit zwei schnellen Schritten trat Derrick heran und griff die Handgelenke von Robert. Unsanft drehte er sie ihm auf den Rücken, wobei er darauf achtete, etwas zu weit zu ziehen.*

*„So was sieht man hier gar nicht gern", meinte er trocken, bevor er wieder losließ.*

*Robert trat zwei Schritte zurück und sah Derrick fassungslos an. Sein Blick wanderte zu Liv. „Dann lande wieder in der Gosse, aus der ich dich rausgeholt habe, undankbares Flittchen!"*

*Mit schnellen Schritten ging er zur Tür und trat hinaus. Im dahinterliegenden Flur wurde er von Derrick gestoppt. „Warten Sie!" Seine Hand wollte nach ihm greifen, aber Robert wirbelte herum, und baute sich vor ihm auf.*

*„Verschwinden Sie! Machen Sie mit ihr, was Sie wollen, ich will damit nichts mehr zu tun haben!"*

Die Arroganz, mit der er sprach, hätte Derrick fast dazu
verleitet, auszuholen und die Faust genau in seinem
Gesicht zu platzieren. Fast. Letztendlich warf er ihm nur
einen hasserfüllten Blick zu, drehte sich um und ging
zurück in den Verhörraum.

Im Stuhl zusammengesackt saß Liv, zitternd, und rieb
sich die wunden Handgelenke. Derrick stützte sich auf der
Tischplatte ab. „Wie konnten Sie es mit dem nur so lang
aushalten? So ein widerlicher, ekelhafter, arroganter,
bösartiger ...", setzte Derrick an. Er brachte den Satz nicht
zu Ende, weil er merkte, dass es Liv sichtlich mitnahm. „Es
tut mir leid. Das muss die Hölle gewesen sein." Er senkte
nur den Kopf.

# Kapitel 11



Sie fühlte sich so erniedrigt, dass er diesen widerlichen Ehekrach mitbekommen hatte, wo sie doch die letzten Jahre nichts anderes gelernt hatte, als die perfekte Ehefrau zu spielen. „Wieso mussten Sie ihn herbringen?"

„Er hat darauf bestanden, Sie zu sehen", erwiderte Derrick seufzend.

„Ich hoffe, Sie sind zufrieden mit sich. Wissen Sie eigentlich, was für ein Gefühl das ist? Sehen Sie mich doch nur mal an! Und dann holen Sie ihn in seinem teuren Anzug hier rein. Er hat überhaupt keine Ahnung, was für ein Mensch ich jetzt bin."

Er setzte sich auf den Stuhl vor ihr und lehnte sich zurück. „Früher oder später wäre er ohnehin hier aufgetaucht, das wissen Sie so gut wie ich. Jetzt hatte ich die Möglichkeit, bei Ihnen zu bleiben."

Liv vergrub das Gesicht in den Händen und schwieg. Ob ihm überhaupt klar war, dass sie noch immer eine Frau mit Gefühlen war? Eine Frau, die ihren Stolz hatte, Scham empfinden konnte und einfach nur geliebt werden wollte?

Er stand auf, trat hinter sie und legte eine Hand auf ihre Schulter. „Es tut mir leid, dass er Sie so konfrontiert hat. Ich wusste nicht, dass er so reagieren würde."

Panisch bemerkte sie, dass bei seiner Berührung Tränen in ihren Augen aufstiegen. War sie mehr für ihn als eine Nummer in seinem Aktenberg? Oder suchte sie so verzweifelt nach jemandem, der zur ihr hielt, dass sie sich das einzureden versuchte?

„Er war schon immer so, wenn ich nicht so war, wie er mich brauchte", brach es aus ihr heraus. Sie hatte noch nie mit jemandem darüber gesprochen.

„Wie meinen Sie das?", fragte er. Seine Hand strich über ihre Schulter. Ein wohliger Schauer rann ihren Rücken hinab. Wie konnte es sein, dass sie solch romantische Gefühle an einem so kalten und abweisenden Ort empfand?

„Vergessen Sie es." Sie spürte, wie ihr Gesicht heiß wurde.

„Es ist vorbei."

„Zu Ihrer Ehe kann ich nichts sagen. Abgesehen davon ist noch lange nichts vorbei."

Langsam drehte sie sich zu ihm um und sah zu ihm auf. Ihr Blick fand den seinen und hielt ihn fest. „Reden wir unter vier Augen?"

„Außer uns ist niemand hier." Er lief zur Tür, wo sich ein Knopf befand, der die Scheibe entspiegelte. Für Liv wurde der leere Raum dahinter für einen Moment sichtbar.

Sie atmete tief durch und rang nervös die Hände. Ein Teil in ihr sagte, sie sollte schweigen, doch der andere Teil, der ihm vertrauen wollte, konnte nicht anders. „Ich konnte die letzten Jahre nicht eine Sekunde ich selbst sein. Ich durfte nicht arbeiten gehen, mich nicht verwirklichen … nicht einmal die Musik hören, die ich mochte. Außer, wenn er fort war … ich weiß nicht genau, wie es angefangen hat …"

Langsam kam er zum Tisch zurück. „Was meinen Sie?"

Sie schluckte und sah auf ihre Hände, die ruhig auf der Tischplatte lagen. Es war eine Mischung aus vielen Komponenten, die die Wahrheit aus ihr heraustrieb. Die Nacht in der beklemmenden einsamen Zelle. Doch mit Einsamkeit kannte sie sich aus. Die Konfrontation mit ihrem Mann, die verraten hatte, dass ihm rein gar nichts an ihr lag. Doch auch das hatte sie gewusst. Viel mehr waren es Derricks sanfte Berührung und der Respekt, mit dem er sie trotz allem behandelte. Das war ihr völlig neu.

„Als ich Liv erfunden habe, habe ich mich endlich wieder lebendig gefühlt. Unabhängig, frei, machtvoll. Ich wette, das können Sie nicht verstehen, aber ich war die letzten Jahre schon wie eine Gefangene."

„Ich weiß, was Sie meinen. Liv war Ihre Freiheit." Er setzte sich.

„Ich komme aus einer armen Familie." Für einen Moment sah sie die Erinnerungen wie in einem bunten Kaleidoskop vor sich. Das heruntergekommene Wohnhaus in der Bronx, das ewig klebrige Linoleum im Flur, die Hand ihres Vaters, die immer wieder nach ihr ausholte, wenn er wieder mal betrunken von einem missglückten Bewerbungsgespräch gekommen war.

Sie rief sich zur Ruhe als sie das Magenflattern bemerkte und fuhr fort: „Rob heiratete mich und ließ mich nie vergessen, dass ich ihm allen Reichtum der

Welt zu verdanken hatte. Und so tat ich alles, um ihm zu gefallen."

„Heirateten Sie ihn wegen des Geldes?"

Sie schüttelte vehement den Kopf. „Nein, ich liebte ihn. Jedenfalls glaube ich, dass ich ihn geliebt habe. Es war unmöglich, das nicht zu denken für ein Mädchen wie mich. Er hofierte mich regelrecht, stand mit Blumen vor den Toren meiner Highschool ..."

„Ein Traumprinz, oder?" Derrick lachte.

Sie lächelte dünn. „Vielleicht dachte ich das damals wirklich. Mein Leben glich einem Märchen. Äußerlich immer perfekt. Die kühle, perfekte Samantha. Immer gastfreundlich, immer wartete sie auf ihren Mann. Immer tat sie, was von ihr erwartet wurde."

„Und was tat Liv?"

Sie sah ihn direkt an. Zu gern hätte sie gewusst, was in diesem Augenblick in ihm vor sich ging. „Liv brach aus, als Samantha fast zusammengebrochen wäre. Als sie herausfand, dass ihr Traumprinz sie betrog, seit Jahren. Schamlos und immer wieder, während sie zu Hause allein war. Ich wollte auch leben und so begann ich, allein zu verschiedenen Veranstaltungen zu gehen ... unter anderem zu Museumsausstellungen."

„Und dort ließen Sie dann Ausstellungsstücke mitgehen. Warum?"

„Wenn ich die Bilder ansah ..." Sie ließ ihn nicht aus den Augen. „Fühlte ich mich lebendig. Ich fühlte die Farben, die Energie, mit denen sie geschaffen worden waren ..."

„Wieso Diebstahl? Ich kenne Ihren Mann nicht, aber er sieht aus wie jemand, der sich den ein oder anderen Monet leisten könnte." Liv spürte die Abneigung, die

Derrick ihrem Mann gegenüber empfand und konnte es ihm nicht verdenken.

„Ich kann es nicht erklären", sagte sie leise und versuchte es dann doch. „Es war die Art, wie ich mir die Dinge beschaffte. Ich lernte dazu, trainierte meinen Körper. Ich tat all die Dinge, die er mir nicht gestattete und fühlte mich unabhängig damit. Als ich mir einmal mein neues Leben, mein neues Ich geschaffen hatte, wollte ich nicht mehr zu dem alten zurück."

„Sie sind Liv, nicht Samantha. Sie sind die Diebin, nicht die Millionärsgattin", stellte er leise fest.

Sie kniff kurz die Augen zusammen. „Ich möchte gern glauben, dass ich mehr bin als nur eine Diebin, Derrick."

Er beugte sich zu ihr hinüber und umschloss ihre Hände mit seinen. „Sie sind weit mehr als das."

Sie sah ihn an und die Tränen in ihren Augen liefen über. „Was sehen Sie denn in mir?"

„Einen liebenswerten, aufrichtigen Menschen, der auf der Suche nach einem Neuanfang auf die falsche Bahn geraten ist." Er drückte ihre Hände fester.

Sie verschränkte wie automatisch ihre Finger mit seinen und dann sagte sie etwas, das für sie genauso überraschend kam wie für ihn. „Ich würde alles tun, um das rückgängig zu machen."

„Es ist nie zu spät, um …"

Die Tür schwang auf und ein Mann im Logsdail-Anzug trat mit einem Aktenkoffer ein. „Meine Mandantin sagt jetzt nichts mehr", rief er dem perplexen Derrick entgegen.

Liv riss die Augen auf. „Daniel!"

„Hallo, Samantha!", erwiderte ihr Freund und Anwalt mit einem ernsten Lächeln.

Dieses Lächeln warf sie um einige Jahre zurück. Es war eines dieser langatmigen Barbecues gewesen, die sie stets verabscheut hatte. Geistlose Leute führten geistlose Gespräche. Männer zeigten ihre Frauen vor und diese ihre teuren Diamanten. Sie selbst hatte nie Befriedigung darin gefunden, vorgezeigt zu werden. Zudem hatte sich irgendwie herumgesprochen, aus welchen Kreisen sie wirklich stammte. So behandelten die anderen Frauen sie zwar betont freundlich, aber sie konnte das Getuschel hinter vorgehaltenen Händen nicht ignorieren. Sie war eine Kuriosität. Eine Fälschung unter echten Brillanten. Mehr als einmal hatte sie Robert erzählt, wie sie fühlte und darum gebeten, zuhause bleiben zu dürfen. Vergeblich. Er hatte es immer geschafft, dass sie sich schuldig und undankbar fühlte. Und so hatte sie sich seinem Willen gefügt. Wie an jenem Abend. Sie hatte sich abseits der übrigen Partygäste auf die Bank unter einem durch Lichterketten erleuchteten weißen Pavillon gesetzt und mit ihrem Schicksal gehadert. Als sie Schritte gehört hatte, war sie aufgesprungen und hatte sich zur Flucht bereit gemacht, doch da hatte Daniel sie schon entdeckt. „Bitte gehen Sie nicht meinetwegen", hatte er sie mit diesem ernsten Lächeln gebeten. „Wir können uns das Versteck doch teilen."

„Sie sehen nicht wie jemand aus, der sich verstecken müsste. Im Gegenteil passen Sie ganz gut in die Runde", hatte sie mit einem herablassenden Lächeln geantwortet. Und er hatte betroffen gelacht.

„Irgendwie klang das mehr nach einer Beleidigung denn nach einem Kompliment."

„Es macht Sie zumindest sympathischer, da Sie das erkannt haben", war ihre spitze Erwiderung gewesen. Trotz ihrer scharfen Zunge hatte er sich zu ihr gesetzt. Lächelnd und ruhig. Und ein Teil ihres inneren Aufruhrs hatte sich in seiner Gegenwart sofort gelegt. „Ich bin Anwalt. Es ist mein Beruf, die unterschwellige Bedeutung von Worten zu erkennen." Sie hatte hell aufgelacht. „Vielleicht sollte ich es mir dann nicht mit Ihnen verscherzen. Für den Fall mal einen guten Anwalt zu brauchen." Sie hatten herzlich darüber gelacht.

„Und Sie sind …?" Derricks Stimme riss sie aus ihren Gedanken.

„Mein Name ist Daniel Hatfield, ich bin der Anwalt von Mrs. Carstairs", sagte er autoritär und wandte sich dann mit einem Stirnrunzeln an Liv. „Rob hat mich angerufen. Er sagte mir, du steckst in Schwierigkeiten."

Unter Daniels energischen Blicken hatte sie sofort das Gefühl, etwas Falsches getan zu haben. Als sie bemerkte, dass ihre Finger immer noch in Derricks Händen lagen, löste sie sich schnell aus der Berührung.

„Ich … ja", stammelte sie und fühlte sich überfordert unter den Blicken der beiden Männer, die sie beide, wenn auch auf unterschiedliche Weise, sehr mochte. „Wow … es ist schön, dass du da bist. Danke."

„Vielleicht kannst du mir grob sagen, um was es geht", sagte Daniel und stellte seine Aktentasche auf den Tisch ab, fast wie eine Barriere zwischen ihr und Derrick.

Dieser schaltete sich wieder ins Gespräch ein. „Nun, aktuell sieht es so aus, dass Untersuchungen laufen, wege…"

„Ich fragte nicht Sie", unterbrach Daniel ihn kühl.

„Dan, Derrick ist der leitende Ermittler in meinem Fall", versuchte Liv zu erklären und lächelte Derrick entschuldigend an. „Er will mir helfen."

„Das wird er nicht. Er ist Detective, Sam", erwiderte Daniel entschieden, als spräche er mit einem begriffsstutzigen Kind.

Instinktiv sah sie zu Derrick. Dieser erwiderte wortlos ihren Blick, ehe er sich schweigend erhob und den Raum verließ. Sie sah ihm beinahe bestürzt nach und fragte sich, ob er damit Daniels Worten recht gab.

Dann wandte sie sich an die einzige Person, die noch da war, um ihr beizustehen. „Daniel, ich verstehe es nicht ganz. Wie viel weißt du?"

„Robert erzählte etwas von Mord, aber ich glaube, er war etwas durch den Wind."

„Ich fürchte, das war er nicht. Jedenfalls nicht nur. Ich bin wegen Mordes angeklagt und wegen millionenschwerem Diebstahl", sagte sie unverblümt. „Es tut mir leid, aber so sieht es gerade aus."

Einen Moment hielt Daniel inne. Er schien rasend schnell nachzudenken. „Ich sehe Leute ständig so, Samantha, keine Sorge. Ich gehe davon aus, dass du dafür nicht verantwortlich bist. Wie kommt man auf dich?"

„Mich hast du noch nie so gesehen, das ist ein Unterschied." Sie seufzte. „Man hat mich direkt am Tatort gefunden. Die Polizei sagte mir schon, dass ein Anwalt mir nicht mehr helfen kann …"

„Und natürlich sagt die Polizei solche Dinge, Liv. Die brauchen einen Sündenbock, doch der wirst nicht du sein. Ich krieg dich da raus, keine Sorge.“

Hieß das etwa, dass Derrick sie belogen hatte? Zweifelnd sah sie Daniel an. „Wie geht es jetzt weiter?“

„Robert hat die Kaution gezahlt, du bist vorerst frei. Und ich werde dafür sorgen, dass es auch so bleibt.“

Sie sah ihn aus großen Augen an. „Rob soll die Kaution bezahlt haben? Das kann ich kaum glauben. Er war hier, weißt du. Er machte nicht gerade den Eindruck auf mich, als wollte er mir helfen.“

„Vielleicht wollte er auch nur sich selbst helfen.“ Daniel lachte. Er hustete kurz und löste seine Krawatte ein klein wenig. „Das Wichtigste ist, dass du nun frei bist.“

Sie konnte es nicht glauben. Sollte das ein Scherz sein? Hatte Robert gezahlt, um die Sache nicht unnötig in der Presse aufzubauschen? Sicher hatte Daniel Druck auf ihn ausgeübt. Sie war tatsächlich frei – jedenfalls fürs Erste. Sie war so konfus darüber, dass sie nicht wusste, was sie mit dieser Freiheit anfangen sollte. „Danke, dass du da bist, Dan.“

„Das ist selbstverständlich.“ Er drehte sich in Richtung Tür. „Willst du deine Freiheit nutzen? Um das weitere Vorgehen kümmere ich mich dann mit Mr. Hernandez. Der wird sich freuen, mich zu sehen!“

„Ich kann es kaum erwarten, hier herauszukommen, zu duschen, meine eigenen Sachen zu tragen.“ Sie folgte ihm dicht auf den Fersen.

„Soll ich dir ein Taxi rufen?“, fragte er und ging durch den langen Flur Richtung Ausgang. „Ich bleibe noch ein wenig. Ich will versuchen, ein paar Details aus den Leuten hier herauszukitzeln."

„Das wäre nett", erwiderte sie und fragte sich unsicher, was sie als nächstes tun sollte. „Ich werde zu Rob fahren und ein paar Sachen abholen, aber dann … ich werde mir zunächst ein Hotelzimmer nehmen. Mein Handy ist in Polizeigewahrsam, aber ich melde mich spätestens morgen bei dir, damit du weißt, wo du mich erreichen kannst."

„Alles klar!" Er wählte eine Nummer und gab die Adresse des Polizeipräsidiums durch. Als er das Taxi bestellt hatte, drehte er sich um und lief zurück zu den Büros des NYPD. „Wir sehen uns!"

Liv ging weiter Richtung Ausgang, um auf das Taxi zu warten. Sie wünschte, sie hätte noch einmal Gelegenheit bekommen, mit Derrick zu sprechen. Noch immer war sie sich nicht sicher, was sie von ihm halten sollte, dennoch hätte sie sich gern bedankt. Auf eine seltsame Art und Weise war er ihr eine wichtige Stütze gewesen. Da spürte sie plötzlich eine Hand auf ihrer Schulter, die sie sanft aufhielt.

Sie drehte sich um. Automatisch zeichnete sich ein Lächeln auf ihren Zügen ab, als sie ihn vor sich sah. „Da sind Sie ja!"

„Haben Sie mich gesucht?"

Ihr Lächeln wurde breiter. „Ich wollte mich bedanken. Ich bin frei. Vorerst."

„Ich habe es eben mitbekommen. Eineinhalb Millionen Dollar Kaution, Respekt!"

Sie zuckte die Achseln. „In unserer Welt ist das nicht viel Geld." Sie sagte es nicht angeberisch, sondern traurig, ehe sie wieder ein Lächeln aufsetzte. „Hm, ich schätze … wir sehen uns nicht wieder? Mr. Hernandez übernimmt, sagte Daniel.“

„Er leitet die Ermittlungen. Aber der werte Commissioner macht sich selten die Hände schmutzig. Ich denke, wir werden uns noch das ein oder andere Mal begegnen.“

„Das würde mich freuen. Das ist mein Taxi. Würden Sie mich noch zur Tür begleiten?“, sagte sie, als vor der Tür ein lautes Hupen zu vernehmen war.

„Selbstverständlich“, antwortete er und folgte ihr schweigend nach draußen.

Liv ging zu dem gelben Auto und beugte sich durchs Fenster ins Wageninnere, um mit dem Fahrer zu sprechen. „Eine Minute noch, bitte.“ Dann wandte sie sich wieder an Derrick. „Sie machen Ihre Arbeit wirklich gut, Derrick. Sie haben mich davon überzeugt, dass es mehr gibt als ein Leben als Diebin.“

Derrick lächelte, dann drückte er ihr einen kleinen, zerknitterten Zettel in die Hand. Darauf standen eine Telefonnummer und eine Adresse. „Eigentlich ist das strengstens verboten, aber …“

Überrascht sah sie ihn an, dann breitete sich langsam ein Lächeln auf ihren Zügen aus. „Ich mag es, wenn Sie sich über Regeln hinwegsetzen.“

Kurzentschlossen stellte sie sich auf die Zehenspitzen und gab ihm einen flüchtigen Kuss auf den Mund, ehe sie sich abwandte und in den Wagen stieg. Als der Fahrer den Motor anließ, lehnte sie sich noch einmal aus dem Fenster. „Danke für alles.“

Sie sah nur noch, wie er schweigend dem Wagen nachsah, als dieser anfuhr, ehe er sich fing und rief: „Nur für den Notfall!“ Sie lachte laut und winkte nur

aus dem Fenster, ehe der Wagen um die nächste Ecke
bog.

# Kapitel 12



*Ansicht eines Hafens*
*~ Caspar David Friedrich ~*

Es war seltsam, nach Hause zu kommen. In ihren Gedanken nannte Liv es nur Zuhause, weil ihr ein anderes Wort dafür fehlte. Glaspalast träfe es vielleicht besser. Zuhause war ein zu starkes, zu gutes Wort dafür und sie hatte seine wahre Bedeutung lange schon vergessen. Oder nie gekannt.

Da sich ihre Schlüssel noch bei ihren anderen Habseligkeiten in Polizeigewahrsam befanden, war sie gezwungen zu klingeln. Es war Nancy, die ihr öffnete.

Als diese sah, wer vor ihr stand, riss sie überrascht die Augen auf. „Mrs. Carstairs!"

Nancy war eine Erscheinung wie eines ihrer geliebten Gemälde. Kurze knallrote Locken umrahmten ein Gesicht voller Sommersprossen mit einem breiten, oftmals lachenden Mund. Robert hatte ihr Aussehen immer für koboldhaft und unpassend gehalten. Und genau deswegen hatte sie die Stelle von Liv bekommen.

„Hallo, Nancy. Ich dachte, du hättest noch einige Tage Urlaub", sagte Liv in bemüht gewöhnlichem Tonfall und trat ins Haus. „Ist mein Mann da?"

Nancy schüttelte den Kopf und schloss die Tür. „Er musste zu einem eiligen Geschäftstermin nach

Manhattan. Es gibt wohl einige Probleme mit seinen Kunden.“

Liv konnte sich das Grinsen nicht verkneifen. Sicher wollte er für Schadensbegrenzung sorgen, ehe jemand von ihrer Inhaftierung Wind bekam. Oder davon, dass sie sich von ihm trennen wollte. Vermutlich würde er eine an den Haaren herbeigezogene Geschichte erfinden, die nur sie in ein schlechtes Licht rückte. Es war ihr gleich.

„Er hat aber eine Nachricht für Sie hinterlassen.“ Scheu nickte Nancy in Richtung des Beistelltischchens, wo ein versiegelter Umschlag lag. Ein Beweis, dass er nicht darauf vertraute, dass Nancy nicht in Privatsachen herumschnüffelte.

„Arrogantes Arschloch“, entschlüpfte es Liv und das Hausmädchen riss die Augen auf. Liv grinste sie fröhlich an. „Entschuldige bitte. Ich werde mich ohnehin scheiden lassen. Da ist eine solche Wortwahl angebracht, findest du nicht?“

Während sie das sagte, riss sie den Umschlag auf. In ihm befand sich eine kühle Notiz, die ganz und gar Roberts Wesen entsprach.

*Deine Konten sind gesperrt. Ich habe Nancy deine Sachen packen lassen. Sie weiß natürlich von nichts. Ich bin in der Stadt und sorge für Schadensbegrenzung, dabei reiche ich gleich die Scheidung ein. Wir sehen uns vor Gericht.*

Als sie zu Ende gelesen hatte, brach sie in schallendes Gelächter aus. Es war eine absurde Reaktion, doch es brach geradezu aus ihr heraus und einmal damit angefangen, konnte sie nicht mehr aufhören.

„Miss?", fragte Nancy alarmiert.

Offenbar glaubte sie, Liv habe den Verstand verloren. Dabei hatte sie nie zuvor so klargesehen. Sie fühlte sich plötzlich leicht und frei. Hätte sie gewusst, dass es so wenig brauchte, sich glücklich zu fühlen, hätte sie niemals mit dem Stehlen begonnen.

„Mir geht es gut", sagte sie mühsam beherrscht. „Nenn mich ruhig Liv. Es besteht kein Anlass mehr zu solchen Förmlichkeiten."

Nancy blinzelte überrascht. Sie wusste sehr wohl, dass ihr richtiger Name Samantha war, doch anstatt zu widersprechen, grinste sie vergnügt. „Ich habe Ihre … deine Sachen gepackt. Wenn ich es so sagen darf, bist du ohne ihn viel besser dran."

Liv grinste von einem Ohr zum anderen. „Das weiß ich doch."

„Ich mache dir noch einen Kaffee." Damit ging sie in die Küche.

Sind schwer abzulegen, die alten Gewohnheiten, dachte Liv lächelnd und machte sich auf ins obere Schlafzimmer, um ihren Koffer zu holen. Danach zog sie sich die Kleider vom Leib, die ihr nicht gehörten, und nahm eine schnelle und gründliche Dusche, ehe sie sich endlich wieder in ihre eigenen Sachen kleidete – eine teure Jeans und eine weiße Chanelbluse.

Dann zog sie eine zweite Reisetasche unter dem Bett hervor und packte in diese alles, was sie im Haus finden konnte, was zu Geld zu machen war. Wenn er sie schon mit nichts vor die Tür setzte, brauchte er sich nicht zu wundern. Ein Hotel konnte sie sich dennoch nicht mehr leisten. Sie würde überlegen müssen, wohin sie gehen sollte. Mit ihrer Familie hatte sie sich zerstritten. Freunde hatte sie nicht. Kurz überlegte sie, ob sie Nancy um Hilfe bitten sollte, da fiel der Zettel aus ihrer Jackentasche.

Liv hob das zerknitterte Papier auf und entfaltete es. Derrick Graves, 520 Metropolitan Avenue, Brooklyn, New York. Ihr Herz machte einen Satz. Es war unsinnig und waghalsig. Aber war es nicht genau das, was Liv ausmachte?

„Hast du alles?" Das war Nancy, die in der Tür erschienen war.

„Einen Moment noch." Nancy nickte und verschwand wieder.

Liv ging zu der Kommode gegenüber des Bettes und nahm das in Silber gerahmte Hochzeitsfoto vom Schrank. Robert sah aus wie ein Fernsehstar. Das dichte schwarze Haar schmeichelte seinen markanten Zügen mit den stahlblauen Augen. Er lächelte kühn und hielt die Arme fest um seine Braut geschlossen. Liv sah aus wie ein Püppchen. Das Haar hochgesteckt, das Make-up perfekt lächelte sie scheu in die Kamera. In ihren Augen stand eine stumme, bange Frage, auf die sie bis zu diesem Tag nie eine Antwort gefunden hatte. Das Kleid aus weißer Seide hätte sie zu einer Königin machen sollen, doch sie war nur eine Gefangene. Sie warf das Bild zu Boden und trat das Glas entzwei.

In der Küche trank sie zusammen mit Nancy einen Kaffee, weil sie darauf bestanden hatte, dass die jüngere Frau sich zu ihr setzte. Sie warteten auf Livs Taxi und sie wusste, durch Nancys Kopf wirbelten eintausend Fragen, die sie nicht wagte zu stellen.

„Du bist eine tolle Hilfe gewesen all die Jahre", sagte Liv leise.

Nancy lächelte traurig. „Und du warst eine tolle Chefin. Ich werde dich vermissen. Was ist mit deinen ...?"

Sie stockte atemlos und Liv wusste genau, wonach sie fragen wollte. Es war im Oktober vor zwei Jahren gewesen, in der Morgendämmerung. Sie erinnerte sich an alle Details der Situation, weil es ihr Ende hätte bedeuten können, wenn Nancy anders reagiert hätte. Robert war wieder mal auf Geschäftsreise. Und Liv auf einem ihrer nächtlichen Streifzüge. Es war ihr erster relativ großer Coup. Sie hatte ein Bild von Kadinsky aus dem Guggenheim gestohlen. Dominant Curve. Sie konnte jede Farbe des Bildes sofort vor ihrem geistigen Auge sehen. Es schrie geradezu nach Leben. Und es war eine große Herausforderung gewesen, es zu beschaffen. Umso stolzer war sie über ihren Erfolg. Stundenlang betrachtete sie es in ihrem Schlafzimmer und vergaß darüber die Zeit. Sie hörte Nancy nicht kommen, die zu ihrer Schicht antrat und wurde somit von ihr überrascht. Als Nancy das Schlafzimmer in der Annahme betrat, wie üblich zu dieser Zeit allein im Haus zu sein, hielt sie erschrocken im Türrahmen inne. Einen langen Moment verharrten sie so und sahen einander an. Sie waren dabei nicht Angestellte und Chefin, sondern nur zwei junge Frauen. Und mit Nancys Worten wurden sie zu stummen Komplizinnen. „Guten Morgen, Miss. Ich fange heute in der Küche an, wenn es Recht ist." Liv, die den Atem anhielt, fielen eintausend Steine vom Herzen. Sie wusste nicht, was Nancy in dem Moment dachte, sie sprach die Situation nie mehr an und bis heute hatte Liv geglaubt, sie hätte das Gemälde gar nicht bemerkt. Wie arrogant von ihr.

Sie zwinkerte Nancy verschwörerisch zu. „Die bleiben vorerst, wo sie sind. Und du weißt nichts davon, hörst du? Du belastest dich damit nur selbst."

Nancy nickte und wirkte erleichtert. Als das Taxi vorfuhr standen die beiden Frauen etwas hilflos voreinander, die Hierarchie war zerstört und nun wussten sie nicht, wie sie sich voneinander verabschieden sollten.

Kurzerhand drückte Liv Nancy kurz an sich. „Alles wird gut." Doch sie sagte es mehr zu sich selbst.

„Natürlich wird es das", erwiderte die andere Frau beruhigend.

Als Liv im Wagen saß, sah sie so lange in den Rückspiegel bis die winkende Nancy von der Bildoberfläche verschwunden war.

Eine Stunde später hielt das Taxi vor einem heruntergekommenen Backsteingebäude in Brooklyn, das trotz allem einen gewissen Charme besaß. Liv dachte sofort, dass es zu Derrick passte.

Sie bezahlte den Taxifahrer mit einer Vase aus echtem Waterfordkristall. Ein Stück, das sie von Robs Mutter zur Hochzeit bekommen und dass sie immer verabscheut hatte. Der Mann überschlug sich fast vor Dank. Sie musste mehrere hundert Dollar wert sein. Sie winkte ab und ging zum Eingang der Tür, die glücklicherweise weit geöffnet stand. Eine Frau quälte sich gerade mit zwei Kindern an den Händen nach draußen.

Liv schlüpfte in den Korridor und stieg eine Treppe nach der anderen empor. Mit jeder Stufe, die sie nahm, wuchs ihre Nervosität. Plötzlich war sie sich nicht mehr so sicher, in welcher Intention Derrick ihr seine Karte ausgehändigt hatte. Wirklich für diese Art von Notfällen? Hatte er den Funken zwischen ihnen auch gespürt? Oder war es eine Routineaktion eines Cops gewesen, damit sie sich melden konnte, sollte es Neuigkeiten zum Fall geben? Wie auch immer – sie hatte keine Alternative und musste alles auf diese eine Karte setzen. Die Koffer waren schwer und sperrig, sodass sie völlig außer Atem war, als sie endlich in der dritten Etage vor seiner Tür stand. Sie fragte sich, ob er die Tür gleich wieder zuschlüge, wenn er sie sähe, doch darüber verbot sie sich nachzudenken und so klingelte sie.

*Die Abendsonne fiel durch die kleinen Fenster seiner Wohnung, es war nur noch eine Frage von Minuten, bis sie unterginge. Derrick saß an seinem Schreibtisch, zusammen mit den Fallakten sowie einer Flasche Whiskey, aus der er noch erstaunlich wenig getrunken hatte. Sein Kopf dröhnte schon vor Arbeit, er hatte seit einer gefühlten Ewigkeit keinen freien Tag mehr gehabt. Liv wusste es nicht, aber ihr Fall raubte ihm jegliche Kraft und Erholung. Nicht mal in seiner Freizeit konnte er wirklich abschalten.*

*Sein Handy vibrierte. „Vale Neri“ stand auf dem Display. Er zögerte. Das konnte er nun wirklich nicht gebrauchen, auch wenn er es wollte. Wobei er sich nicht einmal sicher war, ob er es wollte. Sein Kopf sagte es ihm.*

*Sein Herz jedoch wiederholte wieder und wieder den Kuss, den Liv ihm gegeben hatte. War das eine Form von*

Spott? Wollte sie einfach nur frech sein? Steckte etwas dahinter? Dankbarkeit vielleicht, oder doch Gefühle? Er hoffte, es war mehr als nur Spott. Egal ob es Teil eines Plans war, oder ob sie einfach nicht nachgedacht hatte – der Kuss löste etwas in ihm aus, das er nicht gern zugeben wollte.

Lange konnte er sich diese Fragen nicht stellen, da klingelte es an der Tür. „Was denn jetzt?" Er stand stöhnend auf. Alles drehte sich ein wenig, und er erwartete einen Police Officer mit irgendwelchen Instruktionen vor der Tür, was seine Stimmung nicht gerade besserte.

Wie ein alter Mann wankte er zum Eingang. Er blieb vor ihm stehen und zögerte einen Moment. Er könnte auch einfach so tun, als schliefe er. Keine Fälle mehr an diesem Abend, einfach Entspannung. Ein einziges Mal.

Schließlich öffnete er doch die Tür, Arbeit war schließlich Arbeit. Zu seiner Überraschung kam die Arbeit anders zu ihm, als er es erwartet hatte.

Eine schüchtern lächelnde Liv mit zwei großen Koffern stand vor ihm. „Sie haben gesagt für Notfälle. Darf ich reinkommen?"

Er wusste nicht wirklich, was er tun sollte. „Liv! Ich, äh, ja, ich meine ... ja." Er blickte zurück in den vermüllten Flur. Eine Frau, deren Freiheit solide eineinhalb Millionen Dollar wert war, in so einer Bruchbude.

„Ich ... der Saustall tut mir leid." Er zog die Tür auf. Schweigend trat sie ein, ihre Blicke scannten seine Wohnung in Windeseile. Er wurde leicht rot, denn er war sich sicher, sie verurteilte ihn und seinen Lebensstil in dem Moment. Langsam durchschritt sie den Flur Richtung Wohnzimmer.

„Darf ich mich setzen?" Sie deutete auf seine zerfetzte Couch.

„Klar!", antwortete er schnell. Er schob mit dem Bein eine Kiste mit leeren Whiskeyflaschen aus dem Weg. Es sollte unauffällig erscheinen, seine ungeschickte Herangehensweise lenkte aber die Aufmerksamkeit genau auf den Karton.

Mit langen Schritten ging sie hinüber zur Couch und setzte sich mit einer Anmut, die eher in den Buckingham Palace gepasst hätte, aber nicht in sein Wohnzimmer. „Machen Sie sich bitte keine Umstände meinetwegen. Könnten Sie sich kurz zu mir setzen?"

Unsicher, was nun passieren würde, setzte er sich neben sie. Der Commissioner durfte es nie erfahren. Aber er konnte ihr unmöglich die Tür vor der Nase zuschlagen. Das Knarzen des abgenutzten Parketts übertönte das Phil-Collins-Lied, das sein altes Küchenradio hervorkrächzte.

Einen Moment verweilten sie so, stillschweigend nebeneinander, bis sie ausatmete und ihn ansah. „Ich habe zurzeit kein Dach über dem Kopf und keinen Penny in der Tasche. Rob hat all meine Konten gesperrt. Und so peinlich es ist, Sie waren der Einzige, der mir eingefallen ist. Ich weiß nicht, wohin ich gehen soll, Derrick."

Eine ganze Reihe von Problemen bahnte sich an, und sein Hirn spielte schon alle Szenarien durch, von Entlassung bis zu Haft. Aber er konnte sie einfach nicht abweisen, das brachte er nicht übers Herz. Es tat ihm zu weh, sie in dieser Situation zu sehen.

„Ich denke, Sie könnten ... ähm ..." Er sah kurz in sein kleines Schlafzimmer, dessen Tür offenstand. Fleckige Hemden stapelten sich auf seinem Bett. „Sie könnten vorerst hierbleiben, wenn Sie das wollen."

Sie riss die Augen auf und ein breites Lächeln zierte ihr Gesicht. „Oh, wirklich? Ich danke Ihnen! Sie werden kaum bemerken, dass ich da bin, versprochen!", brach es aus ihr heraus, als sie ihm um den Hals fiel.

„Ich kann Sie ja nicht auf der Straße sitzenlassen", antwortete er, die zweite Hälfte des Satzes eher geistesabwesend, da er den offenen Ordner mit den Fallunterlagen auf seinem Siebziger-Jahre-Fernsehschrank bemerkte.

„Ich sehe vielleicht nicht so aus, aber ich kann toll kochen! Ich werde hier alles tun, während Sie weg sind, versprochen!" Sie platzte förmlich vor Freude. Sie stand auf und lief zu einem der Koffer hinüber. Die Schnallen klappten auf und sie holte eine Flasche Rotwein hervor.

Derrick hatte zwar von Wein keine Ahnung, aber das Etikett sah nicht gerade günstig aus. Was erwartete er auch? „Tadaa! Ich habe gleich ein Dankeschön für Sie mitgebracht." Sie lachte. „Nun sehen Sie mich nicht so entgeistert an!"

Er stand auf und lief zu ihr hinüber. Möglichst unauffällig klappte er dabei die Mappe auf dem Schrank zu, die nun aussah wie irgendein gewöhnlicher Ordner. Alles hätte darin sein können, Fälle, Steuerunterlagen, Kontoauszüge.

„Vielen Dank!", sagte er und lächelte sie an.

„O nein, Sie müssen sich setzen!", befahl sie ihm mit einem breiten Lachen. „Ich suche die Weingläser. Ich bin mir sicher, ich finde sie."

Ohne auf eine Antwort zu warten, war sie in der Küche verschwunden. Zwischen dreckigen Tellern, Geschirr, leeren Flaschen. Aber er tat, wie ihm befohlen, und setzte sich hin. Obwohl er wusste, wie falsch das alles eigentlich war, und dass er in Teufels Küche käme, sollte das jemals auffliegen, fühlte er sich wohl. Er mochte Livs Gesellschaft.

Ein paar Sekunden vergingen, ehe man lautes Klirren von Porzellan hören konnte. Und Liv, die rief: „Entschuldigung, alles noch ganz!"

Er lachte. „Keine Sorge, da ist sowieso nichts von Wert."

Ein wenig später kam sie mit zwei Gläsern zurück. Der Wein war tiefrot. Sie drückte ihm ein Glas in die Hand und forderte ihn auf, mit ihr anzustoßen. „Auf überraschende Begegnungen!"

Derrick tat es ihr gleich. „Auf überraschende Begegnungen!"

Ihr Trinkverhalten war nicht das einer vornehmen Dame, in vier Schlucken war ihr Glas leer. Sofort schenkte sie sich mehr ein. Und er dachte, er hätte das Problem. Aber sie sollte nicht den ganzen Wein für sich haben, daher dauerte es nicht besonders lange, da hatte er gleichgezogen.

„Dass Sie mich so schnell wiedersehen, hätten Sie wohl nicht gedacht, was?" Liv lachte.

„Ich habe Sie den ganzen Tag gesehen", erwiderte er und nickte zum geschlossenen Ordner hinüber. Erst am Ende des Satzes bemerkte er, dass er gerade genau das verraten hatte, was sie eigentlich nicht wissen sollte. Wo ihre Akten waren.

Neugierig fiel ihr Blick sofort darauf. „Ich wette, da lassen Sie mich nicht reinsehen."

„Die Wette gewinnen Sie." Er trank noch einen Schluck. Derrick war überzeugt, sie würde die Akten sowieso sehen, wenn er weg war. Er ließ sie aber vor allem aus Prinzip nicht reinsehen. Es war ohnehin nichts da, was Liv verstanden hätte oder sie beträfe. „Wäre interessant, dem Commissioner zu erklären, wie eine Frau, die eigentlich in Gewahrsam sitzt, in meiner Wohnung geheime Akten gelesen hat. Während ich daneben sitze." Er lachte.

„Schmeckt Ihnen der Wein?“, fragte Liv, offenbar suchte sie ein anderes Thema.

Aber die Frage war berechtigt, obwohl er normalerweise keinen Wein trank, musste er zugeben, dieser schmeckte wirklich gut. „Ist mal was anderes. Ich mag's!“

Sie grinste noch breiter. Als ob sie ihn gerade vergiftet hätte, oder ihm ins Glas gespuckt, oder ihn sonst irgendwie bloßgestellt. Er fragte sich, was jetzt wohl kam. „Es ist ein Château Pétrus, viertausend Dollar die Flasche.“

Er verschluckte sich an diesem edlen Etwas und hustete. Das war mehr als sein Monatsgehalt. „Nochmal, bitte“, hustete er ihr entgegen.

„Nur zu, gießen Sie uns nach, ich möchte mir gern mit Robs bestgehütetem Schatz mit Ihnen einen Rausch antrinken.“

Robert Carstairs Wein? Dann wurde ja nichts verschwendet. Derrick lachte. „Er wird's wohl verkraften.“

Er war nun bald mit seinem zweiten Glas durch, sie mit ihrem dritten. Wobei der ganze Wein nicht spurlos an ihr vorüberging, sie wankte schon ein klein wenig. „Was machen Sie eigentlich außer Ihrer Arbeit, Derrick?“

Er dachte einen Moment über die Frage nach. Eigentlich tat er, von seiner Arbeit abgesehen, fast nichts. „Kochen, duschen oder schlafen. Hin und wieder“, bemerkte er etwas sarkastisch und trank noch einen Schluck.

„Ich kann es kaum erwarten, Sie kochen zu sehen.“ Sie lachte. Liv legte den Kopf zur Seite und musterte ihn. „Obwohl duschen auch interessant klingt.“

Er merkte, in welche Richtung das Gespräch ging. „Haben Sie von beidem keine allzu hohen Erwartungen. Ein paar Meter die Straße runter ist ein Chinese, da geh ich hin, wenn ich mal was Essbares brauche.“

Sie schaute ihn herausfordernd an und stand auf. „Sie blocken Flirts ziemlich gekonnt ab. Aber wo schlafe ich eigentlich?"

Einen Moment überlegte er, ob sie auf der Couch schlafen könnte, aber dann sprudelte der Gentleman in ihm doch zu sehr hervor. „In meinem Bett natürlich, wo sonst? Lassen Sie mich nur noch kurz aufräumen."

Er grinste, sich der Doppeldeutigkeit seiner Aussage durchaus bewusst. Sie riss die Augen auf. „In ... Ihrem Bett?"

Aber weiter ging es von hier aus nicht, so viel Spaß es auch machte. „Meinen Sie, ich lasse Sie auf dem Sofa liegen? Nix da, das ist mein Platz." Er lachte verschmitzt.

Ihre Wangen liefen rot an, Scham und Alkohol waren hier vereint am Werk. „Ich muss mich entschuldigen. So viel Wein bin ich nicht gewohnt."

Er atmete tief durch. „Dann seien Sie froh, dass Sie kein Cop sind. Hier gehören hoher Alkoholkonsum und Zynismus zu den Voraussetzungen."

Sie versuchte, einen Schritt nach vorn zu machen, scheiterte aber kläglich. Sie stolperte rückwärts, genau in seine Arme. Er hielt sie fest. „Alles in Ordnung?"

Sie sah ihm in die Augen, ihre Hände fuhren in seine Haare. Es war seltsam. Er hätte gern gesagt, dass es sich anfühlte, wie bei ihrem ersten Treffen, aber in gewisser Hinsicht war das hier ihr richtiges erstes Treffen. Ihre erste Begegnung als Derrick und Liv, nicht als Detective Graves und Verdächtige. Es lag eine ganz seltsame Spannung in der Luft, und er wusste noch nicht, was er daraus machen sollte.

„Wollen Sie sich hinlegen?", fragte er, um das Schweigen zu brechen. Ihre Hand wanderte weiter in sein Haar, sein Blick war auf ihre Lippen fixiert. Blutrot, bereit für einen

Kuss. Nicht einen flüchtigen Kuss wie am Taxi vor der Zentrale. Dieses Mal nicht.

„Vielleicht, vielleicht auch nicht …", flüsterte sie heißer.

Ein klein wenig lehnte sie sich nach vorn. Seine Gedanken rasten, sein Kopf befahl ihm, aufzustehen, sein Herz wollte, dass er sich zu ihr lehnte. Seine Augen erfassten sein Handy auf dem Schreibtisch. Die weiße LED leuchtete. „Verpasster Anruf" hieß das. Verpasster Anruf von Valentina. Bilder sprangen durch seinen Kopf, Bilder von Valentina im Büro, Bilder von Liv im Museum.

Er hatte keine Ahnung, was mit ihm passierte, aber es war, als würde sein Herz jede Sekunde aus seinem Körper gerissen werden. Jeder Muskel in ihm wollte sie küssen. Es war aber sein Kopf, der sich durchsetzte. Überfordert zuckte Derrick zurück.

Sie tat es ihm mit einer kurzen Verzögerung gleich. „Ich glaube, ich bin ziemlich müde. Wenn es Ihnen nichts ausmacht, geh ich ins Bad und lege mich schlafen."

Die Enttäuschung in ihrer Stimme durchbohrte ihn wie Messerstiche. Er war ein Idiot. Sie stand auf und lief ins Bad, ihre Schultern hingen dabei beinahe leblos herunter. Er stand auf. Der Raum drehte sich. Es war nicht der Alkohol, der ihn ins Wanken brachte. Es war eher sein Puls. Er lief ins Schlafzimmer, dabei musste er sich an der Wand abstützen, um nicht hinzufallen. Mit einer lieblosen Bewegung wischte er die Wäsche vom Bett und machte die Decke zurecht.

Dann ließ er sich enttäuscht gegen den Türrahmen fallen. „Idiot!" Zur gleichen Zeit glaubte er, Liv im Badezimmer etwas sagen zu hören, aber er konnte es nicht verstehen. Kurz darauf sprang die Badezimmertür auf, sie trat heraus.

„Danke noch einmal“, flüsterte sie, ehe Derrick sich an ihr vorbei in Richtung Wohnzimmer quetschte. Die Schlafzimmertür ging zu, er ließ sich auf die Couch fallen. In jeder anderen Situation hätte er jetzt etwas zerschlagen, oder sich noch eine Flasche geholt. Aber das ging nicht. Liv war da, und er verhielt sich wie ein absoluter Idiot. Dieses Wort hallte durch seinen Kopf wie ein Echo. Es dauerte nicht lang, bis er einschlief, er war nach dieser Woche, nach diesem Abend so fertig, ihm war nicht einmal aufgefallen, dass er keine Decke hatte.

*Frau in der Morgensonne*
*~ Caspar David Friedrich ~*

Sie lag die ganze Nacht wach und wälzte sich umher. Unter seiner Decke. Zwischen seinen Kissen. Mit seinem Geruch. Ohne ihn. Es war wie eine Sucht. Kalte Entzugserscheinungen ohne ihn. Und ein Rausch in seinen Armen.

Liv setzte sich auf und fuhr sich mit fahrigen Fingern durchs Haar. Es war wie früher, wenn sie ein Gemälde gesehen hatte, dass sie haben wollte. Er hatte all ihre Sehnsüchte ersetzt. Doch ein menschliches Herz konnte man nicht stehlen.

Sie war Hauptverdächtige in zwei Mordfällen und weit von einem Freispruch entfernt. Darüber sollte sie sich Gedanken machen. Sie wusste, sie hätte nicht herkommen sollen. Sie sollte ihre Sachen packen und zu Daniel gehen. Seine Tür stünde immer für sie offen und sie wusste, als ihr Anwalt wäre er gar nicht glücklich darüber, dass sie bei dem in ihrem Fall ermittelnden Detective nächtigte. Und sich ihm an den Hals geworfen hatte.

Liv schämte sich nicht dafür. Sie war eine selbstbewusste erwachsene Frau. Doch sie schämte sich dafür, dass es Derrick dermaßen überfordert hatte, und schwor sich, dass sie diese Grenze nie wieder überschreiten durfte.

„Du bist die Diebin!", murmelte sie fiebrig, stand auf und riss die Fenster auf. Am Horizont brach langsam der Morgen an. Die Sonne entfachte ein Feuer über den Dächern der Stadt. Da hörte sie ein lautes Geräusch von nebenan und in derselben Sekunde wusste sie, dass Derrick die Wohnung verlassen hatte. Sie ging ins Wohnzimmer und fand dort einen Zettel auf dem Tisch vor. Daneben lagen seine Schlüssel.

Ich bin gegen sechs zurück, wenn nichts dazwischenkommt. Hier meine Schlüssel, falls Sie Lust auf einen Spaziergang haben. Derrick

Erleichtert und dankbar ging sie in die Küche, um sich einen Kaffee zu machen. Er gab ihr sogar seine Schlüssel. Was war er nur für ein seltsamer Detective? Und für ein wunderbarer Mann?

„Hör auf damit!", schalt sie sich. „Wenn du so weitermachst, landest du noch in seinem Bett."

Wo sie ironischerweise ohnehin schon schlief. Sie bahnte sich geistesabwesend einen Weg zwischen den schmutzigen Geschirrbergen hindurch und fand nur eine Dose halbleeren Instantkaffees. Der Zustand seiner Wohnung erinnerte an eine Müllhalde. Natürlich hatte es bei ihr selbst nie so ausgesehen. Sie liebte Ordnung und Sauberkeit, dennoch fand sie Derricks Chaos seltsam charmant. Wunderbar menschlich. Und dennoch – sie würde einkaufen gehen müssen.

Sie änderte ihren Plan, zog sich ihr teuerstes Alltagskleid von Louis Vuitton an, das keinen Zweifel daran ließ, woher sie kam. Es war weiß und hochgeschlossen, doch Arme und Schultern waren frei. Wenn sie Roberts Sachen versetzen wollte, musste sie den Eindruck machen, als hätte sie es nicht nötig, sonst schlüge sie nur die Hälfte des Preises heraus. Ihr langes Haar steckte sie mit wenigen Klemmen zu einer komplizierten Frisur auf. Sie besah sich in dem angelaufenen Spiegel im Bad, legte Make-up auf und vollendete das Schauspiel, indem sie sich die weißen Pumps, die sie schon am Vorabend getragen hatte, überzog.

Sie würde sich passendere Kleidung kaufen müssen, denn sie hatte Derricks Blicke gesehen. Liv war sich sicher, dass ihr Reichtum ihn abstieß und in seinen Augen arrogant erscheinen ließ. Dabei bedeuteten ihr all die schönen Sachen nicht einmal etwas. Sie hatte sie nur für Robert getragen. Nun, dazu bestand kein Anlass mehr.

Als sie das Haus verließ, fühlte sie sich seltsam glücklich. Frei und wie sie selbst, weil sie das tat, wonach ihr zumute war und nicht, was von ihr verlangt wurde.

Praktischerweise befand sich das nächste Pfandhaus schon drei Blocks weiter. Liv vermutete, dass die Menschen in dieser Gegend öfter etwas versetzen mussten, um sich ihr tägliches Brot leisten zu können. Was sie nicht verurteilte, schließlich tat sie gerade nichts anderes als das.

Auch wenn es für den alten hutzeligen Pfandleiher sicher nicht den Anschein machte, als sie in seinen Laden trat. Die Fenster waren so staubig, dass kaum ein Sonnenstrahl des schönen Tages hindurchdrang. Die Regale waren brechend voll. Zwischen altem wertlosen

Nippes entdeckte sie hier und da ein etwas wertvolleres Stück. Der wirklich hochwertige Schmuck befand sich hinter Schloss und Riegel in angelaufenen Glasvitrinen. Es verschaffte ihr einiges an Genugtuung als sie feststelle, dass sie diese Schlösser in einer Sekunde aufbrechen könnte.

„Einen wunderschönen guten Morgen, meine Dame!" Der alte Pfandleiher war mit glitzernden Augen um den Tresen herumgekommen. Natürlich roch sie nach Geld.

Sie gab sich distanziert, beachtete ihn nicht weiter und murmelte ein kühles „Guten Morgen", während sie weiter den Schmuck in der Auslage anschaute.

„Interessieren Sie sich für eines der Stücke?", fragte der Mann, ohne seine Gier verbergen zu können.

Sie sah ihn abschätzend an. „Ich denke nicht, dass sie meinem Geschmack entsprechen. Ich frage mich, ob Sie gern etwas Hochwertiges für Ihre Auslage hätten? Aber sicher passt mein Angebot nicht in Ihr … Sortiment."

Sie wandte sich schon zum Gehen, wie erwartet hielt er sie auf. „Nun aber mal nicht so schnell, Miss. Zeigen Sie mir doch erst einmal, was Sie haben!"

Sie zuckte die Achseln. „Nun gut."

„Kommen Sie!", sagte er eifrig und wuselte wieder hinter seinen Tresen. Mit Sicherheit witterte er ein großes Geschäft mit einer reichen Frau, die den Wert ihres Schmuckes nicht kannte.

Liv legte die kleine Schatulle mit Bedacht auf den Tresen, ehe sie sie öffnete. Für eine Sekunde schnappte der Mann nach Atem. Der Ring bestand aus einer glänzenden Weißgoldfassung, der man die acht Jahre

Tragegewohnheit kaum ansah. Der große Hauptstein war ein Diamant von solcher Reinheit, dass er das Auge des Betrachters blendete, wenn man ihn in die Sonne hielt. Eingefasst war er links und rechts von drei kleineren Diamanten. Sie wusste, dass dieser Ring fünfundzwanzigtausend Dollar wert war.

Dem Pfandleiher fiel es spürbar schwer, seine Begeisterung zu verbergen. Liv wusste, dass er noch nie ein wertvolleres Stück besessen hatte. „Meine Liebe, das ist ein außergewöhnlich schönes Stück. Sicher wollen Sie ihn wegen der Gebrauchsspuren gegen einen neuen Ring eintauschen?"

Sie wusste, er sagte das, um den Wert des Schmuckstückes herunterzutreiben. Sie war darauf gefasst gewesen. „Mit Sicherheit nicht. Sie finden in der ganzen Stadt kaum ein vergleichbares Stück. Ich lasse mich von meinem Mann scheiden, weshalb es mir unpassend erscheint, weiter seinen Ring zu tragen." Sie lächelte kühl.

„Sicher, sicher." Der Mann schien fieberhaft nachzudenken. „Darf ich ihn mir ansehen?"

„Dafür bin ich schließlich hier", erwiderte sie mit leichter Ungeduld in der Stimme.

Er holte unter dem Tisch eine winzige Lupe hervor und klemmte sie sich ins linke Auge, ehe er den Ring dicht davorhielt und ihn lange und eingehend musterte. Sie hätte es nicht erwartet, doch anscheinend hatte der Mann Ahnung. Er murmelte Fachbegriffe und besah sich alle wichtigen Stellen, ehe er den Ring zurück in die Schatulle legte und Liv direkt ansah.

„Nun, ich gebe Ihnen achttausend Dollar dafür."

Das war ein solch ungehobeltes Angebot, dass sie beinahe laut aufgelacht hätte. Stattdessen zog sie nur eine Braue nach oben. „Wenn Sie mich für dumm verkaufen wollen, gehe ich zu dem Pfandhaus zwei Straßen weiter. Dort hat man mir das doppelte geboten. Auch das war noch deutlich unter dem Wert des Ringes.“

Was nicht ganz stimmte. Das Schmuckstück hatte nun einige Jahre auf dem Buckel, eine der Fassungen wackelte und der Glanz des Ringes ließ zu wünschen übrig.

Trotzdem verfehlten die Worte ihre Wirkung nicht. Der Mann tupfte sich mit einem Tuch die Stirn. „Es sollte ein Witz sein, sicher unangebracht. Ich entschuldige mich. Ich biete Ihnen achtzehntausend Dollar.“

Liv tat, als überlege sie. „Zwar will ich den Ring loswerden, doch trotz meiner gescheiterten Ehe erinnert er mich an viele gute Jahre. Die Geburt meiner ersten Tochter zum Beispiel. Ich habe ihn im Kreissaal getragen. Vielleicht ist es zu früh, ihn zu verkaufen ...“

„Neunzehntausend. Ich gebe Ihnen neunzehntausend Dollar auf die Hand.“

Wieder ließ sie sich Zeit, nahm den Ring wieder in die Hand, probierte ihn noch einmal an. „Sehen Sie sich nur an, wie er an meiner Hand aussieht. Als wäre er dafür geschaffen.“

„Ich stelle Ihnen auch einen Scheck aus, wenn Ihnen das lieber ist?“

Sie sagte noch immer nichts und besah sich weiter den Ring.

„Einen Scheck über zwanzigtausend Dollar", sagte der Pfandleiher verzweifelt.

Liv sah ihn lange an, ehe sie erwiderte: „Ich denke, wir sind im Geschäft."

Um ihr Gewissen gegenüber dem Mann zu erleichtern, kaufte sie in dem Laden ein altes Handy inklusive SIM–Karte. Kaum dass sie wieder auf den sonnigen Bordstein getreten war, wählte sie Daniels Nummer.

Er nahm nach dem zweiten Klingeln ab. „Hatfield."

„Dan, ich bin es."

„Samantha, endlich meldest du dich! Wo steckst du?"

„Ich habe mir eine Bleibe in der Stadt gesucht", antwortete sie ausweichend.

Er schien Gott sei Dank in Eile, denn er fragte nicht genauer nach. „Wir müssen uns unbedingt treffen. Ich benötige einige Informationen von dir, um den Fall vorzubereiten."

„Darum rufe ich an. Hast du morgen Zeit? Wir können in der Stadt einen Happen Essen gehen."

„Das können wir gern tun. Mir wäre es aber lieber, wenn du danach noch mit zu mir kommst. Es ist sicher auch in deinem Interesse, diese Dinge nicht in der Öffentlichkeit zu besprechen."

Geistesabwesend nickte sie. „Okay."

„Gut, gib mir deine Adresse. Ich hole dich dann gegen sechs morgen Abend ab."

Sie gab ihm Derricks Adresse durch und schwor sich, unten am Eingang auf Daniel zu warten, damit dieser nicht mitbekam, bei wem sie wohnte.

„Okay, Sam. Wir sehen uns morgen. Ich habe noch einen wichtigen Termin."

Als er aufgelegt hatte, machte sie sich auf den Weg zur nächsten Bank, um sich mit dem kleinen Vermögen, das ihr der Verkauf des Ringes beschert hatte, ein Konto zu eröffnen. Ein paar Hunderter nahm Sie in bar mit sich. Zuerst kaufte sie sich legere Sachen bestehend aus Jeans, Shirt und einem hübschen Sommerkleid mit großen roten Mohnblüten darauf. Danach ging sie in einen Supermarkt und kaufte neben den Zutaten für das geplante Abendessen auch Blumenkübel, Erde und Pflanzen über Pflanzen. Zum Schluss war sie dermaßen beladen, dass sie sich für den Weg von drei Blocks ein Taxi rufen musste.

Zwar lud der Fahrer den Wagen mit ihr zusammen aus, doch hochtragen musste sie die schweren Tüten wohl oder übel allein. Sie brauchte fünf Wege und war fix und fertig, als sie endlich Derricks Wohnungstür hinter sich schloss.

Sie hatte beschlossen, Derricks tristes Heim etwas aufzuhübschen. Zum Teil tat sie es, um eine Aufgabe zu haben, aber sie dachte dabei auch daran, dass sie etwas von sich zurücklassen wollte. Sie wusste nicht, wann sie weiterziehen würde. Aber sie wollte sichergehen, dass er sie nicht vergaß. Sie tauschte das teure Kleid gegen das mit dem Mohnblumenmotiv aus und machte sich ans Werk. Sie stellte laut das alte Radio an und reinigte die Wohnung von Grund auf. Sie putzte die Fenster, beseitigte den Geschirrberg, stellte eine Maschine Wäsche nach der anderen an, saugte, wischte und pflanzte die Blumen.

Die Sonne sank tiefer, als sie endlich zufrieden war
und sich mit ihren restlichen Einkäufen in die Küche
begab, um ein leckeres Abendessen zuzubereiten.

# Kapitel 14

*Venus und Mars*
*~ Sandro Botticelli ~*

5 PM zeigte die große Digitaluhr im Hauptraum der neunten Etage des Polizeipräsidiums an. Dieser Tag schien mal wieder nicht enden zu wollen. Vor ihm ein PC-Monitor, brandneu, auch wenn er das nicht sein musste. Die leeren Dokumente, die auf dem Bildschirm flimmerten, könnte selbst ein Achtziger-Jahre-PC mühelos darstellen. Gut, dass der Bürgermeister wusste, an welchen Stellen er am besten investierte.

Derrick rührte mit einem Holzstäbchen in seinem Kaffeebecher herum. Genießbar war die abgestandene Brühe sicher nicht mehr, außerdem hatte er Angst, sie über seinem Meer von Akten zu verteilen.

„Schrecklicher Tag, hm?" Valentina lehnte sich an die Tischkante. Derrick wurde aus seinem Tagtraum gerissen.

„Ja, absolut. Hört niemals auf." Er legte den Kopf auf die Seite. „Aber das ist nicht der Grund, weshalb du jetzt hier stehst, oder?"

Sie schien mit sich zu hadern. „Na ja, hier sind diese Leute, diese Anwälte vom Carstairs-Fall. Die gingen dem Commissioner schwer auf die Nerven, also hat er sie auf mich abgewälzt. Ich weiß aber leider nichts darüber, und da ..."

Derrick schnitt ihr den Satz ab, weil er wusste, welches
Unheil ihn erwartete. Anwaltsgespräche. „Da wolltest du
mich vorschicken, weil ich Ahnung von dem Fall habe."

Er seufzte, woraufhin sie ihm kichernd eine Hand auf die
Schulter legte. „Ich komme auch die Tage vorbei, um ein
kleines Dankeschön bei dir zu lassen."

Bevor er darauf reagieren konnte, verschwand sie quer
durch den Raum zu einem der zahllosen Schreibtische. Er
fuhr sich mit der Hand über das Gesicht. War Livs Anwalt
nicht dieser Idiot vom Verhör? Hernandez hatte sich schon
über ihn beschwert. Es war besser, diesen Unsinn schnell
hinter sich zu bringen.

Er stand auf und lief zum Aufzug. Die Türen glitten auf,
vor ihm breitete sich der Eingangsbereich des Präsidiums
aus. Voller Schlipsträger, Officer, Menschen in Orange. Einer stürmte direkt auf ihn zu.

„Sind Sie Graves?"

„Detective Graves, ja."

Die Gestalt rang nach Luft, als ob sie sich beruhigen
müsste. Alles nur Show, das wusste er. Anwälte regten sich
nie so auf. „Endlich mal jemand, der sich in diesem Kasten
verantwortlich fühlt. Ich werde schon den halben Tag
herumgereicht, und niemand kann mir etwas sagen. Als ob
ich nichts anderes zu tun hätte."

Derrick verschränkte die Arme vor der Brust. „Ich bin
sicher, Sie sind außerordentlich beschäftigt, Mr. ..."

„Hatfield, Daniel Hatfield, Verteidiger von ..."

„Samantha Carstairs, ich weiß." Es hatte fast etwas
Wettstreitartiges, wie sie sich gegenseitig ins Wort fielen.

„Nun gut, jedenfalls hätte ich noch einige Fragen an Sie,
wegen des Falls."

*Derrick wusste nicht so recht, wie er reagieren sollte. Normalerweise wäre er jetzt abweisend, würde auf die Akten verweisen, die die Polizei ihm bereits gegeben hatte, aber hier ging es um Liv. „Mr. Hatfield, ich kann nicht einfach so Informationen ausgeben, dafür bedarf es einer richterlichen Anordnung oder einer Bereiterklärung des leitenden Diensthabenden. Und ich fürchte, das ist kaum möglich."*

*So sarkastisch seine Wortwahl auch klang, er gab sich Mühe, mitfühlend zu klingen.*

*„Stimmt, ich vergaß, es ist ja gar nicht mehr Ihr Fall", stichelte Hatfield. „Allerdings wüsste ich trotzdem zu gern, welche falschen Informationen der Polizei aktuell vorliegen. Es geht hier um ..."*

*Derrick wurde ungeduldig. Sein letzter Kommentar tat weh. „Das Wohl einer unschuldigen Person, bla, bla, bla, kennen wir hier alles schon", erwiderte er angriffslustig. „Kommen Sie wieder, wenn Sie einen richterlichen Beschluss haben, und viel Glück dabei, den zu bekommen."*

*Der Anwalt richtete seine Krawatte und trat einen Schritt näher. „Sie wissen schon, dass Sie dafür gefeuert werden könnten, oder?"*

*Derrick war überrascht. „Mr. Hatfield, es ist meine Aufgabe, vertrauliche Informationen zu schüt..."*

*Ein breites Lächeln zierte das Gesicht des Mannes. „Ich rede von Ihrem Verhalten gegenüber meiner Mandantin. Etwas zu intim, finden Sie nicht?"*

*Derrick wurde kreidebleich.*

*„So etwas entgeht mir nicht, Mr. Graves. Dafür bin ich zu aufmerksam. Und Mrs. Carstairs zu intelligent." Jedes einzelne Wort war wie ein Messerstich. „Sie hängen sicher sehr an Ihrem Job ..."*

*„Das ist Erpressung!", rief er, etwas zu laut, sodass Personen in ihrer Nähe ihn möglicherweise hören konnten.*

*„Um Gottes willen, nein, ich erpresse keine Polizisten, das ist strafbar. Ich wollte Sie lediglich darauf aufmerksam machen, dass Ihr Verhalten höchst unprofessionell ist." Derrick stand mit dem Rücken zur Wand. Jeder weitere Schritt zog ihn tiefer in den Abgrund, aber er hatte kaum eine Wahl. Er hatte keine Wahl. Er wusste, dass Hatfield ihm auf die Schliche gekommen war. Und in Anbetracht dieser Umstände würde er kein bisschen weiter provozieren.*

*Hatfield langte in die Innentasche seines teuren Jacketts und zog eine weiße Karte hervor. „Sie werden meiner Mandantin doch sicherlich behilflich sein. Sie können mir die entsprechenden Dokumente per Fax schicken. Ich kann mich doch auf Sie verlassen, oder?"*

*Derrick nickte nur, unsicher, ob er Folge leisten oder ihm ins Gesicht schlagen sollte.*
*Das Lächeln des Anwalts wurde breiter.*
*„Ich wusste, mit Ihnen kann man reden. Sie werden es nicht bereuen!" Er lachte. „Oder etwa doch?"*

*Mit dem Seitenhieb drehte er sich um und bewegte sich in Richtung des Ausgangs, sein Handy zückend.*

*Dieser Tag hätte nicht schlechter laufen können. Was auch immer passierte, niemand außer ihm und Hatfield durfte von diesem Gespräch erfahren. Kein Commissioner, keine Valentina, keine Liv. Niemand.*

Als Derrick am Abend zurückkkam, hatte Liv das Radio so laut gestellt, dass sie ihn nicht kommen hörte. Sie rührte in einem überdimensionalen Kochtopf und sang lautstark „Country Roads" mit.

„Liv?“

Als sie sein Rufen hörte, stellte sie das Radio leiser und trat lächelnd aus der Küche. „Derrick! Da sind Sie ja schon. Ich hätte nicht gedacht, dass Sie pünktlich sein würden.“

„Haben Sie das alles aufgeräumt?“, fragte er fassungslos.

Sie nickte strahlend. „Ich hoffe, es macht Ihnen nichts aus. Ich habe ein paar Kästen an den Fenstern angebracht. Ich finde, so wirkt es gleich etwas freundlicher.“

Ein breites Lächeln zeichnete sich auf seinen Lippen ab. „Mein Gott, Liv! Ich hoffe, das war nicht zu viel Arbeit.“

Sie winkte ab. „Es hat Spaß gemacht. Ich bin es nicht gewohnt, Dinge selbst tun zu dürfen. Haben Sie Hunger? Ich habe gerade eine kleine Lauch–Käse–Hackfleisch–Suppe gemacht.“

„Das hatte ich aber nicht alles im Kühlschrank.“ Er lachte. „Waren Sie auch noch einkaufen?“

Sie nickte und ging wieder in die Küche, um das Essen auf die Teller zu schöpfen. „Nur zu, setzen Sie sich. Möchten Sie etwas trinken?“

„Ja bitte“, antwortete er unsicher.

Sie balancierte geschickt zwei volle Teller auf einer Hand und brachte in der anderen ein Glas Wasser, dann setzte sie sich zu ihm.

„Ich wollte Sie schon fragen, was Sie heute gemacht haben, aber ich glaube, das hat sich erledigt.“ Er grinste und aß einen Löffel von der Suppe. „Die ist wirklich gut!“

„Danke", erwiderte sie vergnügt. Es bereitete ihr eine ungekannte Freude, für ihn zu sorgen. Die Situation war mehr als grotesk, aber wenn Liv das ganze Drumherum ignorierte, waren sie einfach ein Mann und eine Frau, die sich gerade näher kennenlernten. Und der Gedanke gefiel ihr sehr. „Ich hatte genug Zeit zum Üben die letzten zehn Jahre. Und Sie? Waren Sie erfolgreich auf Verbrecherjagd?"

„So in der Art. Ich durfte mich mit Anwälten herumschlagen."

Sie sah ihn an. „War Daniel Hatfield einer dieser Anwälte?"

„Ja, auch wenn der wegen Ihnen da war. Der wollte nur Informationen."

„Lassen Sie Daniel für sich arbeiten, Derrick. Er regelt das im Handumdrehen. Wenn Sie wollen, spreche ich morgen mit ihm darüber." Sie aß ebenfalls den nächsten Löffel.

„Anwälte sind schrecklich", meinte er ironisch und lachte.

Sie lächelte leicht und dachte an ihren guten Freund. Sie konnte sich Daniel einfach nicht als skrupellosen Anwalt vorstellen, dafür war er zu gutmütig. „Nicht alle."

„Wer weiß." Irrte sie sich oder verfinsterte sich sein Blick? Trat da nicht diese kühle Distanz in seine Augen? Sie wollte ihn gerade danach fragen, da klingelte es an der Tür.

Sie sah ihn mit hochgezogenen Brauen an. „Erwarten Sie Besuch?"

„Eigentlich nicht. Gehen Sie besser ins Schlafzimmer. Wenn das Leute vom NYPD sind, wäre es besser, wenn

Sie hier nicht gesehen werden." Langsam stand er auf und ging zur Tür.

Sie räumte schnell die Teller in die Küche und ging ins Schlafzimmer, wo sie sich an die Tür lehnte. Sie hörte, wie er durch das Wohnzimmer ging und öffnete. Dann ertönte eine fröhliche Frauenstimme. „Ich habe dir eine Überraschung mitgebracht!"

„Valentina? Ähm ... Komm rein!", erwiderte Derrick mit leichtem Unbehagen in der Stimme.

Liv überlegte, ob es eine Schwester oder gute Freundin sein könnte. Doch in ihrem Inneren spürte sie, dass es nicht so war, und der Schmerz der Eifersucht packte sie so heftig, dass sie sich erschrocken ans Herz griff.

„Du hast schon gegessen? Schade ... na ja, der Korb hält sich auch bis morgen."

Liv hörte, wie die Fremde durch die Wohnung stöckelte. Anscheinend hatte sie einen Picknickkorb dabei. Und er hatte sie hereingelassen, obwohl er genau wusste, dass sie im Schlafzimmer eingepfercht war. Sollte sie jetzt den Rest des Abends hier verbringen und den zwei Turteltäubchen zuhören? „Bastard!"

„Bist du zufällig in der Nähe gewesen, oder bist du wegen mir hier?", fragte er leise, doch sie hörte jedes Wort.

Die Frau lachte. „Freust du dich denn nicht?"

Eine lange Pause entstand, in der Liv sich wünschte, dass er die andere Frau zur Tür hinauswarf. Stattdessen erwiderte er: „Ich freue mich immer, dich zu sehen."

Angewidert trat Liv von der Tür zurück. Natürlich war er nicht ihr Eigentum. Doch sie hatten eine besondere Beziehung zueinander. Das musste er doch genauso gespürt haben wie sie. Bei ihrem ersten Aufeinandertreffen, im Krankenhaus, im Fahrstuhl, im Verhörraum. Sie dachte daran, wie er sie berührt hatte; wie sie sich an ihn hatte anlehnen dürfen, als sie die Kraft verlassen hatte. War das alles nur ein Spiel für ihn gewesen?

Eines war jedenfalls sicher – wenn sie sich das noch länger anhörte, kam das einem Märtyrertum gleich. Fieberhaft dachte sie nach, bis ihr Blick auf das Fenster fiel.

Leise ging sie hinüber und öffnete es. Sie inspizierte die Feuerleiter, die ihr am Morgen schon aufgefallen war. Sie sah stabil aus. Ehe sie sich versah, stand ihr Entschluss fest – sie würde von hier verschwinden!

Sie ging zu ihrem Koffer, um sich praktischere Kleidung anzuziehen als das Kleid, das sie trug. Den Rest der Sachen würde sie holen, wenn Derrick nicht zu Hause wäre, schließlich besaß sie noch immer seinen Schlüssel.

Während sie nach der Hose kramte, hörte sie, wie draußen zwei Gläser aneinanderstießen und dachte bei dem Geräusch unweigerlich an den Vorabend zurück. Für einen Moment hielt sie in der Bewegung inne. Sie hätte ihn haben können, wenn sie es wirklich darauf angelegt hätte, das wusste sie. Und ebenso gut wusste sie, dass sie ihn wollte. Vielleicht sogar viel mehr als nur für eine Nacht. Es war unklug, doch was von den Dingen, die sie in der letzten Zeit getan hatte, war schon klug gewesen?

Da fiel ihr der seidene Morgenmantel in die Hände, der kein wirklicher Morgenmantel, sondern eher ein

Dessous war. Langsam ließ sie den teuren Stoff durch ihre Finger gleiten. Sie hatte ihn nur einmal getragen. Zu ihrem ersten Hochzeitstag. An dem Robert nicht nach Hause gekommen war. Warum hatte Nancy das Teil bloß eingepackt?

„Beschäftigt dich was?", hörte sie die Stimme der Frau aus dem Nebenraum besorgt fragen.

„Nein, nein, nur der Stress von der Arbeit." Derrick lachte nervös.

Auf Livs Gesicht breitete sich ein vergnügtes Grinsen aus. Wie es sich wohl anfühlen würde, ihn noch etwas nervöser zu machen? Seit wann rannte sie davon? Sie kämpfte lieber. Und heute würde sie mit den Waffen einer Frau kämpfen.

Leise streifte sie ihr Kleid ab und warf sich den schwarzen Seidenmantel um den Körper. Prüfend besah sie sich im Spiegel des Wandschranks. Sie zog den Mantel an einer Schulter nach unten. Er endete weit oberhalb ihrer Knie. Kurz entschlossen öffnete sie ihr Haar und ließ es über ihren Rücken fließen.

„Was ist los, Derrick? Ich mache mir langsam Sorgen um dich. Du warst schon auf der Arbeit so fahrig", sagte die gedämpfte Stimme nebenan.

„Showtime", murmelte Liv und betrat barfuß die Szenerie. Sie nahm alles mit Genugtuung wahr. Den Blick der Frau, der sie durchbohrte und Derricks fassungslosen Gesichtsausdruck.

Sie schlenderte zu ihm hinüber, legte ihm eine Hand auf die Schulter und sagte: „Ich wusste gar nicht, dass wir Besuch haben, Liebling."

„L...", stotterte Derrick.

Die Frau sprang vom Sofa auf, als hätte sie auf glühenden Kohlen gesessen. Liv sah sie aus ruhigen grünen Augen kühl an. Ihre Haltung machte deutlich, dass sie ihr Revier verteidigte.

„Behalte den Wein!", fauchte die andere Derrick an, ehe sie Liv anfunkelte. „Und viel Spaß noch damit."

Als die Tür knallend ins Schloss gefallen war, brach Liv in schallendes Gelächter aus. Sie fühlte sich unbesiegbar und war glücklich, ihn wieder ganz für sich allein zu haben.

Derrick starrte sie nur fassungslos mit weit aufgerissenen Augen an. Nicht eine Sekunde lang schweifte sein Blick über ihren Körper. Er fixierte ihre Augen, ohne auch nur einmal zu blinzeln.

Frustriert warf sie die Hände in die Luft. „Jetzt sehen Sie mich nicht so an! Was haben Sie geglaubt? Dass ich mir das länger mit anhören würde?"

Er sprang auf und polterte: „Was war das denn jetzt?!"

So hatte er zuvor noch nie mit ihr gesprochen, was sie verunsicherte. Und wie immer, wenn sie unsicher war, ging Liv zum Angriff über. Sie stemmte die Hände in die Hüften und erwiderte, nicht minder wütend: „Dasselbe könnte ich auch fragen!"

„Ist das dein Ernst!? Der einzige menschliche Kontakt, den ich die letzte Zeit hatte?", schrie er sie an. Sein Kopf wurde hochrot. „Oder magst du mich lieber als einsamen Wolf?!"

„Und ich bin kein Mensch?", brüllte sie verletzt zurück und wechselte genauso mühelos in die Du-Schiene über wie er. „Sollte ich eingepfercht in deinem Schlafzimmer bleiben, während du dir mit dieser Tussi einen schönen Abend bei Wein und Kerzenschein gemacht hättest?“

„Verzeihung, dass mein Privatleben sich nicht innerhalb von zwölf Stunden auf dich eingestellt hat, Prinzesschen!“

„Rede nicht in diesem Ton mit mir! Ich habe alles getan, um meine Dankbarkeit zu zeigen!“ Wütend umfasste sie mit einer Geste den Raum. „Und was tust du? Mich in ein Zimmer pferchen wie ein Tier, das man wieder in die Freiheit lässt, wenn es einem gerade passt!“

„Du bleibst doch nur hier, bis du was Besseres gefunden hast! Danach bin nur noch ich hier, und mein Privatleben ist jetzt hin!“

Sie war derart entsetzt, dass sie erbleichte und nicht bemerkte, wie ihre Stimme anfing zu wackeln. „Ich hätte längst woanders hingekonnt, du Vollidiot! Ich wollte bei dir sein!“

„Willst du das wirklich? Oder willst du nur Infos für deinen Dan finden?“ Verächtlich sprach er den Namen aus.

Sie zuckte zurück, als hätte er sie geschlagen. „Du verdammter Feigling“, flüsterte sie. „Du hast es genauso gespürt. Im Krankenhaus, im Aufzug. Das zwischen uns.“ Lauter fuhr sie fort: „Warum hast du mir deine Karte gegeben?“

„Weil … weil …“, begann er, brachte jedoch keine Antwort hervor, und winkte nur ab.

„Nur zu!“, sagte sie wütend. „Ich höre?“

„Vergiss es!“, fluchte er und ließ sich wieder auf die Couch sinken.

Sie sah auf ihn hinab und wusste, sie dränge nicht mehr zu ihm hindurch. Warum hatte sie so fest geglaubt, dass sie es täte? In ihrer Brust spürte sie ein starkes Stechen. Blind vor Wut stürmte sie ins Schlafzimmer und zerrte ihre Koffer hervor Richtung Tür, ungeachtet dessen, dass sie noch immer knapp bekleidet war.

Derrick sah auf und schnappte nach Luft. Dann sprang er auf und versperrte ihr an der Tür den Weg nach draußen.

„Hau ab!", zischte sie wütend und versuchte, an ihm vorbei zum Türgriff zu gelangen.

Er griff ihre Hand und hielt sie vorsichtig fest. Es war wie ein Elektroschock, der ihr Hirn lähmte. Trotzdem versuchte sie, sich zu befreien. „Derrick, ich meine es ernst! Lass los sonst klebe ich dir eine!"

Er lehnte sich schnell nach vorn und gab ihr einen flüchtigen Kuss. „Es tut mir leid ..."

Sie riss sich los und stolperte einen Schritt zurück. „Was war das denn jetzt?"

„Ich ... du hast mir auch einen gegeben, gestern." Eine Sekunde zögerte er. „Ich wollte dich nicht anschreien."

Wie sollte sie sich verteidigen, wenn er ihr die Waffen aus der Hand nahm? Sie fühlte sich schrecklich hilflos in seiner Nähe. Unwissend und naiv. Vertraute sie dem falschen Mann? Schon wieder? Sie straffte die Schultern.

„Der Kuss gestern ist ein Fehler gewesen", sagte sie kühl. Und niemand außer ihr selbst hätte ahnen können, was sie das kostete. Sie tat das vollkommene Gegenteil von dem, was sie tun wollte – in seine Arme rennen und sich dort verlieren. „Ich bleibe keine

Sekunde länger hier, wenn du denkst, ich würde dich bespitzeln. Ich mag eine Diebin sein, aber Anstand habe ich. Ich habe keine deiner Sachen angerührt!"

Er trat einen Schritt von der Tür weg. Einen Schritt näher zu ihr. „Liv, bitte ..."

„Ich hätte nicht herkommen sollen", sagte sie steif und ging absichtlich wieder ins Sie über. „Dass ich Sie bloßgestellt habe, war falsch, und es tut mir leid. Das wird nicht noch einmal passieren."

„Es ist egal, lieber werde ich tausendmal bloßgestellt, als dich einmal gehen zu lassen ...", flüsterte er, seine Stimme schwand.

Das traf sie mitten ins Herz und sprengte die Mauer. Sprengte ihre Stärke. Und ihren Willen, ihn zu verlassen. Sie sah ihn an und fragte sich, ob sie sich verhört hatte, ehe sie mehr zu sich selbst flüsterte: „Was machst du nur mit mir?"

„Darf ich die Koffer wieder zurückstellen?"

Sie nickte nur, unsicher, was sie tun sollte, und hielt sich die Option offen, heimlich zu verschwinden. Für den Moment ließ sie sich kraftlos auf die Couch sinken.

Als er mit den Koffern im Schlafzimmer verschwand, gönnte sie sich zwei Sekunden Ruhe. Das Knarren des Parketts verriet ihn als er das Wohnzimmer wieder betrat.

Sofort stand sie auf. „Ich geh besser rüber. Mir scheint, wir brauchen beide Abstand."

Schweigend ging sie mit gesenktem Blick an ihm vorbei Richtung Schlafzimmer. In dem Moment, als sie direkt neben ihm war, drehte er sich zu ihr um, zog sie an sich und küsste sie voller Verzweiflung.

Sie riss überrascht die Augen auf und ließ sich wie automatisch in den Kuss fallen, obwohl sie wusste, sie hätte sich sträuben sollen. Haltsuchend klammerte sie sich an ihm fest und schloss die Augen.

Seine Hand umschloss fest ihre Taille. Ihr Körper war fest gegen seinen gedrückt, und sie spürte, wie sie sich sofort entspannte. Sie wollte mehr, wollte sich selbst vergessen und mit ihm in das Bett wanken, in dem sie sich letzte Nacht schon nach ihm gesehnt hatte. Für einige Momente ergab sie sich, doch dann machte sie sich atemlos von ihm los.

Er sah sie nur an und wartete.

„Schlafen Sie gut", sagte sie noch einmal, ehe sie ohne ein weiteres Wort die Schlafzimmertür hinter sich schloss.

# Kapitel 15



*Die Jugendfreunde*
*~ Carl Spitzweg ~*

Liv hatte die halbe Nacht damit verbracht, sich das Hirn über den Kuss zu zermartern und war zu dem Schluss gekommen, dass sie übergeschnappt sein musste. Was war aus ihrem gut situierten Leben geworden? Zuerst begann sie, Museen auszurauben und dann ließ sie sich auf den Cop ein, der sie dafür hinter Schloss und Riegel bringen wollte. Und es vermutlich auch tun würde. Wie konnte sie glauben, sie könne ihm vertrauen, wenn sie sich schon in ihrem eigenen Mann so geirrt hatte? Nur dass Rob wesentlich schneller zu durchschauen gewesen war.

Sie wurde von diesen deprimierenden Gedanken abgelenkt, als ein nachtschwarzer Mercedes der S-Klasse vorrollte. Dasselbe Modell, das auch Rob besaß. Eigentlich hatte ein solcher Wagen in einer Gegend wie dieser nichts verloren, deshalb wusste sie sofort, dass es sich nur um Daniel handeln konnte.

Sie hatte sich bewusst etwas von dem heruntergekommenen Backsteingebäude entfernt. Sie wollte Daniel die Geschichte auftischen, dass sie sich in einem Hotel in der Nähe eingemietet hatte. Ebenso bewusst hatte sie sich heute wie Samantha Carstairs gekleidet.

Das schwarze elegante Kleid bildete einen krassen Kontrast zu ihrem weizenblonden Haar.

Mit seinem typischen Grinsen stieg Daniel aus dem Wagen. Er war eine attraktive Erscheinung mit seinem dunklen Haar und der sonnengebräunten Haut. Das Lächeln tat sein Übriges. „Sam!“

Der Name schien zu einem Leben zu gehören, mit dem sie sich kaum mehr identifizieren konnte. Dennoch erwiderte sie sein Lächeln und umarmte ihn fest. „Es tut so gut, dich zu sehen, Dan.“

Sie roch sein teures Parfüm und spürte an der festen Umarmung, dass ihre Freundschaft aufgrund der Vorfälle der letzten Zeit seltsamerweise eine tiefere Ebene erreicht hatte.

Sie löste sich von ihm und sah zu ihm auf. „Danke, dass du da bist. Ich hoffe, ich bin passend gekleidet. Ich weiß nicht, ob wir noch etwas Essen gehen. Du sagtest ja, die Dinge zu dem Fall besprechen wir besser unter vier Augen?“

„Es wäre jedenfalls besser, wenn wir nicht gerade ins Masa gehen, die Kundschaft da ist ziemlich neugierig.“ Er zwinkerte ihr zu. „Ich würde vorschlagen, wir fahren zu mir, wenn es dir recht ist.“

Sie lächelte und nickte erleichtert. „Mir wäre es recht, wenn diese Sache so lange wie möglich unter Verschluss bleibt ...“

„Gern!“ Er trat zum Wagen und hielt ihr die Tür auf.

Sie lächelte dankbar, obwohl sie diese Geste gewohnt war, und ließ sich auf den Beifahrersitz sinken. Dort lehnte sie sich zurück und schloss die Augen, während er um den Wagen herumging.

Er setzte sich hinter das Steuer und ließ den Motor an. Beinahe lautlos glitt der Wagen über den schmutzigen Asphalt New Yorks.

„Dein Hotel ist hier in der Nähe?", fragte er dann plötzlich in die Stille hinein.

Sie öffnete die Augen und lächelte erleichtert. „Ja, ja genau." Warum hatte sie nicht daran gedacht, nach dem Namen des Hotels zu googeln? „Es ist nicht sehr luxuriös, aber für den Übergang reicht es. Du weißt sicher, dass Rob all meine Konten gesperrt hat."

„Das habe ich schon gehört. Ich wollte mit ihm darüber reden, aber ohne deine Einwilligung wollte ich nichts Falsches tun."

„Nein, lass das bitte. Ich komme klar."

„Das dachte ich mir", antwortete er, und ließ die Konversation vorerst ruhen.

Es hatte schon fast etwas von einem Fitzgerald–Roman, wie der Mercedes durch Flushing Meadows glitt. Nur waren es nicht mehr die Zwanziger, und den ehemaligen Schandfleck New Yorks zierten nun unzählige Parks.

Liv wandte den Blick aus dem Fenster und entspannte sich. Solange, bis seine ruhige Stimme erneut die Stille durchbrach. „Samantha?"

Sie wandte sich wieder zu ihm um. „Hm?"

„Wieso Brooklyn? Es gibt eine Menge günstigerer Übernachtungsgelegenheiten in Manhattan. Du hättest auch mich fragen können. Mein Haus ist groß genug."

„Das hatte ich vor", stammelte sie und wand sich unbehaglich. Sie hätte wissen müssen, dass diese Frage folgen würde. Warum war sie nicht darauf vorbereitet gewesen?

*Weil ich in letzter Zeit nichts anderes als Derrick im Kopf habe*, beantwortete sie sich die Frage sofort selbst.

„Aber?"

„Du wohnst einfach zu nah bei Rob, verstehst du? Diese Gegend ist nicht mehr mein Zuhause. Ich wollte einfach so weit wie möglich von dort fort." Obwohl das nicht gelogen war, bemerkte sie, dass sie die Finger krampfhaft ineinanderflocht.

„Verständlich", erwiderte er leise und verfiel dann wieder in Schweigen.

Die Gegend wurde zunehmend bekannter, während sie sich den Hamptons näherten. Sie musterte sein Profil und fragte sich, was in ihm vor sich ging, ehe sie nicht mehr umhinkam, den Blick auf ihr altes Zuhause zu richten. Den Glaspalast. Nur eine Straße weiter befand sich Daniels Haus.

Langsam fuhr das Auto die imposante Einfahrt des Anwesens hinauf. Daniel stieg aus, lief zur Beifahrerseite und hielt ihr die Tür auf.

Elegant stieg sie aus dem Wagen und sah sich missmutig um. Die Sonne strahlte von einem babyblauen Himmel und ließ die akkuraten Rasenflächen der Vorgärten glänzen wie Smaragde. Sie hatte sofort den Drang, davonzulaufen.

Es brauchte beinahe eine Ewigkeit, bis Daniel die Tür aufgeschlossen hatte. Er hatte, was seine eigenen vier Wände anging, einen Sicherheitsfimmel. Aus eigener Erfahrung wusste Liv, dass Sicherheitsschlösser eine Weile brauchten, aufgeschlossen zu werden. Oder geknackt.

Während sie ihn beobachtete fragte sie sich instinktiv, was er davon halten mochte, dass eine seiner langjährigen Freundinnen eine Diebin war. Warum hatte er ihr dazu noch keine Fragen gestellt? Warum hatte er ihr noch keinen missbilligenden Blick zugeworfen? Er machte einfach dort weiter, wo sie nach ihrer letzten gemeinsamen Dinnerparty aufgehört hatten.

Endlich sprang die Tür auf. Das Geräusch ihrer Absätze hallte durch die riesige Lobby als sie eintrat.

„Mach es dir gemütlich."

Sie nickte, seltsam nervös. Es war so viel passiert, seitdem sie zum letzten Mal hier gewesen war. Automatisch wandte sie sich nach links in die Bibliothek, die gleichzeitig sein Arbeitszimmer war. Hier hatte sie sich immer schon am wohlsten gefühlt. Sie streifte die Pumps von den Füßen und setzte sich mit angezogenen Beinen in einen der ausladenden Ledersessel.

Er streifte seine Jacke ab und setzte sich schweigend zu ihr. Sein Blick verweilte einen Moment auf ihrem Gesicht. „Wie kam es eigentlich zu all dem?"

Sie nagte nervös an der Unterlippe. „Was genau meinst du?"

„Die Einbrüche. Es waren ja keine finanziellen Gründe", half er sanft nach.

Sie schlang wieder die Finger ineinander und schaffte es nicht, seinem Blick standzuhalten. „Es war keine bewusste Entscheidung. Rob war nie da ... du weißt ja. Er hatte ..." Sie brach ab, sammelte sich und fuhr anders fort: „Ich habe mir die Kunst als Hobby gesucht. Die Gemälde konnten etwas in mir berühren. Vielleicht wollte ich auch bewusst etwas Dummes und Waghalsiges tun." Sie zuckte die Schultern und sah ihn an. „Ich kann es nicht genau beschreiben."

„Ich verstehe schon", antwortete er leise, was ihr ein hoffnungsvolles Lächeln entlockte. „Laut Fallakten erwähntest du eine andere Person, die dich im Met angegriffen hat. Abgesehen davon, dass du das Gemälde nicht hast. Ich denke, die Anklage kann dir nichts."

Abgesehen davon, dass sie das Gemälde nicht hatte. Doch was war mit den anderen? Sie brachte es nicht über sich, ihm davon zu erzählen, obwohl sie wusste, sie hätte es tun müssen. Stattdessen konzentrierte sie sich auf die beängstigende Begegnung jener Nacht. „Ja. Er war ... seine Aura war so gefährlich. Er hat etwas ausgestrahlt, was mir Angst gemacht hat. Er hat sie erschossen, Dan. Kaltblütig und ohne zu zögern. Doch mir hat er nichts getan. Ich verstehe das einfach nicht."

Einen Moment herrschte wieder Stille, in der er sich etwas notierte. Dann sah er sie wieder wortlos an. Es schien, als wolle er ihr die Zeit geben, die sie brauchte. Und das wirkte Wunder.

„Ich träume davon", brach es unvermittelt aus ihr heraus. „Jede Nacht. Ich ängstige mich davor, einzuschlafen. Manchmal tropft das Blut von meinen eigenen Händen. Ich glaube, das ist alles nur meine Schuld."

„Lass das nicht zu nah an dich ran, Sam. Du hast nichts Falsches getan in dieser Nacht. Du bist unschuldig", sagte er mit Nachdruck und funkelte sie an.

Sie lachte zittrig auf. „Wie kannst du das denken? Ich habe diese Gemälde gestohlen. Wie kommt es, dass dich das überhaupt nicht aus der Fassung bringt? Dass du dich nicht angewidert von mir abwendest?"

Einen Moment war er still, sah sie nur schweigend an. „Ich kenne dich doch, Sam, ich weiß, dass du kein schlechter Mensch bist."

Sie schluckte gerührt, da ihr die Kehle plötzlich eng wurde. „Danke ... ich weiß nur nicht, wie du das wieder gradebiegen willst. Ich komme hinter Gitter, oder?"

„Ich bezweifle, dass irgendwas an dir hängenbleiben wird. Du wirst wahrscheinlich nie eine Knastzelle von innen sehen." Er lachte.

Sie sah ihn bewundernd an. Diese Art hatte sie immer an ihm geschätzt. Daniel nahm einfach alles gelassen. Vermutlich deshalb, weil es nichts gab, was er noch nicht gesehen hätte. Doch es war noch etwas anderes, was ihr auf dem Herzen lag. Etwas, was das Vertrauen und die Freundschaft zwischen ihnen betraf und sie aus Scham nie gewagt hatte, ihn zu fragen. „Wusstest du, dass Robert mich all die Jahre betrogen hat?"

Er antwortete nicht sofort. Doch als er es tat, hatte er wenigstens den Anstand, ihr dabei in die Augen zu sehen. „Ich wusste es nicht mit Sicherheit, aber wenn man eins und eins zusammenzählen kann, liegt das schon nah. Es tut mir leid."

Sie nickte nur und wechselte dann schnell das Thema. „Wie geht es jetzt weiter? Gibt es schon einen Termin für meinen Prozess?"

„Nein, so etwas dauert. Es kann sich noch um Monate handeln. Du solltest dich in der Zeit aber nicht zu sehr um all das sorgen, das habe ich im Griff."

Sie nickte und lächelte ihn vertrauensvoll an. „Ich versuche es. Musst du noch mehr wissen? Ich meine zu der Nacht und … meinen … Einbrüchen."

„Kommt drauf an. Was weiß dieser Graves denn?"

Bei der Erwähnung von Derricks Namen spürte sie, wie sich ihre Wangen röteten und sie aus der Fassung geriet. „Ich … ähm … sicher das, was in meiner Akte steht."

„Was ist das eigentlich?" Er lehnte sich nach vorn.

„Ich … keine Ahnung. Es darf kein Beschuldigter in seine Akte sehen." Sie lachte nervös.

Daniel winkte ungeduldig ab. „Nein, nein. Zwischen dir und diesem Typen."

Sie sah ihn wie versteinert an. „Ich weiß nicht, was du meinst."

„Ihr versteht euch doch gut, oder nicht?"

Plötzlich fühlte sie sich wie in einem Verhör. Sie fragte nicht, woher seine Fragen kamen. Sicher konnte er alles von ihrem Gesicht ablesen, schließlich war er *der* Top–Anwalt New Yorks. Und dann erinnerte sie sich an die Szene im Verhörraum. Daniel war hereingeplatzt, als Derrick ihre Hand gehalten hatte. Warum sollte sie den einzigen Freund belügen, den sie besaß?

Sie atmete zitternd aus. „Bitte halte mich nicht für verrückt. Es ist nichts, aber … ich … aus irgendeinem Grund fühle ich mich zu diesem Mann hingezogen."

Seine Hand fuhr zu seiner Krawatte, die er sich enger zog. „Samantha, ich glaube, ich muss dir dazu nichts sagen, oder?"

„Ich weiß, dass es dumm ist", erwiderte sie schnell. „Es wird auch nichts passieren."

Da sie das Gefühl hatte, dass sie mit dem letzten Satz sowohl sich selbst als auch ihn belogen hatte, entschloss sie sich für eine weitere Wahrheit. „Daniel, ich war nicht ganz ehrlich zu dir. Ich wohne in keinem Hotel. Ich bin zu ihm gegangen.“

Er ließ den Kopf etwas hängen. „Du wohnst bei dem Cop, der dich hinter Gitter bringen will?“

Das war wie ein Schlag ins Gesicht. Erregt sprang sie auf und begann, im Raum auf und ab zu gehen. „Er will mir helfen! Was ist so falsch daran, wenn ich mich das erste Mal seit Jahren wieder wie eine Frau fühle? Eine Frau, die begehrt wird. Ich bin auch nur ein Mensch, weißt du?“

Er stand auf, unsicher, was er jetzt sagen sollte. „Sam, eine Frau wie du muss sich keine Gedanken darüber machen, begehrt zu werden. Dir stehen neunundneunzig Prozent der Männerwelt offen. Er ist ein Cop. Aus meiner Erfahrung ein ziemlich Gewissenhafter.“

Sie wirbelte herum. „Was willst du damit sagen? Dass er mich benutzt?“

„Ich weiß nicht.“ Er atmete tief durch. „Es wäre einfach besser, wenn du dich von ihm fernhalten würdest, wenn nicht zu hundert Prozent sicher ist, was er wirklich will.“

Sie hielt inne und sah ihn an. Die Zweifel waren sofort da. Vielleicht hatte sie sie insgeheim selbst die ganze Zeit über gehabt. Im Grunde wusste sie gar nichts von diesem Mann. „So will ich einfach nicht denken. Ich habe so etwas so lange nicht mehr gefühlt, Daniel. Ich weiß, ich sollte jetzt andere Dinge im Kopf haben und vielleicht war es ein Fehler, zu ihm zu gehen, aber …“ Den Rest ließ sie offen.

„Ich verstehe dich ja, nach allem, was passiert ist. Als dein Freund tut es mir auch weh, das zu sagen, aber als dein Anwalt muss ich dich einfach darauf hinweisen, dass das eine Gefahr für dich ist.“

Sie sah ihm in die Augen. Und wusste, dass er recht hatte. Es brach ihr das Herz. Sie hob kurz hilflos die Hände und fragte dann schwach: „Und jetzt?“

„Kannst du hier wohnen. Für eine Weile. Bis sicher ist, dass er kein Spiel mit dir treibt.“ Er lächelte sie gefühlvoll an.

Sie überlegte. Das war sicher keine schlechte Idee, auch wenn sich alles in ihr sträubte, in diese Gegend zurückzukehren. Gleichzeitig hatte sie keine Lust auf eine erneute Begegnung mit der fremden Frau in Derricks Wohnung. Der Abstand würde ihr zeigen, was sie wirklich von ihm halten konnte.

Sie nickte unsicher. „Okay … du hast recht.“

„Danke. Glaub mir, es ist besser so.“

Sie nickte, obwohl sie nicht wusste, was sie von alldem halten sollte. Doch sie musste es schnell hinter sich bringen. Vielleicht war Derrick jetzt noch auf Arbeit und sie könnte sich heimlich davonschleichen. „Wenn es dir nichts ausmacht, rufe ich mir ein Taxi und hole sofort meine Sachen, um diese Angelegenheit zu regeln.“

„Sehr gern. Du tust das Richtige.“

Sie nickte und sagte ohne ein Lächeln: „Danke für deine Hilfe. Also wir sehen uns gleich.“ Damit verließ sie das Haus, schon das Handy und ein Taxiunternehmen am Ohr.

# Kapitel 16



*Waves*
*~ Derek McCrea ~*

Die Wanduhr tickte leise vor sich hin, die Zeiger wanderten langsam aber stetig über das Ziffernblatt. Mittlerweile war es früher Abend, und die Strahlen der blutfarbenen Sonne tauchten Derricks Wohnung in ein leuchtendes Rot. Der Geruch angebrannten Essens reichte nun von der Küche bis zu ihm.

Das Entschuldigungs-Essen war ihm gehörig misslungen. Aber als untalentierter Koch hatte er sich so etwas denken können.

Derrick setzte sich auf sein Sofa und öffnete eine der unzähligen Akten, die sich links und rechts von ihm stapelten. Es war ein äußerlich relativ unspektakuläres Dossier, der Titel war der nichtssagende Codename „Shadowman". Der Inhalt war bislang ähnlich kryptisch und inhaltslos wie die Überschrift. Sie wussten nichts über diesen Shadowman, eine Gestalt, die eine Zeit lang durch die Stadt zog und diverse Morde und Überfälle beging, die nie in Zusammenhang gebracht werden konnten, die vielleicht nicht mal von derselben Person verübt wurden. Eine für Polizeiverhältnisse alte Geschichte.

Sein Kopf hob sich, als er den Schlüssel im Schloss seiner Wohnungstür hörte. Nur eine Person hatte seinen

Schlüssel. Die Person, auf die er den ganzen Tag schon wartete.

„Hey", ertönte die weibliche Stimme aus der aufschwingenden Tür.

Er sprang auf. „Liv! Da bist du ja! Ich hab schon den halben Tag auf dich gewartet."

Das war nicht gelogen. Er hatte fast den ganzen Tag auf dem Sofa verbracht, den Kopf in Akten vergraben, um nicht ins Revier zu müssen. Um Liv empfangen zu können.

„Ich … es tut mir leid. Es hat länger gedauert, als erwartet", antwortete sie in einem Ton, den er nicht von ihr gewohnt war.

Auch wenn er es nicht ganz deuten konnte, ahnte er, dass etwas anders war als sonst. Ganz anders. Er ließ seinen Gedanken nicht zu lang freien Lauf. „Kein Thema. Ich hab versucht, Essen für dich zu machen. Als Entschuldigung. Aber das ist mir etwas missraten."

Derrick führte sie in die Küche und deutete auf den Topf, in dem eigentlich ein ausgefallenes Pastagericht kochen sollte. Er lächelte sie an, Bestätigung suchend. Er bekam allerdings nur einen entsetzten Blick.

„Soll ich etwas holen gehen? Das ist wahrscheinlich nicht lecker", erwiderte er mit einem Fingerzeig auf seine Kreation.

„Nein, ich probiere es später. Ich mache es mir einfach nochmal warm. Danke."
Es war seltsam beklemmend, einen Moment lang, wie tausend Volt Elektrizität, die knisternd die Luft erfüllten, nur darauf wartend, sich entladen zu können.

„Wir vergessen das von gestern einfach alles", brach Liv das Schweigen, aber keinesfalls die Spannung.

Er nickte und ging zurück zum Sofa. Diese Aussage war so eindeutig, wie sie zweideutig war. Es war klar, dass nicht der Streit gemeint war, sondern der Kuss, und es war klar, dass sie von ihm Distanz forderte. Aber es war auch klar, dass sie das nicht wollte. Genauso wenig wie er.

„Ich denke, es wäre besser, wenn ich woanders wohne, Derrick", sagte sie so kühl, dass er glaubte, der tiefrote Raum würde in graue Schemen verschwinden.

Ihm blieb die Luft weg, als wäre er gerade in den Bauch geboxt worden. „Dann kannst du dein Leben weiterleben wie gewöhnlich und es kommt zu keinen unschönen Szenen mehr wie gestern Abend."

Sein Blick blieb an ihr haften. Er versuchte, Herr seiner Sinne zu werden, er kämpfte gegen das ausbleichende Bild an. Er war sichtlich kraftlos. Seine Gesichtszüge hingen unter der Last der letzten Tage hinab. Seine gewöhnliche Antwort auf solche Belastungen hatte er sich untersagt, solange Liv bei ihm wohnte. Er hatte alle Alkoholflaschen ausgekippt. In diesem Moment wünschte er sich, er hätte es nicht getan.

„Ich packe nur schnell meine Sachen", rief sie, während sie in schnellen Schritten zum Schlafzimmer lief. Wo seine größte Überraschung auf sie wartete.

„Derrick?"

„Hm?", fragte er, obwohl er genau wusste, was sie wollte.

Schritte waren auf dem Teppich zu hören, vor ihm stand Liv und warf den geschlossenen Ordner auf den Tisch. „Was soll das?"

Eigentlich hatte es keinen Zweck mehr, am Thema vorbeizureden. „Du warst bei deinem Anwalt?"

Sie schaute ihn kurz fragend an. „Ich habe dir gestern schon gesagt, dass ich mich mit ihm treffe. Er muss ja meine

Verteidigung vorberei…", setzte sie an, um von Derrick unterbrochen zu werden. „Er will nicht, dass du bei mir wohnst?"

Liv fiel die Kinnlade herunter, hatte ihre Fassung aber relativ schnell zurückgewonnen. „Ich denke, die Situation hier würde keinem Anwalt gefallen. Und deinem Boss sicher auch nicht, wenn er davon wüsste."

Da hatte sie absolut recht, aber das war ihm egal. Derrick griff den vor ihm liegenden Ordner und reichte ihn ihr. „Bring ihm das vorbei. Ist 'ne Kopie. Er kann damit sicher einiges anfangen."

Liv nahm in entgegen. „Okay? Ist das mit deinen Leuten abgesprochen?"

Er verzog die Mundwinkel zu etwas, was man mit ein wenig Kreativität als Lächeln bezeichnen könnte. „Wenn es zu offensichtlich wird, dass er die Akte hat, dann …" Er unterbrach den Satz kurz, um darüber nachzudenken. Dann wurde er entlassen? Verhaftet? Verurteilt? „… habe ich ein Problem."

Sie knallte ihm den Ordner erneut auf den Tisch. „Nein, danke. Wir kommen auch so klar. Ich werde jetzt vorerst bei ihm wohnen. Ich mache nicht noch ein Leben kaputt!" Er starrte auf den Ordner. Neunundneunzig Stimmen in seinem Kopf forderten ihn auf, es gut sein zu lassen. Und eine schrie lauter als alle anderen. Er griff den Ordner und hielt ihn ihr hin, immer noch auf die Tischplatte fixiert. „Sonst schicke ich ihn per Post."

„Verdammt, Derrick! Merkst du eigentlich nicht, dass ich es dir einfacher machen will?"

Er blickte auf. „Hätte ich es einfach gewollt, hätte ich dich als Mörderin dargestellt. Keine Kautionsverhandlung, du säßest im Knast, ich hätte es hier ruhig und würde schon lange einen anderen Fall bearbeiten."

Sie ließ sich frustriert neben ihn auf die Couch fallen, wobei ein Stapel Akten umkippte und auf dem Boden landete. „Und stattdessen willst du es kompliziert? Ist dir nie in den Sinn gekommen, dass ich die Mörderin sein könnte? Hattest du nie den Hauch eines Zweifels?"

Jetzt, wo Liv es beim Namen nannte, war es eine interessante Feststellung für ihn. Er hatte tatsächlich nie gezweifelt. „Wenn ich Zweifel hätte, würde ich dich nicht in meinem Bett schlafen lassen."

Da waren sie wieder, die tausend Volt. Diesmal schien er etwas anderes zu wollen. Ein paar Sekunden sahen sie sich tief in die Augen, dann war ihm klar, dass auch sie etwas anderes wollte. Trotzdem war es im ersten Moment ein Schock, als sie ihn am Hemd packte und ihn zu sich heranzog.

Dieser Kuss sagte mehr, als Worte es je gekonnt hätten, und die Schockstarre verfiel in einen Zustand absoluter Offenheit. Er wollte sie, und sie wollte ihn.

„Bist du dir immer noch so verdammt sicher?", flüsterte sie, Millimeter von seinen Lippen entfernt.

„Ich bin mir bei was ganz anderem sicher", hauchte er und zog Liv zu sich heran. Seine Hände wanderten an ihrem Körper entlang und er konnte spüren, wie sie erschauderte. Ungeduldig lösten sich ihre Hände von seinen Armen und versuchten, die Knöpfe seines Hemdes zu öffnen. Knopf für Knopf wollte er sie mehr, und nachdem sie auch den letzten geöffnet hatte, war es endlich soweit. Er fuhr mit den Fingern über ihren Rücken, nach dem Reißverschluss des schwarzen Kleides fühlend, und zog ihn *hastig herunter. Sie forderte ihn heraus, ihre Blicke, ihre Körpersprache, alles. Und er ließ sich darauf ein.*

*Liv stand auf und streifte ihr Kleid ab, Derrick hatte das schönste Kunstwerk der Stadt vor sich. Seine Hose verschwand wie von allein, und ein Augenzwinkern später lagen sie aufeinander, er hatte alles vergessen, in diesem Moment gab es nur sie. Ihre Hände strichen an seiner Haut hinab. Sie ließen es, sie ließen sich einfach geschehen.*

Sie erwachte noch vor Sonnenaufgang in seinen Armen. Es war bezeichnend dafür, wie erschöpft sie beide gewesen sein mussten, dass sie sofort eingeschlafen waren. Das hatte großartiger Sex wohl an sich.

Doch die Nacht zu zweit auf der beengten alten Couch forderte ihren Tribut. Liv befreite ihre eiskalten schmerzenden Glieder vorsichtig aus Derricks Umarmung und war erleichtert, dass er noch tief und fest schlief. Sie brauchte Zeit, um nachzudenken. Zeit, die sie sich vielleicht vor dieser Entscheidung hätte nehmen sollen.

Sie hatte mit dem Cop geschlafen, der sie hinter Gitter bringen sollte. Oder mit dem, der sie davor bewahren würde. Welcher Mann von beiden er genau war, wusste sie noch nicht.

*Doch,* verbesserte sie sich gedanklich. Er hatte ihr ein Essen gekocht. Sie wusste sehr wohl, was eine solche Geste bei einem Mann wie Derrick bedeutete.

Völlig nackt und ohne jede Scham lief sie in das angrenzende Schlafzimmer und warf sich den schwarzen Morgenmantel aus Seide um, den sie bei ihrer letzten brenzligen Begegnung getragen hatte, ehe sie wieder ins Wohnzimmer zurückkehrte. Sie sah auf die zerwühlte Couch. In ihrer eiligen Achtlosigkeit hatten sie Akten von Sofa und Tisch gefegt, die nun in einem einzigen Chaos auf dem Boden lagen.

Das war alles andere als geplant gewesen und obwohl sie seit einiger Zeit – genauer gesagt seit ihrem ersten Aufeinandertreffen im Met – mit dem Gedanken gespielt hatte, wie es wohl wäre, mit diesem Mann zu schlafen, hatte sie es sich doch ganz anders ausgemalt. Sie hatte gedacht, er würde sie irgendwann in einer hitzigen Auseinandersetzung packen, an sich reißen und einfach wild nehmen.

Stattdessen hatte Liv sie beide überrascht und die Initiative ergriffen. Sie zuckte die Schultern. Es war vermutlich völlig gleich, denn das Ergebnis war dasselbe – das hier dürfte niemals jemand erfahren. Ihr war klar, dass für Derrick wesentlich mehr auf dem Spiel stand als für sie selbst.

Umso wichtiger war es nun, für Schadensbegrenzung zu sorgen. Denn sie war noch einem Mann verpflichtet. Ein Mann, der sie seit Stunden schon zurückerwartete und dem es durchaus zuzutrauen war, dass er jede Minute einfach hier vor der Türe stünde.

Eilig ging sie unter die Dusche, legte ihr Make–up in Rekordgeschwindigkeit auf und überlegte, während sie sich Jeans und Bluse überzog, fieberhaft, was sie ihrem Anwalt und Freund erzählen sollte, wenn er sie fragte, was sie davon abgehalten hatte, zu ihm zu kommen.

Die Wahrheit war zu gewagt, das war ihr klar. Sie vertraute Daniel, doch seine Abneigung Derrick gegenüber war auch für sie deutlich spürbar. Sie hoffte, dass er nicht zu viele Fragen stellte.

Im Wohnzimmer warf sie Derrick – der tief und fest schlief – noch einen Blick zu und widerstand dem Drang, ihn zu küssen, ehe sie das Haus verließ.

Sie brauchte zehn geschlagene Minuten, ehe sie es fertigbrachte, an der Tür zu klingeln. Sie hätte sich etwas anderes anziehen sollen. Mit der legeren Kleidung erregte sie in dieser Gegend so viel Aufmerksamkeit wie ein bunter Hund. Die neugierige Mrs. Hanson von gegenüber lugte schon seit geschlagenen acht Minuten zwischen ihrer Gardine hindurch mit der stummen Frage auf ihrem Gesicht, ob sie wirklich Samantha Carstairs vor sich sah oder wer die fremde Frau an der Tür des Staranwaltes sein mochte.

Liv warf der Frau einen provozierenden Blick zu und sofort schlossen sich die Vorhänge wieder, dann brachte sie es hinter sich und klingelte. Sie setzte ihr strahlendstes Lächeln auf, als sich die Tür öffnete. „Da bin ich wieder. Ich muss mit dir sprechen.“

„Sam!“ Daniel lächelte breit. „Komm rein!“

Sie trat eilig ein und ging automatisch wieder Richtung Arbeitszimmer, wo sie die Papiere auf dem Boden sah. „Ich störe dich bei deiner Arbeit.“

„Nein, ganz im Gegenteil, ich freue mich, dich zu sehen!“ Er bückte sich, um die Zettel schnell zusammenzulesen. „Stehen deine Koffer noch draußen?“

Sie atmete tief durch und sah bang auf ihn hinab. „Ich habe keine Koffer dabei, Dan.“

Er stand auf. Sofort klang seine Stimme forschend. „Wieso nicht?“

„Ich kann es einfach nicht. Ich kann jetzt nicht gehen. Derrick hilft mir, wo er nur kann, und ich ... vertraue ihm", schloss sie zögerlich.

Er schüttelte ungläubig den Kopf. „Darf ich fragen, wieso?"

Sie hob die Hände. „Muss es immer einen Grund geben, einem Menschen zu vertrauen?" Sie ging auf ihn zu und legte ihm freundschaftlich eine Hand auf den Oberarm. „Ich weiß, du magst das nicht und machst dir Sorgen, aber ich weiß, was ich tue. Bitte sei nicht böse, ja?"

„Ich bin nicht böse. Aber ich sage dir noch einmal, dass das keine gute Idee ist."

„Vielleicht. Vielleicht aber doch. Ich wollte es dir persönlich sagen. Und als Entschuldigung wenigstens ein Glas Wein mit dir trinken. Wenn du nichts da hast, verschaffe ich mir bei Rob Zutritt, kein Problem." Sie grinste, in der Hoffnung, seine düstere Miene mit dem Scherz zu vertreiben.

„Ich habe genug hier", murmelte er, sein Blick wanderte ins Leere.

Sie tätschelte noch einmal seinen Arm. „Weißt du was? Ich hole ihn. Ich weiß ja, wo dein Weinkeller ist. Bin sofort wieder da." Damit eilte sie aus dem Raum, um ihm und sich selbst Gelegenheit zu geben, mit der Situation klarzukommen.

Sie war bisher nur einmal in seinem riesigen Weinkeller gewesen. Damals, als Robert das erste Wochenende nicht nach Hause gekommen war. Sie war vollkommen am Ende gewesen und Daniel hatte sie mit seinem Charme becirct. Sie hoffte, sie konnte heute bei ihm dasselbe erreichen. Doch das war schwer, wenn sie mit ihren Gedanken zur Hälfte noch bei einem anderen Mann war.

Sie griff sich wahllos eine Flasche und machte sich auf den Weg zurück nach oben, wo sie ihn in der Küche an der Theke fand.

„Ich habe keine Ahnung, was das hier ist, und hoffe, du möchtest ihn an mich verschwenden." Sie lachte unbehaglich beim Anblick seiner reglosen Miene.

„An dich ist nichts verschwendet", sagte er und zwinkerte ihr zu.

Sie erwiderte das Lächeln voller Erleichterung, stellte die Flasche ab und lehnte sich an die Theke. „Das erinnert mich fast an früher. Gott, jetzt rede ich, als wären wir uralt. Weißt du noch, dieses eine Wochenende? Ich habe mich versehentlich in deinem Weinkeller eingesperrt."

„O Gott, ja! Als ich dich gefunden hatte, warst du ziemlich angeheitert." Er lachte und fasste sich bei der Erinnerung an den Kopf.

„Ich war das erste Mal in meinem Leben betrunken." Sie lachte noch lauter und nahm das Glas, das er ihr entgegenhielt. Dann legte sie den Kopf schief und hielt es nach oben, um mit ihm anzustoßen. „Auf gute alte Freundschaft."

„Auf gute Freundschaft!" Er stieß mit ihr an. „Du warst echt noch nie betrunken davor? So lange ist es auch nicht her."

„Ich war schon zwei Jahre mit Rob verheiratet."

„Stimmt! O Gott, wo ist mein Zeitgefühl hin? Kommt mir wie vorgestern vor." Er schüttelte den Kopf.

„Und du?" Sie grinste ihn an. „Wann wirst du dich auf ewig binden?"

„Vielleicht bald, vielleicht nie. Weiß man ja nicht." Er lächelte.

„Du klingst so geheimnisvoll", sagte sie neugierig und genoss die Normalität ihres Gespräches. „Gibt es denn jemanden?"

„Ach du ..." Er überlegte einen Moment und betrachtete den tiefroten Wein in seinem Glas. „Ich weiß es selbst nicht so genau."

„Du solltest es ihr sagen", sagte sie lächelnd. „Ein toller Mann wie du. Wollen wir ins Wohnzimmer gehen? Ich bin schrecklich müde und will mich auf deine Wahnsinnscouch setzen."

„Fühl dich wie zu Hause!"

Sie ging ihm voraus. Wie am Morgen setzte sie sich mit untergeschlagenen Beinen auf seine riesige Ledercouch und klopfte einladend neben sich. „Wenn wir nicht mehr über den Fall sprechen müssen, lasse ich dir die Themenwahl frei, wenn ich dich schon von der Arbeit abhalte."

Er folgte ihr und setzte sich seufzend neben sie. „Nein, nein, entscheide du. Ich bin schlecht in sowas." Er lachte.

Sie zuckte die Achseln. „Ich habe momentan auch nicht viel anderes im Kopf, als dass ich eine verfolgte Diebin bin, von daher ..."

„Hör doch auf, du bist viel mehr als das." Er lächelte warm.

Sie zuckte leicht zusammen. Hatte dasselbe nicht auch Derrick gesagt? Hatten sie nicht ebenso bei Rotwein nah beieinandergesessen? Sie sah Daniel an und schob ihre Gedanken ihrer Müdigkeit zu. Sie räusperte sich kurz und trank einen Schluck des

Weins, der nach nichts anderem als Reichtum schmeckte.

„Ich überlege, was ich tun soll, weißt du", sagte sie dann.

„Bezüglich was genau?"

„Ich muss weiterdenken, wenn du mir das Gefängnis ersparst", erklärte sie. „Wie ich meinen Lebensunterhalt verdiene. Ich habe nie gearbeitet … war nie etwas anderes als die Frau eines reichen Mannes."

Daniel lächelte leicht und ließ den Arm einmal kreisen, auf alles im Raum deutend. „Geld ist nun wirklich kein Thema. Wenn du irgendeinen Laden aufmachen willst, etwas gründen willst, oder auch nichts machen willst, frag einfach."

Das war ein mehr als großzügiges Angebot, das sie trotz ihrer jahrelangen Freundschaft nicht erwartet hatte. Dennoch schüttelte sie bestimmt den Kopf. „Nein, ich will das allein machen. Mein neues Leben, meine ich. Es ist beängstigend aber auch irgendwie aufregend. Selbst wenn ich als Kellnerin anfangen muss, um mir etwas anzusparen, ich will mich nie wieder so abhängig machen. Von niemandem."

„Verständlich." Er dachte kurz nach. „Es gibt tausende Möglichkeiten."

Obwohl ihr im Moment keine einzige einfiel. Sie schien nichts anderes zu können, als sich bei Gefahr durch enge Schächte davonzuschleichen. Dennoch nickte sie und leerte das Glas. „Du hast wahrscheinlich recht."

Als ihr Handy vibrierte warf sie einen verstohlenen Blick darauf und lächelte als sie Derricks Namen las.

„Darf man fragen?", wollte Daniel beiläufig wissen.

Ertappt sah sie auf und schob das Telefon schuldbewusst in ihre Tasche zurück. „Nichts Wichtiges."

Daniels Grinsen verblasste. „Der Cop, hm?"

Es hätte keinen Sinn, zu lügen. „Ja. Derrick."

„Verstehe." Er leerte sein Glas mit einem kräftigen Schluck.

Sie atmete ungeduldig aus. „Ich weiß nicht, was mit dir los ist. Du bist doch sonst nicht der sorgenvolle Typ. Ich muss dir leider sagen, dass das allein meine Angelegenheit ist. Das musst du akzeptieren, auch wenn du es nicht verstehen kannst!"

Als er schwieg, erhob sie sich langsam. „Ich sollte wirklich gehen. Rufst du mich an?"

„Sicher, mache ich", antwortete er tonlos. Er stand auf und folgte ihr zur Tür.

Sie war alles andere als zufrieden damit, wie das Gespräch verlaufen war, und hoffte, dass Daniel sich bald wieder fangen würde. An der Tür drehte sie sich zu ihm um, um ihn kurz zu umarmen.

# Kapitel 17



Gelbweißes Licht warf lange Schatten über den Hof des Präsidiums. Es war seltsam, so wenige Tage hatten so viel verändert. Derrick stieg aus seinem Auto. Er hielt sich die Hand vor sein Gesicht, um die Morgensonne abzuschirmen, die ihn blendete.

Als er an seinen Schreibtisch dachte, streiften ein paar sehr frische Erinnerungen an seinem inneren Auge vorbei. Neuer Tag, alter Fall. Wie sehr wünschte er sich, alles endlich hinter sich zu lassen.

Was würde aus Liv werden? Wenn sie der Fall nicht mehr verband, verband sie dann überhaupt noch etwas? Er wünschte, dem wäre so. So widersinnig das auch war. Es hätte niemals sein dürfen. Aber es war Realität, und der Gedanke, dass es nicht bestehen konnte, verfolgte ihn wie ein Phantom, ein Schreckgespenst, das er am liebsten einfach vertrieben hätte.

Langsam wankte er zum Gebäude. Trotz der frühen Uhrzeit war es schon warm in New York, was die unzähligen Polizisten und Detectives in ihren sauberen, glatt gebügelten Hemden erklärte. Jacken blieben bei solchem Wetter zu Hause. Bis auf Derricks Trenchcoat, den er sogar bei drückender Hitze trug. Er war mittlerweile schon fast ein Teil von ihm.

Aus der Gruppe der Männer bewegte sich eine Frau auf ihn zu. Valentina Neri, energisch wie immer. Energischer. Innerhalb von Sekunden hatte sie die Distanz zwischen ihnen überbrückt. Derrick wollte zu einer Begrüßung ansetzen, oder einer Erklärung. Letztendlich war es aber nur ein sinnfreies Gestammel.

„Ins Büro. Wirst erwartet", warf sie ihm nur zu, wie Reste einem ungeliebten Tier, und damit zog sie davon. Kurz schaute er ihr hinterher. So viel hatte er zu sagen, zu erklären, geradezubiegen.

„Sobald alles wieder normal ist", sagte er sich und zog los in Richtung seines Büros, wo man ihn anscheinend schon erwartete.

Sobald alles wieder normal liefe, musste er eine Menge reparieren und retten, was zu retten war. Seiner Karriere zuliebe und für Valentina.

Dieselben stählernen Aufzugtüren schwangen auf und offenbarten denselben Raum, voll mit Schreibtischen und Telefonen. Seiner in der letzten Reihe, an dem sich der Commissioner schon über seinen Stuhl beugte. Normalerweise ein schlechtes Zeichen, aber bei aller Gewohnheit – für ihn war alles anders geworden.

„Graves!", rief Hernandez ihm schon von weitem zu.

Derrick erreichte seinen Vorgesetzten und gab sich alle Mühe, seine Unsicherheit zu verbergen. „Keine Sorge. Geht nur um die Shadowman–Akte. Die alten Fälle."

„Was ist mit der?", fragte er nach kurzer Überlegung.

„Ist wieder aufgenommen worden. Diese ominöse Gestalt, von der die Frau aus deinem Fall geredet hat, ist vielleicht ein neuer Eintrag."

Derrick musste sich bemühen, Hernandez' „Frau" nicht ein eindeutiges „Liv" entgegenzusetzen.

„Ein paar Dokumente ausfüllen, in die passende Akte sortieren, warum betrifft mich das jetzt?“, fragte er stattdessen.

„Weil es eben mehr ist. Zwei Detectives ermitteln jetzt wieder darin, Sayed und Neri. Und weil Ihr Fall es aufgerollt hat, sollten Sie zusehen, die Verdächtige in den nächsten Tagen herzuholen, für ein neues Verhör.“

Derrick holte beim Wort „Verhör“ tief Luft. Erinnerungen der letzten Verhöre kamen in ihm hoch. Situationen, die er am liebsten nicht noch einmal erleben wollte.

„Mrs. Carstairs ist freigekauft. Sie können sie nicht einfach so vorladen.“
„Wenn es für einen anderen Fall relevant ist, kann ich das, Derrick, das wissen Sie“, antwortete der Commissioner mit mahnend erhobener Augenbraue.

„Sie können auf mich zählen, das wissen Sie doch“, erwiderte er schließlich mit einem Grinsen und setzte sich an seinen Tisch.

Hernandez gab ihm nur ein besorgtes Lächeln zurück.


Um sieben Uhr war das Büro viel leerer. Derrick war bereits damit beschäftigt, die Zettel, die er im Laufe des Tages rausgekramt hatte, wieder einzuräumen. Obwohl sein Kopf tief im Aktenschrank steckte, hörte er sie kommen. Valentina war auf dem Weg zu ihm. Der Klang ihrer Absätze war unüberhörbar.

Er drehte sich um. Zu seiner Überraschung stand sie nicht vor seinem Schreibtisch. Sondern direkt vor ihm. Mit verschränkten Armen, ein paar lose Zettel dazwischengeklemmt, und funkelte ihn böse an.

„Was ist das?“, fragte er, eigentlich nur, um ihren demütigenden Blicken zu entgehen.

„*Bei Gelegenheit lesen*", meinte sie und drückte ihm die Zettel barsch in die Hand.

„*Valentina, ich ...*"

„*Detective Neri*", berichtigte sie ihn und drehte sich um.

„*Ich kann das erklären, wirklich, das war ...*"

„*Ich habe dich echt für was Besseres gehalten. Jetzt lass mich in Ruhe!*", fauchte sie und stapfte davon. *Es war wie Folter, nicht in der Lage zu sein, die ganze Situation erklären zu können. Oder die ganze Last teilen zu können. Jeder Tag machte ihn ein Jahr älter. Er brauchte jetzt dringend Schlaf.*

Liv warf sich rastlos von einer Seite auf die andere. Der Vollmond, der durch das Fenster schien, blendete sie. Doch das war nicht der Grund, warum sie nicht schlafen konnte. Ihr ging das letzte Aufeinandertreffen mit Daniel nicht aus dem Kopf. Seitdem hatte er sich nicht mehr bei ihr gemeldet, was sie beunruhigte. Wie tief ging seine Loyalität zu Rob? War sie größer als ihre Freundschaft? Eigentlich war sie sich sicher, dass sie ihm vertrauen konnte, aber seine Laune vom Vortag wusste sie nicht einzuordnen. Sie wünschte, sie hätte ihm ihre Gefühle für Derrick nicht anvertraut. Ging Daniels Abneigung gegen ihn so tief, dass er ihn an seine Vorgesetzen verraten würde?

Außerdem machten sie die neuen Gefühle nervös, die sie für den Mann hatte, der jetzt neben ihr in dem großen Bett lag. Sie beschloss, zu nutzen, dass sie wach war, schmiegte sich eng an ihn und bettete den Kopf auf seine Brust. Da klingelte Derricks Handy mit ohrenbetäubendem Schrillen.

„Kann doch nicht wahr sein", stöhnte er und griff danach.

„Lass es klingeln", murmelte Liv.

Einen Moment zögerte er, doch dann nahm er ab. „Graves."

Liv schloss die Augen und lauschte stumm seiner Stimme.

„Um Gottes willen, wissen Sie, wie spät es ist?", fluchte er ins Handy. Es folgten einige Momente, in denen er einfach nur zuhörte und dann ein atemloses: „Was?"

Liv schlug alarmiert von seinem Tonfall die Augen auf, setzte sich auf und sah ihn besorgt an. Der weißblaue Mondschein ließ Derricks Gesicht noch blasser aussehen, als es in diesem Moment ohnehin schon war. Er legte das Handy beiseite und setzte sich an die Bettkante.

Sie näherte sich ihm vorsichtig und schlang von hinten die Arme um ihn, während sie den Kopf an seinen Rücken bettete. „Was ist passiert?"

„Ich muss dringend zur Wache." Er sah durch das Fenster in den Nachthimmel hinaus.

„Was ist passiert?", fragte sie noch einmal besorgt.

Er stand auf und ging zum Stuhl, über den er sein Hemd und seine Hose gehängt hatte. „Ein Polizist ist heute Nacht gestorben."

Sie sprang sofort auf. „Was? O Derrick! Es war jemand, der dir nahestand, habe ich recht?"

„Valentina", flüsterte er kaum hörbar, während er sich anzog.

Sie stockte. „Die Frau, die hier war? Sie ist tot?"

Derrick zog sich den Gürtel zu und lief zur Tür. „Ruh dich noch etwas aus, ich muss jetzt los."

„Ich kann dich doch jetzt nicht allein fahren lassen. Bitte lass mich mitkommen. Und sei es als seelische Unterstützung."

Er blieb im Türrahmen stehen. „Okay", hauchte er.

Das hatte sie nicht erwartet. Sie erhob sich eilig, griff wahllos Jeans und Pulli und ging dann zu ihm, seine Hand nehmend. „Es tut mir so leid, Derrick."

Als er die Treppen im Korridor hinabrannte, hielt sie mühelos mit ihm Schritt. „Weißt du, ob es Absicht war? War sie das Ziel?"

„Hat Hernandez mir noch nicht gesagt. Er wollte darüber nur persönlich sprechen", erwiderte er atemlos.

Am Wagen angekommen, warfen sie sich nahezu zeitgleich auf die abgenutzten Sitze. Liv schaffte es gerade noch, die Tür zu schließen, ehe Derrick losbretterte. „Hast du einen Verdacht?"

„Vielleicht eine Straßengang, die sie erwischt hat. Für die sind Cop–Köpfe Trophäen. Oder irgendein Junkie, den sie festnehmen wollte. Vielleicht auch ..." Er dachte einen Moment nach, die Straßen waren absolut leer. Um diese Uhrzeit schlief sogar New York. „Vielleicht auch Shadowman."

„Wer?" Sie war plötzlich von Grauen erfüllt.

„Shadowman, ein Phantom, das uns seit geraumer Zeit verfolgt. Vielleicht war er die Gestalt, die mit dir im Museum war."

„Ihr nennt ihn Shadowman? Das klingt, als hätte er mehr getan als die zwei Morde im Museum. Wie lange existiert die Akte schon?"

„Er ist eher ein Konzept als ein Mensch. Wir wissen nicht, wer er ist. Einige Morde der letzten Monate gehen auf seine Kappe. Nichts mit System.“

Liv sah schweigend aus dem Fenster und suchte nach Worten des Trostes. Es war gespenstisch, die größte Stadt der westlichen Hemisphäre so menschenleer zu sehen. Sie fühlte sich schrecklich machtlos und wünschte, sie könnte Derrick irgendwie helfen.

Als sie vor dem Präsidium vorfuhren, sah sie ihn an. Sie wusste, dass sie ihn in dieser Situation nicht begleiten durfte, aber nie hätte sie geglaubt, wie schwer es ihr fallen würde, ihn allein in seinem Schmerz gehen zu lassen. „Ich bin in Gedanken bei dir, Derrick.“

Er sah sie dankbar an, dann stieg er aus und lief mit schnellen Schritten ins Präsidium.


Es war kühl, doch sie merkte die Kälte nur daran, dass ihre Hände langsam steif wurden, als sie den Stift beiseitelegte, den sie – zusammen mit einem Notizblock – im Handschuhfach gefunden hatte. Sie hatte sich seit Stunden fieberhaft Notizen zu allem gemacht, was bisher vorgefallen war. Wie vor ihren Einbrüchen skizzierte sie alle Dinge, die ihr einfielen mittels Worten und Zeichnungen.

Sie tat es mehr, um etwas zu tun zu haben und das Chaos in ihrem Kopf zu ordnen, als dass sie daran glaubte, dass es etwas brachte. Ihre Augen tränten von der Anstrengung, so lange im Licht einer einzelnen Straßenlaterne auf das Papier zu starren. Mittlerweile ging die Sonne auf und tauchte den Parkplatz hinter dem Präsidium in ein seltsam unheilvolles rotes Licht.

Sie schreckte hoch und legte eilig den Skizzenblock beiseite, als sich plötzlich die Autotür öffnete und Derrick vor ihr stand. Tiefe dunkle Ringe zeichnete die vergangene schlaflose Nacht unter seine Augen, die tot und leer wirkten.

„Magst du kurz mitkommen?", fragte er.

Sie wurde kreidebleich und glaubte sofort, dass man sie wieder einsperren wollte. Dennoch folgte sie der Aufforderung automatisch und erhob sich aus dem Wagen. „Okay."

Er führte sie in den Eingangsbereich des Präsidiums. „Es war Shadowman."

Liv war verblüfft über dieses schnelle Ergebnis. „Wie könnt ihr euch so sicher sein?"

„Die Kugel, die Valentina ..." Er stockte. „Sie ist vom selben Kaliber und Hersteller wie die Kugeln im Museum und wie die der anderen ungeklärten Fälle, die wir ihm zuordnen."

Liv stockte der Atem, während die Gedanken in ihrem Kopf rasten. Sie erinnerte sich sehr gut, dass Hernandez gesagt hatte, dass die Waffe Robert gehört hätte.

Sie schüttelte den Kopf. „Das ergibt keinen Sinn."

„Tut es auch nicht. Aber der Hauptverdächtige ist Robert."

„Werde ich mit ihm verdächtigt, weil ich seine Frau bin?", fragte sie roher als beabsichtigt.

„Dein Name steht auf der Liste der Verdächtigen mittlerweile ziemlich weit unten", antwortete er und wandte sich um, weil Hernandez sich näherte.

Sie erinnerte sich rechtzeitig daran, dass sie nicht mehr unter sich waren und niemand wissen durfte, was zwischen ihnen passierte. Problemlos nahm sie den erforderlichen Abstand zu Derrick ein.

„Mrs. Carstairs", begann Hernandez kühl.

Sie knirschte mit den Zähnen. Natürlich war das noch ihr Name, doch sie fragte sich, ob er es mit Absicht so provokant verdeutlichen wollte, dass sie zumindest auf dem Papier noch zu Robert gehörte. Sie nickte kühl, ohne einen weiteren Gruß.

„Sie haben aber schnell zu uns gefunden", sagte er, sah dabei jedoch Derrick an.

„Ich war gerade in der Gegend", erwiderte sie schnell. „Um mich fitzuhalten bevorzuge ich eine morgendliche Joggingrunde. Ich nehme an, das ist nicht strafbar?"

„Ich nehme mal an, der Detective war zufällig auf Ihrer Joggingroute?"

Sie presste die Lippen fest aufeinander und verschränkte die Arme vor der Brust, ehe sie fragte: „Ist dieses Verhör der Grund, warum ich herzitiert wurde?"

„Fragen Sie nicht mich", antwortete Hernandez, fast schon feindselig.

An dieser Stelle schaltete sich Derrick ein. „Ich hatte eine Idee."

Überrascht wandte sie sich zu ihm um. Er hatte sie ins Spiel gebracht? War ihm nicht klar, dass ihn das Kopf und Kragen kosten konnte? Sie versuchte, ihre Stimme so unverbindlich wie möglich zu halten. „Und die wäre?"

„Dass du bei der Ermittlung hilfst. Zumindest was Robert angeht."

Sie hatte keine Zeit, ihn für die vertrauliche Anrede zu verfluchen und dafür, dass er alle Vorsicht in den Wind schlug. Hatte sie sich verhört?

„Ermittlungen gegen Robert? Das ist doch nicht Ihr Ernst?" Sie sah von Derrick zu Hernandez. „Sie denken wirklich, mein Mann hätte diese Frau ermordet?"

„Aktuell sieht es so aus, Mrs. Carstairs. Allerdings finde ich es interessant, dass Sie sich so vertraut anreden."

Derrick knirschte darauf nur mit den Zähnen. Sie zuckte abweisend die Achseln.

„Ich kann nur vermuten, Mr. Graves ist etwas durcheinander. Mir gefällt das ebenso wenig wie Ihnen, glauben Sie mir." Sie bedachte Derrick mit einem abfälligen Blick, ehe sie sich wieder an Hernandez wandte. „Wenn Sie wollen, dass ich Ihnen helfe, sollten Sie vielleicht einen anderen Ton mir gegenüber anschlagen, Commissioner."

Hernandez wandte sich an Derrick. „Schlafen Sie etwas, Sie reden wirres Zeug."

„Wie wollen Sie denn eine Hausdurchsuchung betreiben? Oder eine Beschattung? Mit hundert Einsatzkräften vom FBI?", fragte Derrick angriffslustig.

Der Commissioner zögerte. „Derrick, das ist absoluter Schwachsinn!"

„Kritisieren Sie meine Vorschläge nicht, wenn Sie selbst keinen haben!", pflaumte Derrick seinen Boss an.

„Tun Sie, was Sie nicht lassen können", erwiderte Hernandez schlechtgelaunt und wandte sich zum Gehen. „Darüber ist das letzte Wort noch nicht gesprochen."

Als er weg war, sah Liv zu Derrick auf. „Was jetzt?"

Er sah sie ernst an. „Willkommen beim NYPD."

Ihr klappte der Mund auf. „Aber er sagte doch ... das kann unmöglich dein Ernst sein."

„Der regt sich nicht auf, weil ich dich einbinden wollte …“, sagte Derrick mit bedeutungsvollem Blick.

„Ich kann mir denken, warum er sich aufregt“, flüsterte sie, weil in diesem Moment einige Polizisten an ihnen vorbeigingen. „Du solltest unbedingt dezenter werden, was uns angeht.“

„Es ist mir gerade wirklich egal, was der Commissioner denkt. Valentina ist tot.“

Sie nickte. „Ich kann mir denken, dass das nicht leicht für dich ist. Trotzdem musst du an dich und deine Karriere denken. Was genau ist denn nun eigentlich passiert?“

„Sie wurde im Central Park erschossen. Keine Ahnung, was sie da wollte.“

„Und was genau soll ich jetzt tun?“

„Dich bei Robert umsehen.“ Er dachte kurz darüber nach. „Natürlich nur, wenn du bereit dazu bist.“

„Sicher, auch wenn ich nach wie vor nicht glaube, dass er etwas mit der Sache zu tun hat. Wenn du willst, können wir heute Abend gleich nach Einbruch der Dunkelheit fahren“, bot sie an, weil sie glaubte, er wollte den Mörder seiner Kollegin so schnell wie möglich fassen.

Er sah sie überrascht an. „Klar.“

Sie nickte knapp und holte ihr Handy aus der Tasche. „Ich muss nur kurz telefonieren.“ Sie entfernte sich einige Schritte und rief ohne Zögern Nancy an.

Nach wenigen Minuten ging sie zu Derrick zurück und erklärte: „Unser Hausmädchen. Sie ist momentan leider nicht da, was kein Problem sein sollte. Sie weiß aber relativ sicher, dass auch Robert noch immer nicht von seiner Geschäftsreise zurück ist, was die Sache wesentlich erleichtert.“

„Danke, Liv.“

Sie lächelte ihn an. „Kein Problem. Eine Hand wäscht die andere, stimmt’s? Wollen wir?“

„Gern.“ Er lächelte zum ersten Mal an diesem Tag.

# Kapitel 18

*Spurensuche III*
*~ Sabine Mannheims ~*

Als der Wagen zum Stehen kam, sah Liv sich um. Alles war ruhig. Kein Auto stand in der Einfahrt. „Wenn es dir recht ist, würde ich noch kurz warten, ob sich etwas tut."

Derrick stellte den Motor ab und lehnte sich zurück. „Früher habe ich das jeden Tag gemacht, vor Häusern gewartet." Er lächelte. „Nimm dir alle Zeit, die du brauchst."

Sie lächelte ihn an und lehnte sich einen Moment zurück. „Ich bis vor kurzem auch. Jedoch vor größeren Gebäuden. Und normalerweise arbeite ich allein."

„Und du warst schwarz gekleidet und trugst eine Perücke."

Sie lachte und spähte durch die Windschutzscheibe. Im Haus gegenüber brannte in der obersten Etage noch Licht im Zimmer der jungen Jane. Liv hoffte, dass sie nicht zufällig aus dem Fenster sah.

„Ausnahmsweise musst du dir mal keine Sorgen um die Polizei bei einem deiner Einbrüche machen", bemerkte Derrick scherzhaft.

„Wollen wir doch hoffen, dass Sie mich dafür nicht festnehmen, Detective", flirtete sie, um ihn aufzuheitern und fügte dann ernst und sanft hinzu: „Wir kriegen ihn. Egal, wer er ist.“

Und mit einem Kuss auf seine Wange stieg sie aus dem Wagen und rannte gebückt zum Haus.

Sie drückte sich tief in die Schatten der Büsche und beobachtete lange Zeit still den kalten Glaspalast, der wieder vor ihr aufragte wie eine uneinnehmbare Festung. Sie kannte die Schwachstelle dieses Schlosses. Sie wusste, wo die Alarmanlagen angebracht waren und was sie auslöste, schließlich hatte sie diese selbst ausgesucht. Wenn sie sich der Eingangstür auf drei Meter näherte, würde sie das Flutlicht auslösen, was sofort die ganze Nachbarschaft auf den Plan riefe, weshalb sie gleich zum hinteren Teil des Hauses eilte.

Das Kellerfenster war klein und intakt, jedoch nicht alarmgesichert, weil Robert es für herausgeworfenes Geld gehalten hatte. Seiner Meinung nach war ein Dieb immer ein Mann. Und ein Mann passte nicht durch die Öffnung.

Liv lächelte, völlig zufrieden damit, dass ihr Mann ein solches Macho-Arschloch war. Sie ging in die Hocke und platzierte einen gezielten Tritt gegen das Glas. Es machte mehr Lärm, als sie erwartet hatte. Eilig sah sie sich um, das Haus nebenan blieb im Dunkel. Erleichtert erinnerte sie sich daran, dass Georgina und Michael um diese Jahreszeit immer ihre Flitterwochen auf Gran Canaria wiederholten.

Sie wandte sich wieder um und ließ sich vorsichtig durch den engen Fensterspalt gleiten, wobei sie sich den Arm an einer Glasscherbe aufriss. Sie keuchte vor Schmerz auf und fluchte, als sie bemerkte, dass ihr Blut Wand und Boden benetzte. Sie konnte unmöglich das

Licht einschalten, um sicherzugehen, dass sie alles erwischte, doch sie wusste, wo die Putzutensilien lagen. So verband sie grob ihren Arm, um nicht noch mehr Spuren zu hinterlassen, und wischte alles fort, was sie sehen konnte.

„Verdammt!", fluchte sie, weil sie den Rückstand der Misere selbst in der Dunkelheit noch sehen konnte. Sie ärgerte sich über ihre Achtlosigkeit. Doch nun war es passiert und um alles nicht noch schlimmer zu machen, sollte sie sich lieber beeilen, ehe Robert zurückkäme.

Sie wusste natürlich, dass er Waffen besaß. In dieser Gegend von Long Island gehörte es zum guten Ton, dass die Männer ihre Macht demonstrierten, indem sie in einem der Country Clubs auf peinlich pingeligen Übungsplätzen auf alles schossen, was nicht niet- und nagelfest war. Es war ein ähnlicher Sport wie das Sammeln teurer Autos.

Sie stieg die Treppe hoch, die zu ihrem Schlafzimmer, einem der drei Bäder und Roberts riesigem Arbeitszimmer führte. In letzteres ging sie hinein und steuerte zielstrebig auf den antiken Apothekertisch am anderen Ende des Raumes zu. Natürlich war die oberste Schublade verschlossen, doch über diese Sicherheitsvorkehrung konnte Liv nur müde lächeln. Sie zog sich eine Haarnadel aus der blonden Mähne und öffnete die Waffenlade mit zwei geübten Drehbewegungen der Nadel im Schloss.

Als sie die Schublade aufzog, sah sie auf einen Blick, dass ein Platz in dem schwarzen Samt verwaist war. Ihr Herz raste. Es war der Smith & Wesson Revolver, der fehlte. Eine Waffe, die durch ihre Genauigkeit brillierte und absolut tödlich war. Was wollte Robert damit auf einer seiner Geschäftsreisen? Irgendetwas stimmte nicht. Zwar konnte Liv immer noch keine Verbindung zwischen ihrem Noch–Gatten und Shadowman erkennen, doch sie wusste, wann eine Gleichung nicht mehr aufging.

Sie hatte herausgefunden, was sie herausfinden sollte. Gewissenhaft entfernte sie ihre Fingerabdrücke, schloss die Schublade wieder ab und machte sich auf den Weg zurück zu Derrick.

Kurz bevor sie die Treppe betrat, hielt sie noch einmal inne und wandte sich Richtung Schlafzimmer um. Rob war nicht der einzige, der vermeintliches Beweismaterial in diesem Haus bunkerte.

In ihrem einstmaligen Schlafzimmer blieb sie zögernd stehen und sah zu dem großen Kleiderschrank hinüber. Niemand, der nicht wusste, dass die Gemälde hinter einer eingearbeiteten Wand versteckt waren, würde sie dort jemals finden. Und doch ... Sollte sie es Derrick nicht sagen, nachdem sie nun so intim miteinander geworden waren? Warum hatte er sie noch nie gefragt, wo ihr Diebesgut war? Oder Daniel? Sie konnte sich nicht entsinnen, dass er auch nur eine Frage darüber gestellt hätte, wie viele Diebstähle wirklich auf ihre Kappe gingen. War das nicht wichtig für diesen Fall? Wog sie sich in falscher Sicherheit und sollte lieber alle Karten offen auf den Tisch legen oder würde sie sich damit in einer Art und Weise belasten, dass keiner der beiden Männer ihr mehr helfen konnte?

Eine Weile stand sie nur da, von nichts anderem umgeben als der erdrückenden Stille des Hauses. Den anschwellenden Schmerz in ihrem rechten Arm bemerkte sie kaum.

Sie stand in ihrem Schlafzimmer, eine Frau mit eintausend Namen und keiner Identität. Wer war sie? Wer wollte sie sein? Wen sah Derrick in ihr? Fast glaubte sie, dass sie – hätte sie die Wahl gehabt – in das leere sichere Leben der Samantha Carstairs zurückgekehrt wäre. Doch dann dachte sie an die erste Nacht mit Derrick zurück. An das Feuer unter ihrer Haut und erwachte aus ihrer Lethargie. Sie würde ihren Weg finden. Und wenn sie sich zuerst durch Dornenbüsche schlagen müsste!

*Der Sitz wurde langsam unbequem, und Derrick fragte sich, was dort drin wohl gerade passierte. Zwei seiner Finger tippten auf dem Armaturenbrett. Er hatte jegliches Zeitgefühl verloren. In stillen Momenten wie diesem rasten seine Gedanken ungeordnet an ihm vorbei. Alles, was passiert war. Alles, was gerade geschah. Alle ungesagten Worte. All die Dinge, die er Valentina gern gesagt hätte. Die Entschuldigungen. Die schönen Momente, die noch hätten sein können. Dissoziiert. Wie ein Traum. Er erwachte, als die Autotür mit einem Ruck aufgerissen wurde.*

*„Fahr!", wisperte eine zitternde Stimme. Es war Liv. Derrick trat das Gaspedal durch, dem vertrauten Röhren des Motors folgten direkt die G–Kräfte, die ihn in seinen Sitz pressten. Er verkniff es sich, die Polizeisirene anzuschalten, obwohl seine Gewohnheit es ihm befahl. Doch nun war es besser, möglichst wenig Aufmerksamkeit zu erregen. Also schoss Derricks Polizeiwagen unter leiser werdenden Motorengeräuschen durch die Straßen.*

Er wandte sich zu Liv, die sich ein Tuch an den Arm hielt. Voller Blut. Es tropfte aus dem Tuch heraus. Von Weiß zu Rot färbte sich das Stoffstück, das Livs Wunde bedeckte.

„O Gott, was ist passiert?", rief er entsetzt.

„Ich war unachtsam, hab Spuren hinterlassen. Ich werde so schnell wie möglich Kontakt mit Nancy aufnehmen, bevor Robert es bemerkt", keuchte sie. „Eine Waffe fehlt, ein Revolver."

Keines ihrer Worte konnte in sein Bewusstsein vordringen. „Nein, dein Arm! Was ist passiert? Wir müssen ins Krankenhaus!"

Sie sah in böse an. „Hast du mir nicht zugehört? Der Revolver ist weg, und er auch! Vielleicht haben wir jetzt eine Spur!"

Der Revolver könnte ihn jetzt gerade gernhaben, alles wurde zur Nebensache, die Straße, der Fall, alles. Bis auf sie. „Ich scheiße auf die Spur, du musst ins Krankenhaus! Du verblutest!"

„Unsinn! Ich hatte solche Verletzungen schon", erwiderte sie unwirsch und band sich aus dem Tuch einen Druckverband. „Am Fuß war das, aber ich konnte nicht zu einem Krankenhaus, da hätte man Fragen gestellt. Und wie du siehst, lebe ich noch."

Er wusste, dass er ihr eigentlich vertrauen konnte. Für sie war das vermutlich wirklich nichts Neues. Aber die Sorge drehte ihm die Luft ab und schlug ihm mit Gewalt in den Magen.

„Wenn du stirbst, bring ich dich um!", fluchte er und holte tief Luft. „Robert ist weg. Mit dem Revolver?"

Sie zuckte mit den Achseln. „Ich weiß nicht. Auf jeden Fall sind beide nicht da, wo sie sein sollten. Wieso sollte man so ein Ding auf eine Geschäftsreise mitnehmen?"

Das Wort „Geschäftsreise“ hatte sie bewusst ironisch gesagt. Er fragte sich gerade, ob sie damit seine Affären meinte. Und er fragte sich, warum jemand wie Robert Carstairs es nötig hätte, zu töten. Aber er hatte auch „American Psycho“ gesehen, von daher wunderte ihn nichts mehr. Reichtum schützte nicht vor Psychopathie.

Er griff zum Funkgerät. „Wagen 4648, ein Verdächtiger, möglicherweise auf der Flucht, möglicherweise bewaffnet und gefährlich. Robert Carstairs“, rief er in das rauschende graue Plastikkästchen. „Und einmal medizinische Hilfe am HQ“, fügte er leise hinzu.

Er hing das Gerät wieder ein. Liv, die aus dem Fenster sah, seufzte. „Es ist seltsam, so von Rob zu sprechen.“

Er konnte sich genau vorstellen, wie bizarr die Situation für sie sein musste. Sie war ja selbst für ihn bizarr.

„Wie meinst du das?“

Sie zuckte mit den Achseln und rieb sich leicht den Arm. Die Blutung wurde langsam schwächer. „Ich habe nur laut gedacht. Wie geht es jetzt weiter?“

„Wir fahren zum Präsidium.“ In der Windschutzscheibe tauchte langsam die Wand aus Glas und Beton auf, die Manhattan war.


Derrick hielt vor dem Eingang des Präsidiums. Zwei Sanitäter standen vor der Tür, zwischen ihnen Commissioner Hernandez.

Liv warf ihm einen bitterbösen Blick zu. „Ist das dein Ernst?! Ich hoffe für dich, dass die nicht wegen mir hier sind!“

„Niemand stellt Fragen, keine Sorge“, antwortete er mit einem bitteren Unterton. „Es wäre mir nur lieber, wenn ich heute nicht zwei Menschen verliere.“

Sie sah ihn eine Sekunde schweigend an, und er versuchte, die Erinnerungen an Valentina zu unterdrücken. Für Trauer war ein anderes Mal Zeit, jetzt musste er funktionieren. Wie ein Uhrwerk. Ein verbogenes, rostiges, zertrümmertes Uhrwerk.

Er stieg aus dem Wagen und ging ein paar Schritte auf seinen Vorgesetzten zu. Allerdings waren es nicht nur die beiden Sanitäter, die sofort zu Liv eilten, sondern auch Hernandez. „Mrs. Carstairs!"

Sie presste ein Lächeln hervor, das für ihren Standard nicht besonders überzeugend war. „Ja?"

„Geht es Ihnen gut?", fragte er und zeigte auf den Arm, der gerade von den Sanitätern vorsichtig ausgewickelt wurde.

„Es ging schon schlechter", erwiderte sie, gab sich aber dennoch alle Mühe, den langen Schnitt an ihrem Arm zu ignorieren.

Einer der Sanitäter schob sich zwischen die beiden. „Entschuldigung, könnten Sie kurz mit in den Krankenwagen kommen? Das muss genäht werden."

Ohne Protest folgte sie dem Mann. Erstaunlicherweise. Derrick und der Commissioner folgten ihr zum Fahrzeug, stille Blicke austauschend.

Letzterer brach schließlich das Schweigen. „Haben Sie etwas gefunden? Mr. Carstairs ist flüchtig?"

Livs Pressatmung suggerierte, dass sie gerade nicht bereit war, zu antworten.

„Mrs. Carstairs meinte, einer seiner Revolver fehle im Waffenschrank. Robert ist nicht zuhause", antwortete Derrick in ihrem Namen. Liv nickte zustimmend.

„Glauben Sie, er ist gefährlich? Ein Serientäter?"

Sie schüttelte den Kopf. „Nichts von beidem, ich glaube nicht, dass er der Mann ist, den Sie suchen ist."

Hernandez drehte sich zu Derrick um. „Und Sie?"

Überrascht machte er einen Schritt zurück. „Ich denke, Mrs. Carstairs weiß mehr über ihren Mann, als ich."

„Ich frage aber Sie", antwortete Hernandez beharrlich.

Einen Moment musste Derrick nachdenken, so häufig war er dem Idioten noch nicht begegnet. „Er war schon etwas aggressiv, aber ..."

„Das Eine hat doch mit dem Anderen nichts zu tun!", fiel ihm Liv ungeduldig ins Wort. „Er ist nicht der Typ für so etwas."

Der Commissioner sah sie ungläubig an und verschränkte die Arme. „Ich will ihn trotzdem im Verhörraum haben!"

Liv lachte spöttisch auf. „Viel Glück dabei."

„Und Sie spreche ich auch noch", warf er ihr eiskalt entgegen. „Sobald Sie wieder in einem Stück sind."

Nachdem er außer Hörweite war, sah sie stirnrunzelnd zu Derrick. „Was sollte das denn?"

Er sah seinem Boss schulterzuckend hinterher. „Er traut dir nicht."

„Na super!", murmelte sie wütend. „Es ist ja nicht so, als ob ich gerade mein eigenes Fenster für ihn eingeschlagen hätte!"

„Nimm es ihm nicht übel. Für ihn bist du nach wie vor eine Verdächtige." Er sah wieder zu ihr, während ein Sanitäter ihr eine Infusion steckte. „Die gerade ihren ebenfalls verdächtigen Mann gedeckt hat."

Sie setzte sich gerade auf. „Glaubst du das auch?"

Er sah ihr in die Augen. „Dass du es bist? Nein. Dass er es ist? Vielleicht, keine Ahnung."

Sie ließ nicht von ihm ab. „Und dass ich ihn decke?"

„Auch nicht", antwortete er und lehnte sich an den Rettungswagen.

„Wie lange wird es dauern, bis alles verheilt ist?", fragte sie den Sanitäter, der endlich von ihrem Arm abgelassen hatte.

„Jetzt läuft erstmal eine halbe Stunde die Infusion durch. Der Arm sollte in zehn Tagen wieder voll funktionsfähig sein. Mit Sport sollten Sie sich etwas zurückhalten, der Muskel ist angeschnitten", meinte dieser nur, während er am Verschluss des Infusionsbeutels herumfummelte.

„Gerade jetzt wollte ich wieder anfangen, zu trainieren. Ich bin schwach geworden." Sie sah auf ihren lädierten Arm hinab.

Derrick beugte sich etwas näher zu ihr. „Was führst du im Schilde?" Wofür sollte sie ausgerechnet jetzt trainieren wollen?

„Man weiß nie, was kommt, oder? Ich mache das seit Jahren, für ... du weißt schon. Und jetzt kann es sicher auch nicht schaden." Sie rieb sich an der Stelle, wo die Nadel eingestochen worden war.

„Stehlen wirst du nicht mehr. Außer vielleicht bei mir. Und auch nur, wenn du es zurückgibst." Er lachte kurz auf.

Liv blickte auf ihre Hände. „Derrick, hinter mir ist ein gefährlicher Mann her. Ich weiß nicht, was los ist und es ergibt keinen Sinn nach allem, was passiert ist, aber ich werde das Gefühl nicht los, dass das etwas ganz Persönliches ist. Irgendjemand, den ich bestohlen habe vielleicht, und der Rache nehmen will."

Derrick beugte sich zu ihr. „Persönlich hinter dir her? Hast du eine Idee, wer das sein könnte?"

Sie sah kurz zu den Sanitätern und murmelte: „Können wir das bitte ein anderes Mal besprechen?"

„Ich bin schon vom Herrn im schwarzen Jackett eingewiesen worden, ich höre hier gar nichts." Einer der Sanitäter grinste und wechselte in die Fahrerkabine.

Kurz huschte ein Lächeln über Livs Gesicht, ehe es wieder der Sorge wich, als sie sich mit müden Augen an Derrick wandte. „Trotzdem. Ich würde jetzt gern das Gespräch mit Hernandez hinter mich bringen. Ich bin schrecklich müde."

„Bist du sicher, dass du das kannst?" Er wollte sie auf keinen Fall zu starken Belastungen aussetzen, nicht jetzt.

„Wenn du bei mir bleibst."

# Kapitel 19



Als Derrick ihr die Tür zum Verhörraum aufhielt, wartete der Commissioner bereits auf sie. Liv ging erhobenen Hauptes durch den einschüchternden Raum und setzte sich zu ihm an den Tisch, während Derrick bei der Tür wartete.

„Sie haben sicher Gründe, mich in diesen Raum zu zitieren, wo wir auch bequem in Ihrem Büro unter vier Augen hätten reden können?", sprach sie seinen Boss ohne Umschweife an.

„Ich lasse nicht einmal Zivilisten in mein Büro. Sie sind laut Akte noch Verdächtige in zwei Fällen." Er taxierte sie mit seinen durchdringenden Blicken.

Sie wollte ihm nicht zeigen, wie wütend sein Verhalten sie machte, aber sie konnte nichts dagegen tun. Als sie antwortete, hätte sie beinahe mit den Zähnen geknirscht. „Ich bin gerade in das verdammte Haus eingestiegen, um Ihnen Beweise zu liefern!"

„Und danach haben Sie den Beweis entwertet, indem Sie betreffende Person kategorisch ausgeschlossen haben", beendete er den Satz.

Sie schüttelte fassungslos den Kopf. „Sie wollen mich unbedingt als Schuldige sehen, oder? Ich habe es ausgeschlossen, damit Sie mit Ihrem Dickschädel nicht die ganze Zeit der falschen Spur hinterherjagen!"

Hernandez hob lediglich eine Braue. „Wir drehen uns im Kreis. Der Prozesstag ist noch eine Weile hin, aber die Staatsanwaltschaft wird irgendwann etwas haben wollen. Und was haben wir? Eine Frau, die von meinem Detective ausgeschlossen wird; einen Mann, der von der einzigen Zeugin ausgeschlossen wird. Was haben wir nicht? Den Täter und das Gemälde."

Liv verschränkte die Arme vor der Brust. „Also suchen Sie den Sündenbock in mir, damit Sie etwas haben."

„Ich suche einen Weg, diese seltsame Dreiecksbeziehung zu unterbinden, in der jeder jeden deckt." Er beugte sich weiter zu ihr hinüber. Sie wusste sofort, dass die kommenden Worte für sie allein bestimmt waren. Nicht für Derrick, der noch immer an der Tür wartete. „Ich weiß nicht, was Sie mit Graves gemacht haben, aber ich mag es überhaupt nicht."

In ihrem Gesicht zeigte sich keinerlei Regung. „Ich weiß nicht, wovon Sie sprechen, Commissioner."

„Meinen Sie, ich bin blind? Er spricht Sie mit Vornamen an, hat Sie sofort parat, wenn Sie zum Präsidium kommen sollen, drängt dazu, Sie in die Ermittlung einzubinden. Und Sie schien das nicht besonders zu stören, hm?" In seine Augen trat ein gefährliches Blitzen.

„Was genau wollen Sie mir eigentlich unterstellen?", fragte sie in dem hochmütigen Ton, den Samantha Carstairs vor Untergebenen anzuschlagen pflegte.

„Sie haben meinen Detective aus dem Verkehr gezogen." Er lehnte sich wieder zurück und sprach in normaler Lautstärke zu Ende. „Das ist ein Problem."

Automatisch warf sie einen Blick zu Derrick und dachte schnell nach. Wenn sie das Falsche sagte, konnte sie ihn in ernsthafte Schwierigkeiten bringen. Andererseits war klar, dass Hernandez ihnen längst auf die Schliche gekommen war.

Also änderte sie ihre Taktik und beugte sich nun ihrerseits über den Tisch, sodass Derrick sie nicht hören konnte. Sie setzte ein spöttisches Lächeln auf. „Wollen Sie mich dafür einsperren, weil ich Ihren Detective verführt habe? Das Gerichtsverfahren könnte mich amüsieren.“

Offenbar überrascht über ihre Ehrlichkeit, zögerte Hernandez kurz, dann beugte er sich zu ihr, sodass ihre Gesichter nur Zentimeter voneinander entfernt waren. „Wenn Sie einen Detective verführen, um den Prozess zu Ihren Gunsten zu beeinflussen, ist das strafbar.“

Sie behielt ihr Lächeln bei. „Wer sagt, dass ich es deshalb tue?“ Sie sprach absichtlich nicht in der Vergangenheitsform. Bei Gott, sie würde diesen Detective weiter verführen. Wenn sie schon bald ins Gefängnis wandern sollte, wollte sie bis dahin alles Glück mitnehmen, was sie bekommen konnte. Und im Moment bestand dieses Glück allein aus Derrick.

Hernandez' Auge zuckte kurz, er musterte sie intensiv. „Wer zum Teufel sind Sie?“

„Jeder, den Sie meinen zu kennen“, erwiderte sie gefährlich. „Und niemand, den Sie sich im Geringsten vorstellen können.“

Er schüttelte den Kopf. „Sie können froh sein, dass Derrick mir am Herzen liegt, sonst wäre er jetzt arbeitslos oder hinter Gittern.“

Sie erwiderte seinen Blick voller Kälte. „Sie können auch froh sein, dass er mir am Herzen liegt, denn sonst würde ich Ihnen nicht helfen. Sie brauchen mich für diesen Fall, das wissen wir beide."

Der Commissioner stützte sich auf der Tischplatte ab. Sein Zeigefinger tippte auf der kalten harten Oberfläche. In diesem Moment war Liv ganz sicher, dass sie geliefert war. Aber sie irrte sich. „Zu Ihrem Glück haben Sie recht."

Sie sah ihn überrascht an. Sie musste sich verhört haben oder sie hatte ein wichtiges Detail verpasst. Das schien ihr in letzter Zeit öfter zu passieren. Andernfalls wäre sie ja gar nicht erst hier gelandet. Ihr war nicht ganz klar, was seine Worte zu bedeuten hatten.

Hernandez blickte über seine Schulter. „Graves, kommen Sie mal her." Derrick trat zu ihnen an den Tisch und Hernandez fuhr fort: „Nehmen wir an, rein hypothetisch, der Mann, den wir suchen, ist nicht Robert Carstairs. Nehmen wir an, Sie sind es auch nicht." Er funkelte Liv kühl an. Ein Blick, der ihr versicherte, dass sie für ihn noch längst nicht aus der Schusslinie war. Das war etwas Persönliches. Er würde immer ein Auge auf sie haben. Anscheinend glaubte Hernandez fest, sie neige zu einem Rückfall. Und sie konnte nicht einmal mit Sicherheit sagen, ob er da im Unrecht war.

Seine nächste Frage riss sie in die Realität zurück. „Wer könnte ein Motiv haben?"

Derrick schien zu überlegen. „Naheliegend wären persönliche Gründe." Er sah Liv an. „Jemand, der Rache üben will beispielsweise, oder jemand, der einen Störenfried ausschalten will."

Sie lachte verächtlich auf, obwohl ihr gar nicht zum Lachen zumute war. „Störenfried? Ich bitte dich! Samantha Carstairs ist eine ruhige Dame aus gehobenen Kreisen, die nie auch nur ihre Stimme erhebt. Wer sollte ein Motiv für eine solche blutrünstige Tat haben?“

Derrick verschränkte unschlüssig die Arme vor der Brust und sah grüblerisch zur Decke. Der Commissioner hob eine Braue. „Sieht Ihr Ehemann das auch so? Oder seine Freunde und Bekannten?“

Sie dachte an die verächtlichen Blicke auf den unzähligen Barbecues. Das Getuschel hinter ihrem Rücken, weil sie alle wussten, woher sie wirklich kam. Sie geriet bei der Erinnerung ins Straucheln. „Ich … ich weiß nicht. Derjenige hätte von meinen Aktivitäten wissen müssen.“ Sie sprach bewusst das Wort Diebstähle nicht aus, obwohl sie wusste, sie war überführt. Sie ängstigte sich, ihr letztes Tor zur Freiheit damit für immer zuzuschlagen.

Hernandez wandte sich wieder an Derrick. „Robert Carstairs ist wohl am naheliegendsten. Aber wir sollten nicht vergessen, dass sein kompletter Freundeskreis theoretisch in Frage kommt.“

„Mit welchem Motiv?“, warf Derrick ein.

„Sie sagten es doch selbst. Rache, oder Beseitigung eines Störenfrieds“, entgegnete Hernandez kühl.

„Das ist nicht spezifisch genug!“, protestierte Derrick und setzte sich auf die Tischkante.

„Niemand hat aktuell ein konkretes Tatmotiv“, seufzte Hernandez. „Aber wenn wir nicht vagen Motiven nachgehen, stecken wir in einer Sackgasse.

Konkretere Motive finden wir im Laufe der Ermittlungen."

Liv sah von einem zum anderen. Sie sprachen über sie als befände sie sich nicht im Raum, was sie unsagbar wütend machte. Zeitgleich wusste sie nichts beizutragen, was sie wiederum wütend auf sich selbst machte. Jemand aus ihren Kreisen sollte ein Dieb und Mörder sein? Andererseits war sie selbst nichts anderes als eine Kriminelle und wer würde es ihr zutrauen, wenn er sie in ihrem Glaspalast sähe? Sie fragte sich, warum man sie nicht entließ. Warum Hernandez sie diese internen Informationen mitanhören ließ

Einen Moment war es still im Raum. Dann holte der Commissioner tief Luft und wandte sich an Liv. „Ich will, dass Graves und Sie ermitteln. Gegen jeden, der mit Robert Carstairs Kontakt hat. Grenzen Sie dazu bei einer ersten Gruppenermittlung den Personenkreis ein. Am Klügsten wäre es wohl, alle Verdächtigen bei einem Event auflaufen zu lassen. Eine Gala beispielsweise."

Ihr stockte der Atem. Hatte sie sich verhört? „Ich bin keine Polizistin, Commissioner", sagte sie schließlich. „Genau genommen bin *ich* es doch, die sie hinter Gitter bringen wollen." Sie sah den Strohhalm und griff sofort mit beiden Händen danach. „Wieso sollte ich Ihnen helfen?"

„Nun, Sie wissen von der Ermittlung, und Sie kennen alle Verdächtigen. Detective Graves ist von Ihrer Unschuld überzeugt, und aktuell sieht es so aus, als wären Sie unsere einzige Spur. Falls Sie versuchen sollten, krumme Spielchen zu spielen, habe ich Sie schneller hinter Gittern, als sie Southampton sagen können!"

Sie verschränkte die Arme vor der Brust. „Hinter Gitter bringen werden Sie mich doch sowieso, oder sehe ich das falsch?" Nun musste sie das Risiko eingehen. „Sie wissen, dass ich die Gemälde habe. Also noch mal klar und deutlich, Commissioner: Was springt für mich bei der Sache raus?"

Hernandez zögerte kurz. Es war, als ob er über die Antwort auf eine Frage nachdachte, die er längst schon wusste. Ein Zwiegespräch, dass er im Geiste für sich allein schon eintausendmal durchgegangen war. Livs Herz klopfte bis zum Hals.

Derrick schaltete sich ein. „Commissioner, Sie könnten mit der Staatsanwaltschaft eine Strafminderung verhandeln, oder nicht?" Er blickte nur eine Sekunde zu Liv, dann direkt wieder zu seinem Vorgesetzten.

Dieser zögerte noch. Nach einigen Sekunden räusperte er sich. „Nun, unter der Voraussetzung, dass alle gestohlenen Werke ausnahmslos zurückgegeben werden und Sie sich in der Ermittlung gegen den Täter als nützlich erweisen, könnte Ihnen eine Strafmilderung in Aussicht gestellt werden."

Sie versuchte, sich ihren Triumph nicht allzu deutlich anmerken zu lassen. Strafminderung war kein Freispruch, das war ihr klar. Doch ebenso klar war, dass es mehr bedeutete, als sie je zu hoffen gewagt hätte. Sie nickte kühl. „Das klingt fair. Die Idee mit der Gala ist nicht schlecht, aber wir sollen ja unerkannt bleiben. Was halten Sie von einem Maskenball?"

„Das ist perfekt! Dort können wir beide leicht anonym bleiben", warf Derrick in die Runde.

Hernandez wirkte alles andere als zufrieden mit der Situation. Er warf sich seine Jacke über und blickte die beiden böse an. Anscheinend waren es für seinen Geschmack zu viele Zugeständnisse. Er wandte sich ein letztes Mal direkt an Liv. „Egal, was Sie behaupten, Sie sind eindeutig gefährlich. Vielleicht nicht für Leib und Leben der Allgemeinheit. Für meinen Detective aber alle mal. Ein Maskenball also", brummte er und fügte noch einmal an Liv gewandt hinzu: „Keine krummen Spielchen!"

Als er den Raum verlassen hatte, sahen Derrick und Liv einander an. Auf ihren Zügen lag Übermut, Dankbarkeit und eine Hoffnung, die so zerbrechlich war wie eine Glasfigur.

# Kapitel 20

*Haupt- und Nebenwege*
*~ Paul Klee ~*

*Derrick schwang die Tür des Taxis auf und setzte einen Schritt auf den Bordstein. Während er Liv noch die Tür aufhielt, wanderte sein Blick die violett erleuchtete Fassade des Rockefeller Centers hoch. Er atmete tief durch. „Das ist nur eine ganz gewöhnliche Überwachung", flüsterte er zu sich selbst. „Das hast du schon dutzende Male gemacht." Er blickte zurück ins Taxi, wo Liv nun in einem tiefschwarzen Kleid ausstieg. Die Seide war dunkler als die Nächte daheim in Flemington und lag hauteng an. So langsam verstand er, warum sogar ein Robert Carstairs ihr nicht widerstehen konnte. Er reichte ihr die Hand und spürte, wie sie nach ihr griff. Elegant stieg sie aus dem Wagen. Trotz des tiefen Schlitzes gelang ihr der Ausstieg mühelos, beinahe, als würde sie schweben. „Du musst nicht nervös sein, Derrick. Wir spielen beide nur eine Rolle."*

*Er versuchte, sich den Satz als Beruhigung einzuprägen. Sie spielten beide nur eine Rolle. Aber es fühlte sich nach so viel mehr an. „Ich weiß, diesmal ist es nur ein wenig persönlicher."*

*Sie lächelte ihn an. Er konnte nicht genau erkennen, ob es ein freundliches oder ein gefährliches Lächeln war. Die hell schillernden Strasssteine, die ihre Augen umrahmten,* intensivierten das Funkeln des Smaragdgrüns um ein Vielfaches. „Umso besser, dann ist es aufregender."

Er schüttelte fassungslos den Kopf. Hier ging es um Gerechtigkeit und um ihre Freiheit. „Du hast vielleicht Nerven. Also, wollen wir?", fragte er und wandte sich in Richtung des gewaltigen Einganges. Zwei massive Säulen umrahmten ihn zur Linken und zur Rechten und über der Tür prangte ein gewaltiges Kunstwerk mit der Inschrift „Wisdom and knowledge shall be the stability of thy times." Normalerweise erreichte man den Rainbow Room durch einen Seiteneingang, aber für solch einen Anlass wäre das nicht ausreichend gewesen. Er versuchte, Liv schnell durch die Lobby aus schwarzem Marmor und Gold zu den Aufzügen zu leiten. Zum einen, um die Mission beginnen zu können und Hernandez zufriedenzustellen, und zum anderen, um Schutz zu suchen. Schutz vor sich, Schutz vor den Gefühlen, die in ihm aufloderten, wenn er Liv so im engen Abendkleid und Strasssteinmaske sah. Die Öffentlichkeit sollte ihm Schutz vor all dem geben. Dort würde er sich zusammenreißen müssen.

Er blickte zu Liv, als sich die Türen des Aufzugs öffneten und sie eintraten.

„Erinnerst du dich an das letzte Mal, als wir Aufzug gefahren sind? Das war kurz nach der Nacht im Metropolitan. Du hattest mir Handschellen angelegt. Und jetzt sieh uns an."

Trotz seiner Nervosität musste Derrick lachen. Der Unterschied hätte wirklich nicht eklatanter sein können. „Wenn ich dich in Handschellen hierhergebracht hätte, wären wir wohl nicht bis in den Aufzug gekommen." Er dachte einen Moment nach. Er wusste, er könnte es als Schauspiel für die Rolle abtun, falls es unangenehm würde.

Trotzdem zögerte er eine Sekunde, bevor er den Arm um ihre Taille legte. Die LED–Anzeige des Aufzugs sprang auf 65. Mit einem Piepgeräusch glitten die Türen des Aufzugs auf und offenbarten eine beschäftigte Menge an maskierten Anzugträgern inklusive Begleitung in Abendkleidern.

„Let the show begin", flüsterte Liv leise und trat als erste aus dem Aufzug. Erst als Derrick hinaustrat, fiel ihm auf, wie viele Leute tatsächlich hier waren. Hernandez hatte sich wirklich Mühe gegeben all die Leute unter ein Dach zu kriegen, mit Kooperation des Rockefeller Centers. Und das, ohne Aufsehen zu erregen. Derrick war wirklich beeindruckt. Über die genauen Dinge, die Hernandez klären musste, wurde er nicht in Kenntnis gesetzt. Im Detail interessierte es ihn auch nicht. Aber er wusste, dass er lange Gespräche mit dem Bürgermeister der Stadt New York geführt hatte, bis dieser sich bereit erklärte, ein solches Event zu organisieren und die High Society New Yorks einzuladen.

Er überblickte von der erhöhten Position des Eingangs aus noch einmal die Menge. Er nahm Liv an der Hand und führte sie auf den großen Marmorstern, der den Boden der Tanzfläche zierte. Einer der Gäste hätte ihm beim Tanzen beinahe die smaragdgrüne Maske aus dem Gesicht geschlagen. Er rückte sie wieder zurecht und schaute zu Liv. „Sitzt?", fragte er kurz angebunden.

„Sitzt", erwiderte sie und lächelte.

Derrick versuchte herauszufinden, von welchem Punkt aus sie die Ermittlungen am besten beginnen könnten. „Was meinst du? An ein Fenster, an die Bar oder einfach durch die Menge?"

Liv blickte über die Schulter zu einer freien Stelle am Fenster. „Um Informationen zu bekommen, müssen wir in die Menge. Aber für den Anfang sollten wir uns vielleicht einen besseren Überblick verschaffen. Am besten drüben am Fenster."

Er nickte und führte sie zu dem Platz. Durch das große bodentiefe Fenster waren das Empire State Building, hell erleuchtet und prachtvoll wie immer, und Downtown Manhattan in der Ferne zu sehen. Die tausenden Autolichter bildeten rot–weiße Streifen, die sich wie ein ruhiger Fluss durch die Häuserschluchten bahnten. Derrick überflog die Gäste des Balls. Normalerweise hätte er auf äußerliche Merkmale, Gestik, Mimik, Kleidung oder ähnliches geachtet. Aber hier sahen alle gleich aus.

„Irgendwelche Favoriten?", fragte er in der Hoffnung, Liv hätte vielleicht eine genauere Idee, wen sie suchen müssten.

Diese winkte ab. „Ich weiß nicht wirklich, wo wir beginnen sollen. Ich gebe es nur ungern zu, aber obwohl das hier vielleicht meine Welt ist, ist es dein Job. Ich kenne die meisten Leute hier, aber die Masken sind nicht wirklich hilfreich. Sie verschaffen mir den Nachteil, dir nicht sagen zu können, wer sich darunter verbirgt. Jedenfalls nicht mit Sicherheit. Wenn du eine Frage zu einer bestimmten Person hast, binde mich in ein Gespräch mit ihr ein, dann kann ich dir genaueres sagen. Wortwahl, Stimmlage, Gestik, bei so was kann ich dir dann helfen." Den letzten Satz schnitt sie leicht ab und blickte aus dem Fenster. Sie seufzte nachdenklich. „Ich wünschte, wir wären aus einem anderen Grund hier."

Derrick wünschte, es wäre wirklich so. Er könnte den ganzen Abend mit Liv verbringen, ohne auch nur einen Gedanken an die Arbeit oder den Fall verschwenden zu müssen. Er könnte es einfach genießen.

„Wären wir dann hier?“, fragte er und rückte etwas näher an sie heran.

Sie sah kurz zu ihm auf und blickte dann seufzend in die Menge. „Wahrscheinlich nicht.“

Sein Blick fiel auf ihre roten Lippen. Rational betrachtet wusste er, dass das, was er gleich tun wollte, falsch und vielleicht sogar illegal war, aber er konnte nicht anders. Jede Faser in seinem Körper strebte danach. Sein Herz klopfte ihm bis zum Hals.

„Liv?“ Er musste sich anstrengen, dass seine Stimme vor Nervosität nicht brach.

Sie setzte ein schnelles Lächeln auf. „Was ist? Willst du mich etwa endlich zum Tanz bitten?“

Derrick war etwas überrumpelt von dieser Frage, ließ sich aber nun nicht mehr abbringen. „Ja, doch. Das auch. Aber vor allem ...“ Er hielt kurz inne. Die Spannung in dieser Sekunde war für ihn fast unerträglich. Es war, als wäre alles verschwunden, die Musik, die Menge, die Mission. Alles weg, nur Liv und er waren noch da. Dann löste sich alles. Er beugte sich vor und küsste sie. Sie riss die Augen auf und machte einen kleinen Schritt zurück. Der Kuss endete dennoch nicht, es waren die schönsten Momente seit einer Ewigkeit.

Als sie sich voneinander lösten, stand er nur da und sah ihren erschrockenen Blick. Er wusste, dass er jetzt nicht mehr drum herumkam, ein Gefühl zu leugnen, welches in ihm schon seit einiger Zeit schlummerte. Es war unprofessionell, für den Fall hinderlich, es sollte sich eigentlich falsch anfühlen. Aber es fühlte sich so verdammt richtig an, es endlich loszuwerden. „Ich liebe dich.“

Trotz der Maske sah er die Fassungslosigkeit in ihrem Gesicht. „Derrick, ich weiß nicht, was ich sagen soll.“

Er rang mit der Fassung, versuchte sie wieder zurückzugewinnen. „Du musst nichts sagen. Wir wollten doch tanzen", antwortete er aufgesetzt souverän. Er wusste genau, dass er nicht sonderlich überzeugend klang, aber er wollte vor Liv und vor der versammelten Gruppe potenzieller Verdächtiger nicht völlig die Kontrolle verlieren. Wortlos nahm sie seine Hand und begleitete ihn auf die Tanzfläche. Noch bevor sie tanzten zog sie die Hand weg. „Nein. Derrick, wir müssen darüber reden. Ich ... ich bin eine Diebin. Egal, was Hernandez für mich aushandelt, ich werde dafür geradestehen müssen. Wir haben keine gemeinsame Zukunft, dass muss dir klar sein. Du setzt deine ganze Karriere aufs Spiel."

Er atmete tief durch. Trotz Livs Bedenken und trotz der wirklich komplizierten Situation fühlte er sich nicht mehr schlecht oder nervös. Alles fühlte sich so viel leichter an, jetzt, wo es raus war. Er lächelte leicht. „Lange wirst du nicht weg sein. Und meine Karriere wird es schon überstehen." Liv schüttelte nur langsam den Kopf, bevor sie sich an seine Schulter schmiegte. Während die Stunden vor seinem Geständnis sich wie Jahrzehnte anfühlten, zog die Zeit nur so vorüber, während sie tanzten. Nach einer Weile löste er sich von ihr, hielt allerdings immer noch ihre Hand. „Wir haben hier noch einen Job. So langsam muss ich mich darum kümmern, sonst hackt mir Hernandez den Kopf ab."

Liv hob zweifelnd die Augenbraue. „Seit wann hast du Angst vor deinem Boss? Aber du hast recht. Geh nur, ich mische mich auch etwas unter die Leute." Mit einem Lächeln verschwand Liv in der Menge. Nun lag es an ihm, Verdächtige zu finden. Zuerst wäre es wohl clever, es an der Bar zu versuchen. Derrick bahnte sich den

Weg durch die Menschen, bis er an einem der vielen silbernen Barhocker ankam, neben dem sich eine Gruppe Männer unterhielt. Es ging um Dinge, von denen er nicht viel verstand und die ihn auch nicht besonders interessierten. Er stellte sich dazu und versuchte, das Gespräch auf für ihn relevantere Themen zu lenken. „Wirklich ein schöner Abend, oder? Und schon die zweite große Gala in so kurzer Zeit. Das hier und die Ausstellung im Met." Er musterte jeden in der Runde genau. Aber keiner zeigte Anzeichen von Nervosität, niemand versuchte, das Thema schnell zu ändern. Seiner Aussage folgte nur geistesabwesende Zustimmung. Hier käme er nicht weiter. Er gesellte sich zu anderen Gruppen, mit ähnlicher Taktik. Er versuchte, das Gespräch grob in die Richtung Kunst, Met oder Ähnliches zu steuern, aber meistens erntete er nur beiläufige Kommentare. Ein paar sprangen enthusiastisch auf das Thema an. Auch nichts, was er von einem Räuber erwarten würde. Vielleicht hatte Liv mehr Glück. Er ging zur Bar und bestellte sich ein Glas Whiskey, während seine Gedanken abschweiften. Er fragte sich, was Liv wohl gerade tat. Den Gedanken konnte er allerdings kaum weiterverfolgen, als er von draußen eine laute Auseinandersetzung und zersplitterndes Glas hörte. Er stand auf und rannte durch die offenstehende Glastür, die auf die umlaufende Aussichtsplattform führte.

# Kapitel 21

*Kämpfende Formen*
*~ Franz Marc ~*

Die letzte halbe Stunde hatte sie die Rolle gespielt, die sie am besten spielen konnte. Die schöne stumme Zuhörerin. Sie hatte sich unter die Leute gemischt und gehofft, einige Wortfetzen aufzuschnappen, die für die Ermittlungen von Vorteil gewesen wären. Aber wie sie erwartet hatte, ging es nur um Schönheitsoperationen, Geld und wer mit wem. Sie sprach nur, wenn es nicht zu umgehen war, aus Angst, man könnte sie an ihrer Stimme erkennen. Ein, zwei Mal sprach jemand den Fall Samantha Carstairs an und schüttelte darüber den Kopf, wie jemand aus ihren Kreisen so tief sinken konnte. Eure Kreise, dachte sie wütend. Als wärt ihr die Könige der Welt.

Als sie die Gruppe verließ, bekam sie noch mit, wie eine Frau – die sie an ihrem verächtlichen Lachen als ihre Nachbarin Tracey erkannte – sagte: „Wir hätten es kommen sehen müssen. Sie kam aus der unteren Schicht. Ich habe schon immer gesagt, sie passt nicht in unsere Gegend."

In Wirklichkeit hatte Tracey immer beteuert, dass ihr Livs Herkunft egal war. Der Verrat überraschte Liv nicht und konnte sie somit nicht berühren. Sie kannte diese Kreise und wusste von ihren Abgründen, von der

Einsamkeit, von den ausgefahrenen Ellbogen. Was sie wirklich umtrieb und nicht zur Ruhe kommen ließ, waren Derricks Worte.

Noch während sie auf die große Glasfront zustrebte, hinter der sich die Stadt wie eine ganze Welt unter ihr ausbreitete, hallten sie in ihrem Kopf wie ein Echo immer wieder nach. *Ich liebe dich.* Sie war froh, dass sie die Maske trug. Niemand sollte ihre Unsicherheit und kindliche Freude bemerken. Warum hatte sie nichts auf sein Geständnis erwidert? Sie kannte die Antwort doch.

Das alles war nicht greifbar genug, es gab keine Beweise für das, was er ihr sagte. Keine, bis auf seine beständige Nähe und die Wärme, die er ihr trotz seiner Schweigsamkeit auf seine eigene Art zeigte, wenn er sie beschützte oder sich wütend um sie sorgte.

Sie wollte heute Abend nicht darüber nachdenken, dass eine gemeinsame Zukunft für sie schier unmöglich war. Sie würde nicht darüber nachdenken, dass sie vielleicht schon in einem Jahr für lange Zeit hinter Gitter käme. Sie verdrängte die Erinnerung an all die gestohlenen Gemälde, die in ihrem alten Zuhause in einem nie entdeckten Versteck schlummerten. So trat sie an die Verglasung, die sie vom Abgrund über der Stadt trennte, und sah in die Nacht hinaus, die aufgrund der Lichter des Big Apple wie immer taghell erschien. Nicht einmal von hier aus konnte man die Sterne sehen. Dennoch fühlte sie sich ihnen heute zum ersten Mal nahe.

Als sie die Berührung an ihrem Nacken spürte, lächelte sie warm. Es folgte ein Kuss. Die Stimme, die leise zu ihr sprach, war nicht Derricks. „Es ist, als hätten Sie hier nur auf mich gewartet."

Sie fuhr so heftig zusammen, als hätte jemand einen Kübel Eiswasser über ihr entleert und wandte sich um. Ihr Mann stand vor ihr, leicht angetrunken und dennoch souverän und selbstbewusst. Sie hätte ihn unter jeder Maske erkannt.

Anders als er. Sie wusste, dass er gerade wieder einmal dabei war, eine Wildfremde zu verführen. Heißer Zorn loderte in ihr auf und sie widerstand dem Drang, über die Stelle zu reiben, die seine Lippen berührt hatten.

Dieses Mal war sie es, die die Fäden zog. Sie versuchte, ihre Stimme freundlich und verwundert klingen zu lassen. „Sie suchen doch nicht etwa nach der nächsten Mrs. Cartairs?"

Er wunderte sich nicht, dass sie ihn trotz der Maske erkannte. Er hielt sich für den Nabel der Welt, ein VIP in der hiesigen High Society. Natürlich musste sie seine Stimme, seine Gesten erkennen. Er lachte leise. „Warum nicht? Sie hätten auf jeden Fall das Zeug dazu."

Sie reckte das Kinn und trieb das Spiel noch etwas weiter, als sie ihn umkreiste wie eine Raubkatze und mit verführerischer Stimme sprach: „Wie muss Ihre Traumfrau denn sein?"

„Schön, wohlerzogen und ... hm." In seine Augen trat das Feuer, das sie so gut kannte, der ganze Raum schien in gefährlichen Flammen zu stehen. Er packte ihr Kinn und näherte sich ihrem Gesicht. „Willig."

Da riss sie sich zornig die Maske vom Gesicht und genoss den Schock, der sich in seinen glatten Zügen ausbreitete. „Nun, Letzteres bin ich nicht!"

Sein ganzes Gehabe fiel von ihm ab und machte einer Wut Platz, die sie so noch nie an ihm erlebt hatte. „Was hast du hier zu suchen?"

„Genau wie du bin ich eingeladen, du elender Heuchler", erwiderte sie leise. „Meinst du, ich bekomme nicht mit, was du da draußen über mich behauptest? Verwechselst du dabei nicht etwas?"

„Ich will, dass du auf der Stelle diese Party verlässt!", rief er wütend und packte sie genauso grob wie damals im Verhörraum.

Sie war derart schockiert, dass sie sich nicht wehrte. Was für einen Mann hatte sie geheiratet? Erst als sie bemerkte, dass er versuchte, sie an sich heranzuziehen, sträubte sie sich. Zwischen ihnen begann ein stummer Kampf, den sie unmöglich gewinnen konnte.

„Du hast nicht die Macht, mich des Platzes zu verweisen! Dieses Mal nicht! Das hier ist eine öffentliche Veranstaltung!", zischte sie ungehalten.

„Du bist immer noch meine Frau, schon vergessen?", sagte er in gefährlichem Ton und hielt sie zwischen der Glasfront und seinem Körper gefangen. „Wenn du nicht von hier verschwinden willst, wirst du mir geben, was ich will."

Plötzlich war die Nacht so kalt. Eine Gänsehaut zog sich über ihre nackten Arme. Ihr Gesicht war nah an seinem. Sie roch eine Mischung aus teurem Parfüm, Schweiß und süßem Whiskey – ein Geruch, der sie in ihren Erinnerungen zehn Jahre zurückwarf und dafür sorgte, dass sie sich wieder genauso hilflos und unter Wert fühlte.

Sie war kaum achtzehn Jahre alt, und er war alles, was sie hatte. Ihr Vater war ein Choleriker und ihre Mutter eine hilflose Hausfrau, die nie etwas anderes von der Welt gesehen hatte als das heruntergekommene Haus in Brooklyn. Wenn sie jetzt nicht ginge, entkäme sie all dem niemals. Er wirkte schon damals machtvoll und eine Nummer zu groß für sie, doch sie hatte sich gesagt, dass sie damit fertig werden würde. Seine Geschenke, die Blumen und all die Aufmerksamkeit hatten sie schnell überzeugt, und kein Jahr später war sie Mrs. Carstairs gewesen, hatte Leben gegen Leben getauscht. Nicht einmal zwei Jahre später hatte sie mit Schrecken festgestellt, dass keines dieser Leben etwas wert war.

„Hey! Schluss damit!", ertönte ein wütender Ruf von der Tür.

Verärgert drehte Robert sich um. „Machen Sie, dass Sie wegkommen! Das hier ist etwas unter Eheleuten."

Arrogant wie er war, glaubte er, dass Derrick gehorchen würde und wandte sich sofort wieder Liv zu, die sich unter seinem Griff nicht einen Zentimeter bewegen konnte.

„Lassen Sie sie los!", sagte Derrick mit kalter Stimme und stand jetzt genau hinter ihm. Das Glas in seiner Hand war geborsten. Durch die Finger rann ein Gemisch aus Blut und Cognac.

„Verschwinden Sie! Das hier geht Sie nicht das Geringste an."

„Das geht mich sehr wohl etwas an!", brüllte Derrick und riss Robert so abrupt von ihr, dass sie sich taumelnd an der Wand abstützen musste.

Einen Moment sah ihr Mann zwischen Derrick und Liv hin und her, ehe sich seine Augen verengten und sie gefährlich festhielten. „So ist das also. Wo hast du den denn so schnell her, Liebling?"

„Hauen Sie ab", sagte Derrick drohend.

Liv konnte sich nicht erinnern, ihn je so wütend erlebt zu haben. Sie wollte zu ihm gehen, damit sie die Party verlassen konnten, da packte Robert sie erneut und presste ihr gewaltsam einen Kuss auf den Mund, der sich in ihrem Inneren anfühlte wie eine glühende Klinge.

Dieses Mal riss Derrick ihn so grob von ihr weg, dass Robert zu Boden stürzte. Doch er war sofort wieder auf den Beinen

und verpasste Derrick einen Schlag, den man einem so reichen Mann nicht zugetraut hätte.

„Bist du von allen guten Geistern verlassen?", schrie Liv und stürzte zu Derrick, der überrascht rückwärts gestolpert war und sich eine Hand an die aufgesprungene Lippe hielt.

In diesem Moment geschah es. Da sah sie den Fremden in seinen Augen, der in den Straßen New Yorks schon alles gesehen hatte und keine Gnade mehr kannte. Es war, als würde sich ein Schalter in ihm umlegen, als er sich auf Robert stürzte und ihm einen Schlag in die Magengrube verpasste, der ihn aufkeuchen ließ.

Die Situation drohte zu eskalieren und sie war unfähig, die beiden voneinander zu trennen, darum schrie sie um Hilfe und hoffte, dass sie jemand trotz des lauten Treibens nebenan hören konnte. Als Derrick sich den nächsten Schlag einfing, stolperten beide zu Boden.

„HÖRT AUF DAMIT!", schrie Liv.

„Was ist denn hier los?"

Als sie sich umwandte und Daniel im Türrahmen erkannte, hätte sie am liebsten vor Erleichterung geweint. Stattdessen schrie sie völlig hysterisch: „Hilf ihm endlich!"

Ohne zu zögern rannte er zu den beiden, griff Robert an den Armen und zog ihn von Derrick weg. Beiden waren die Masken vom Gesicht gerutscht und sie maßen einander mit hasserfüllten Blicken. Über Roberts rechtem Auge begann ein Veilchen in allen erdenklichen Farben zu blühen. Er wirkte wie von Sinnen, als er Derrick erkannte.

„Was machen Sie denn hier? Und vor allem mit meiner Frau?"

„Robert, beruhige dich!" Daniels Stimme klang beschwichtigend und drohend zugleich. Er musste sich die Maske schon vor Betreten der Szenerie heruntergerissen haben. Kurz streifte sein besorgter, fragender Blick Liv, ehe er den Griff um die Arme seines Freundes festigte.

„Das geht Sie nichts an", antwortete Derrick und wischte sich das Blut von der Lippe.

Robert kniff die Augen zusammen, der Alkohol und Derricks Schläge zeigten seine Wirkung. Er riss sich los, doch er ließ ihn in Ruhe. Ehe er ins Gebäude ging, warf er Liv einen gefährlichen Blick zu. „Das wird dir leidtun."

Als er fort war, erschauderte sie und ließ sich auf einen Stuhl in der Nähe sinken. Drinnen hatten sich einige Gäste hinter der Glasfassade versammelt und starrten sie an wie Tiere im Zoo. Um nach draußen zu kommen, waren sie viel zu wohlerzogen. Liv wünschte, sie hätten es getan, dann hätte sie alle zum Teufel geschickt. So konnte sie es ihnen nur mit den Augen sagen. Diskret wandte man sich wieder ab, aber das hinter der Glasfront für sie nicht hörbare Getuschel summte bereits in ihren Ohren.

„Was in Gottes Namen tut ihr hier?“, fragte Daniel erschöpft.

Derrick warf ihr einen warnenden Blick zu. Natürlich wusste sie, dass sie Daniel nichts verraten durfte. Genauso gut wusste sie allerdings auch, dass sie die Ermittlungen zumindest für heute an die Wand gefahren hatte. Hatte sie damit bereits ihre letzte Chance auf ihre Freiheit verwirkt? War es das wert gewesen?

Liv sah dankbar zu Daniel. Er war ihnen zu Hilfe gekommen. Und das, obwohl ihr letztes Aufeinandertreffen alles andere als gut gelaufen war.

„Darüber dürfen wir nicht sprechen. Danke für deine Hilfe, Dan“, sagte sie leise.

„Keine Ursache“, erwiderte er. Natürlich konnte er sich denken, warum sie hier waren. Aber da sie ihn derart gut kannte, sah sie, dass es ihm missfiel. Es war ein winziges Heben der rechten Braue. Er ging einfach über ihre Antwort hinweg und betrieb Konversation. „Robert und Alkohol, das ist so eine Sache.“

Sie schüttelte den Kopf und sah Derrick fassungslos an. „Ich habe ihn noch nie zuvor so erlebt.“

„Es überrascht mich wirklich nichts mehr", antwortete Derrick. „Ich denke, wir sollten gehen."

Sie nickte Daniel kurz zu und hoffte, dass er vor Robert dichthielt, was die Gründe ihres Auftauchens hier angingen. Immerhin war er auch sein Freund. „Ich rufe dich an."

Dann nahm sie Derricks Hand und zerrte ihn eilig zurück in den Rainbow Room, wo sie sich durch die Menge schoben, die so tat, als würde sie nicht glotzen und es dabei umso offensichtlicher machte. Sie bemerkte erst, dass sie den ganzen Weg die Luft angehalten hatte, als sich die Aufzugtüren wieder hinter ihnen schlossen. „Ich kann nicht glauben, was hier gerade passiert ist."

„Ich auch nicht."

Sein Anzug war völlig ruiniert, sein Gesicht übersät mit Schrammen und seine Lippe blutete noch immer.

„Es tut mir leid. Ich habe alles verdorben, Derrick. Mir sind einfach die Sicherungen durchgebrannt. Ich habe nicht an die Mission gedacht, sondern nur an meine persönliche Rache", sagte sie gequält.

„Vielleicht hast du genau das Richtige getan. So war es mir möglich, eine Seite von Robert Carstairs zu enttarnen, die allem Anschein nach nicht einmal dir bekannt war"

Sie sah ihn fragend an, da breitete sich ein unerwartetes Lächeln auf seinem Gesicht aus. In diesem Moment wirkte er trotz des zerrissenen Anzugs und der Blessuren in seinem Gesicht für sie wie der schönste Mann der Welt. Ein Kampf, den er für sie allein ausgetragen hatte. „Es hat verdammt gutgetan, ihm endlich eine reinhauen zu können.“ Sie brachen in erschöpftes Gelächter aus.

# Kapitel 22



*Die üblichen Verdächtigen*
*~ Sabine Endres ~*

Schweigend hielt er ihr die Tür zu seiner Wohnung auf. Die ganze Taxifahrt über hatten sie kaum geredet. Ihr erster Weg führte Liv in die Küche, wo sie lautstark in einem der Schränke wühlte.

„Liv?" Er war ihr gefolgt und blieb unsicher in einigem Abstand zur Tür stehen.

Sie goss sich von seinem Whiskey ein und leerte das Glas in einem Zug, ehe sie sich zu ihm umwandte. „Auch einen?"

„Du hast meinen Getränkeschrank gefunden?" Er wirkte verlegen.

Sie lächelte müde. Er unterschätzte sie noch immer gnadenlos. Natürlich wusste sie, dass er ein Problem hatte. „Schon am ersten Tag, als ich hier aufgeräumt habe. Oh, Derrick. Hast du wirklich geglaubt, ich würde so etwas nicht bemerken?"

Er kratzte sich am Hinterkopf. „Seltsamer kann der Abend ohnehin nicht werden."

Sie stellte die Flasche beiseite. „Das mit Robert habe ich nicht vorausgesehen."

Er winkte ab. „Es ist egal. Wie gesagt, die Lippe ist morgen schon besser, die Genugtuung wird ewig halten."

Sie neigte den Kopf. „Es wirft ein anderes Bild auf die Sache mit der fehlenden Waffe, habe ich recht?"

„Schon. Aber noch einmal anders, als ich mir das dachte."

Sie neigte leicht den Kopf. „Wie meinst du das?"

„Er scheint sich sehr sicher zu fühlen."

Sie zuckte die Achseln. „Das ist er auch. Jeder ist käuflich, Derrick. In unserer Welt kommen wir mit allem davon."

„Mit vielem", korrigierte er unnachgiebig. „Nicht mit allem."

„Trotzdem hat mich sein Verhalten schockiert. Diese Seite ist mir völlig neu, und ich wäre eine Lügnerin, wenn ich sagen würde, er hätte mir keine Angst gemacht. Einmal hat es ein ähnliches Erlebnis gegeben. Ich erinnere mich nicht mehr, um was es damals ging."

„Von welcher Zeit sprechen wir?"

Sie schloss kurz die Augen. „Vielleicht vor fünf oder sechs Jahren. Rob trinkt kaum, darum habe ich ihn nur dieses eine Mal betrunken erlebt. Ich weiß noch, dass er auf Daniel losgegangen ist. Ich glaube, er war eifersüchtig, weil wir uns so gut verstanden haben."

„Verstehe", sagte er knapp und griff geistesabwesend nach der Flasche Whiskey, um sich ein Glas einzuschenken. „Zum Glück ist das vorbei."

Sie nickte. „Da ist noch etwas anderes."

Er setzte das Glas wieder ab. „Etwas anderes?"

Sie nahm die Flasche aus seiner Hand und trank erneut einen großen Schluck, ihre Wangen röteten sich leicht unter dem Make-up und ihre Augen blitzen ihn an. „Du hast gesagt, du liebst mich."

„Das hätte ich dir nicht dort sagen sollen, nicht so. Tut mir leid", antwortete er und nippte an seinem Glas.

Sie verengte die Augen. „Hast du dich gerade dafür entschuldigt? Wow, das ist als würdest du es zurücknehmen."

„Ich wollte nichts zurücknehmen. Ich weiß einfach nicht wie ... Ich habe vielleicht ..." Er zögerte kurz. „Ich habe Angst, dass du es nicht so siehst."

Er wirkte so verletzlich, zeigte sich ihr so echt und grundehrlich, während er gleichzeitig immer noch der Mann war, der sich vor gut einer Stunde für sie geprügelt hatte. Wie konnte sie es nicht so sehen?

Trotzdem wollte sie ihn nicht so einfach davonkommen lassen. Ganz einfach, weil es ihre Art war, Spielchen zu spielen. „Was hat das mit mir zu tun? Bist du in mich verliebt oder nicht? Die Frage ist ganz einfach."

Es brach fast wütend aus ihm heraus: „Ja, bin ich, ich bin absolut verliebt!"

Fast hörte sie das unausgesprochene „verdammt noch mal!", das er sich gerade so hatte verkneifen können. Sie unterdrückte ein Lächeln und starrte ihn weiter abwartend an, während der Whisky das Gefühl in ihr noch mehr anheizte.

Er setzte sein Glas etwas zu hart ab, sodass die goldene Flüssigkeit darin auf die Anrichte schwappte. „Die Frage ist trotzdem beängstigender, als du es darstellst!"

„Natürlich ist sie das", erwiderte sie leise. „Du bist der Polizist, der mich geschnappt hat!"

„Und du kannst schneller weg sein, als mir lieb ist", rief er aus, und sie hatte das Gefühl, dass er endlich etwas aussprach, was die ganze Zeit über schon in ihm gebrodelt hatte.

Sie schüttelte fassungslos den Kopf. „Du willst es nicht verstehen. Du hast mich gefangengenommen. Nicht mit den blöden Handschellen, sondern von Anfang an mit deinem Wesen. Du hast mich gesehen, hast Liv gesehen. Ich war sofort verliebt in dich!"

„An dem Tag im Met?", fragte er fassungslos.

Sie nickte. „Weißt du noch, was ich über den Monet gesagt habe? Warum er mir so gut gefällt? Weil es still und lebendig zugleich ist. So wie du. Du hast mich vom ersten Augenblick an fasziniert, obwohl ich wusste, dass das nichts als Ärger bedeutet."

Derrick stützte sich auf der Anrichte ab. „Wow."

Sie seufzte. „Deshalb muss ich es dir sagen. Ich hätte es längst tun sollen ..."

„Was sagen?"

Sie seufzte noch einmal und sah ihm dann in die Augen. „Sie sind alle bei mir. In Roberts Haus. Die fehlenden Gemälde der letzten vier Jahre."

Einen Moment sah er sie nur an. Sie konnte nicht abschätzen, was in ihm vor sich ging. „Ich hätte es dir eher sagen sollen, aber ich hatte Angst. Ich werde ins Gefängnis kommen, sobald du die Bilder zu Hernandez gebracht hast."

„Du kommst nicht ins Gefängnis, keine Sorge."

„Bitte sag mir, was du jetzt denkst." Plötzlich wünschte sie sich zum ersten Mal, die letzten Jahre wären nicht gewesen.

„Hast du mich nach meiner Fachmeinung oder nach meinem aktuellen Befinden gefragt?" Er trank einen Schluck Whiskey.

„Verdammt, Derrick", entfuhr es ihr frustriert. „Kannst du den Mann, der etwas für mich empfindet, und den Polizisten nicht einmal miteinander verbinden? Ich will einfach nur wissen, was du jetzt von mir denkst. Ob du mich anders siehst, wo sicher ist, was ich all die Jahre gemacht habe?!"

„Ich sehe dich kein bisschen anders. Ich bin ein erfahrener Cop. Ich wusste, dass du es all die Jahre über warst. Aber das ändert nichts."

„Findest du das nicht verrückt?", fragte sie, fassungslos darüber, wie leicht er es ihr machte.

Er lehnte sich zu ihr und lächelte gefährlich. „Kann es noch verrückter werden?"

Sofort war die Hitze zurück. Es gab keine Sorgen, keine Zweifel. Alles war so leicht mit ihm. Er wollte sie so, wie sie war. Und dieses Gefühl war einfach nur berauschend. „Kommt drauf an. Du trägst immer noch deinen Anzug und ich das Kleid."

„Worauf willst du hinaus?", fragte er und kam ihr noch näher.

Sie hob erneut das Glas an die Lippen. „Du hast eine angetrunkene Blondine in deiner Küche. Was wirst du mit diesem Wissen anfangen, Derrick Graves?"

Er legte die Hände an ihre Hüften und setzte sie mit einem Ruck auf die Anrichte. „Mir schwebt da so einiges vor."

„Ich höre?" Sie schlang die Beine um seine Hüften.

Er stützte die Hände links und rechts von ihr ab. Sein Blick war verschleiert vor Verlangen. „Wirst du schon sehen."

Sie knöpfte sein Hemd auf und ließ es zusammen mit dem zerstörten Jackett zu Boden gleiten. Seine Haut darunter war warm. Liv presste eine Hand auf seine Brust und spürte seinem hämmernden Herzschlag nach.

Seine Arme glitten an ihren Seiten hinab. Sie lehnte sich zurück. Als er die Lippen auf ihren Hals presste, warf sie seufzend den Kopf in den Nacken. Das Blut rauschte in ihren Ohren. Sie hatte die Augen geschlossen, doch selbst wenn sie geöffnet gewesen wären – das wusste sie – wäre sie blind vor Liebe gewesen.

Einer ihrer fahrigen Arme stieß die Whiskyflasche zu Boden, als sie ihm dabei half, die Hose auszuziehen, doch keiner von ihnen schien zu bemerken, wie sie auf dem Boden zu ihren Füßen zerbarst. Derrick schob ihr sanft das Kleid über die Schenkel und sah ihr tief in die Augen als sie sich liebten.

Liv empfand es wie das erste Mal. Mit dem Wissen darum, dass er sie liebte, fühlte es sich für sie wie etwas Neues an. Und während sie im Grau seiner Augen versank, schwor sie sich, dass sie sich dieses Gefühl immer in Erinnerung rufen würde, wenn die Vergangenheit drohte, sie einzuholen.

*Derrick hielt auf dem Parkplatz des Polizei-Hauptquartiers. Das Gebäude wirkte jahrelang auf ihn so selbstverständlich, so normal, aber mittlerweile hatte es eine surreale Wirkung. Es kam ihm kalt vor. Er griff zu seinem Handy und wählte Livs Kontakt. Er wollte ihr Bescheid sagen, dass es soweit war. Es klingelte, niemand nahm ab.*

*Er zuckte die Schultern und blickte auf. Schnellen Schrittes machte er sich auf den Weg, in Richtung seines Arbeitsplatzes. Ein graues Büro, voller Schreibtische von*

Leuten, die er seit Ewigkeiten kannte. Er fragte sich, ob Valentinas Schreibtisch schon neu besetzt worden war. Ihn würde es nicht wundern. Hernandez war nicht der sentimentalste Mensch.

Ohne einen Blick nach links oder rechts zu werfen, schritt er durch den großen Raum, bis vor die Tür des Commissioners. Er klopfte.

„Herein." Derrick drückte die Klinke hinunter und trat ein.

„Detective Graves, was verschafft mir die Ehre?"

„Commissioner, ich ..." Er schluckte. Hiernach gäbe es kein Zurück mehr. „Ich weiß, wo sich die Gemälde befinden. Alle Gemälde."

Hernandez sah ihn fassungslos an. Derrick konnte nicht erkennen, ob es Wut, Verwirrung, Erschöpfung oder eine Mischung aus allem war.

„Das hier ist kein Drama, spar dir die Pause", herrschte er ihn an.

„Im Haus der Carstairs."

„Wer hätte damit gerechnet?", sagte Hernandez triumphierend.

Derrick schwieg betreten. Es war unnötig zuzugeben, dass Liv die Kunstdiebin der vergangenen Jahre war. „Sie wissen genau, das ändert nichts an ihrer Unschuld bezüglich der anderen Dinge, die ihr vorgeworfen werden."

„So gern ich diese Frau auch für ihre Verbrechen im Gefängnis sehen würde, fürchte ich, Sie haben recht. Sie bleibt jedenfalls vorerst Teil des Ermittlerteams."

Innerlich jubelte Derrick. Er hatte damit gerechnet, dass Hernandez sie sofort festnehmen würde. Er ging zum Fenster hinüber, dessen Jalousien gestreifte Schatten in den Raum warfen, und sah hinaus.

„Graves", begann Hernandez, und Derrick wandte sich zu ihm. „Noch etwas. Kommen Sie morgen Mittag in mein Büro. Es gibt möglicherweise neue Hinweise."

„Werde ich", erwiderte Derrick.

Hernandez' finstere Miene klarte ein wenig auf. „Schlafen Sie gut. Es könnte anstrengend werden."

Derrick lächelte und verließ das Büro. Bemüht, keinen Blick auf Valentinas Schreibtisch zu werfen, lief er zum Aufzug und drückte die Erdgeschoss-Taste. Er konnte es kaum erwarten, Liv davon zu erzählen, wie gut Hernandez das Geständnis aufgenommen hatte. Auf dem Parkplatz zog er sein Handy hervor. Es piepte ein paar Mal, aber niemand nahm ab.

Er öffnete seinen Wagen und schaltete das Radio ein. KissFM lief. Ausnahmsweise war er sogar für den sonst so nervigen Verizon-Spot dankbar, weil er ihn von seiner Sorge um Liv ablenkte. Wo war sie nur? Ging es ihr gut? Sonnenstrahlen durchschlugen die dünne Wolkendecke, während sein Ford über die Williamsburg Bridge rauschte. In wenigen Minuten war er zu Hause.

„Liv?", fragte er in die Stille der Wohnung. Bis auf das Krächzen des Küchenradios war kein Ton zu hören.

Er griff wieder zu seinem Handy. Erfolglos. Schließlich wandte er sich herum, verließ die Wohnung, zog die Tür zu und rannte die Treppen hinunter. Da stand er jetzt, auf der Straße, an diesem kühlen Abend. Aber wo war Liv?

# Kapitel 23

*Die Sünde*
*~ Franz von Stuck ~*

Die Sonne meinte es an diesem Tag dermaßen gut, dass die Luft über den akkuraten Rasenflächen flimmerte. Liv strich sich einige verschwitzte Haarsträhnen aus dem Gesicht, die sich aus ihrem Zopf gelöst hatten. Es war ihr noch immer verhasst, in diese Gegend zu kommen, aber Daniel wollte dringend mit ihr sprechen. Sie nahm an, dass es um ihre Beziehung zu Derrick ging oder etwas, das er als Anwalt mit ihr bereden musste, denn als Freund hatte er sich seit ihrer letzten Auseinandersetzung nicht mehr gemeldet. Sie seufzte tief und nahm sich vor, es so schnell wie möglich hinter sich zu bringen, und klingelte.

Er öffnete die Tür mit einem breiten Lächeln. „Samantha! Schön, dass du kommen konntest."

Erleichtert über diese freundliche Begrüßung betrat sie eilig das klimatisierte Haus und begrüßte ihren Freund mit einem Kuss auf die Wange. „Was für eine Hitze!"

„Von hier drinnen sieht es schön aus", erwiderte er lachend und bedeutete ihr, sich auf das große Alcantarasofa zu setzen.

Sie folgte der Aufforderung, streifte gewohnheitsmäßig die Pumps von den Füßen und schlug die Beine unter. „Es ist ein schöner Tag, um ans Meer zu fahren. Aber ich wette, du hast mal wieder seit Stunden im Büro gesessen, stimmt's?", fragte sie lächelnd.

„Was ist ein Meer?", bemerkte er ironisch und brachte einige Dokumente, die er vor ihr auf dem Tisch ausbreitete.

Sie sah mit flatternden Nerven zu ihm auf. „Hat sich bei meinem Fall etwas Neues ergeben? Gibt es einen Termin für den Prozess oder warum wolltest du mich sehen?"

„Es geht um eure Scheidung."

Sie riss die Augen auf und starrte ihn einen Moment nur wortlos an. Etwas so Banales wie eine Scheidung war nach den letzten Wochen sehr fern. Für sie waren ihr Mann und sie längst geschiedene Leute. Sie lachte vor lauter Erleichterung. „Meine Güte, Dan. Du klangst todernst am Telefon! Ich dachte, ich lande heute hinter Gittern."

Er schob die Papiere zu ihr rüber. „Robert hat mit mir geredet. Er wünscht sich eine unkomplizierte Scheidung. Und ich dachte, das wäre sicher auch in deinem Interesse."

Sofort schossen ihre Brauen in die Höhe. „Was sind seine Bedingungen?"

„Keine, im Prinzip. Er behält das Haus." Er drehte einen Kugelschreiber zwischen den Fingern hin und her.

Sie gab ein abfälliges Schnauben von sich. „Das Haus hätte ich nicht einmal geschenkt genommen. Sicher glaubt er auch, ich hätte die glücklichste Frau der Welt mit ihm an seiner Seite sein müssen."

„Mhm", seufzte er und reichte ihr den Stift. „Ich möchte wirklich keinem Rosenkrieg zwischen euch beiwohnen."

„Wieso klingt das aus deinem Mund immer so, als wäre es meine Schuld?", sagte sie gereizt und unterzeichnete, ohne sich anzusehen, was, ehe sie den Stift auf den Tisch knallte und Daniel wütend anfunkelte. „Du hast am Samstag gesehen, wozu er fähig ist, oder?"

„Ich habe Robert schon gesagt, zieht mich nicht zwischen die Fronten. Was zur Hölle hattest du eigentlich zusammen mit dem Cop dort zu suchen?"

Sie sah ihn an, versuchte die Situation abzuschätzen. Sie wusste, Derrick würde das hier nicht gutheißen, aber sie wollte Daniel nicht belügen. „Wir glauben, dass Robert der Mann im Museum war, der mich zu Boden geschlagen und die Wachen umgebracht hat."

Daniel entfuhr vor Überraschen ein kurzes ungläubiges Lachen. „Das ist doch nicht dein Ernst!"

Sie beugte sich nah zu ihm, als hätte sie Angst, dass sie jemand hören könnte, und sagte mit blitzenden Augen: „Ich habe Beweise, Daniel."

Er lehnte sich ebenfalls zu ihr. „Du hast *was?* Das ist wichtig, Sam."

Sie nickte. „Eine seiner Waffen ist weg. Es ist die Tatwaffe, das haben sie im Labor an den Hülsen erkannt."

Er starrte sie einen Moment wortlos an, ehe er aufstand und den Raum verließ. Sie wusste, das musste ein Schock für ihn sein, schließlich war Robert sein ältester Freund. Besorgt folgte sie ihm und fand ihn in der Küche, wo er sich einen Vodka einschenkte, den er in einem Zug leerte. „Scheiße …“

In dieser Situation erinnerte er sie in abstruser Weise an Derrick. Sie war unsicher, wie sie sich ihm gegenüber verhalten sollte. „Aber das ist doch gut. Jedenfalls im Prozess für mich, oder?“

„Klar, ja. Das ist es wohl“, erwiderte er zerstreut.

Sie griff tröstend nach seiner Hand. „Ich weiß, er ist dein Freund. Das muss dich fertigmachen. Ich fand es zuerst auch unglaublich.“

Er war plötzlich so blass, dass sie sich wünschte, sie hätte nichts gesagt. „Weißt du was? Ich bleibe heute Abend hier und und wir machen es uns etwas gemütlich.“

Er sah sie überrascht an. „Gern!“

Sie lächelte und nickte Richtung Flasche in seinen Händen. „Was ist? Bekomm ich auch endlich was davon ab?“

Um ihn nicht völlig zu verschrecken, trank sie nicht aus der Flasche, wie sie es bei Derrick gern tat, sondern nahm sich ein Glas aus dem Schrank. Während sie ihnen beiden einschenkte, fragte sie vorsichtig: „Was denkst du jetzt von alldem? Kannst du schon etwas tun? Oh, vergiss die dumme Frage, das war unsensibel. Du brauchst sicher Zeit, um mit dem Gedanken fertigzuwerden.“

Sie leerte ihr Glas in einem Zug und schenkte sich sofort nach, ohne richtig zu merken, was sie tat, während sie überlegte, ob es besser war, das Thema vorerst fallenzulassen.

„Vorsichtig.“ Er wollte nach der Flasche greifen, hielt jedoch im letzten Moment in der Bewegung inne.

Sie riss die Augen auf und lachte warm, während sie, nur um ihn zu ärgern, das nächste Glas leerte und sich sofort nachschenkte. „Wolltest du etwa grade den Beschützer spielen, Dan?"

„Sieht so aus." Er lachte verlegen.

„Es ist eine Schande, dass wir so lange befreundet sind und uns noch nie gemeinsam betrunken haben. Aber ich schätze, das tut man in diesen Kreisen einfach nicht", sagte sie unbekümmert und inspizierte kritisch den Inhalt seines Kühlschrankes.

Er leerte den Vodka. „Wenn du wüsstest."

Er ging mit der Flasche zum Sofa hinüber.

Sie blieb bewusst hinter ihm und tippte unbemerkt eine schnelle Nachricht an Derrick in ihr Handy.

*„Wird später, Freundschaft auffrischen. Love, Liv."*

Sie ließ das Telefon in die Tasche gleiten und folgte Daniel ins Wohnzimmer, wo sie die Scheidungspapiere herumdrehte.

Sie trank noch einen Schluck Vodka und dachte dabei, dass sie es langsam gut sein lassen sollte. Der Raum verschwamm schon vor ihren Augen. Aber sie fühlte sich so herrlich gelöst und unbefangen. Und so plauderte sie lachend einfach aus, was ihr gerade in den Sinn kam. „Als ich neulich bei Robert eingebrochen bin, ist mir der Gedanke gekommen, dass ich eine super Undercover-Agentin wäre."

„Agent Sam, das hat doch was", sagte er. „Auch wenn dein Satz für Außenstehende absolut verstörend klingen muss."

Sie sah ihn mit glitzernden Augen an. „Für dich anscheinend nicht. Du machst überhaupt nicht den Eindruck, als schiene es dich in irgendeiner Weise abzustoßen, dass ich irgendwo einbreche und sei es ins Haus deines besten Freundes."

Er streifte sein Jackett ab. „Weißt du, ich habe schon mit Leuten zusammengearbeitet, dagegen bist du ein absolutes Unschuldslamm."

Sie lachte laut auf und lehnte sich entspannt zurück.

Nun trank sie doch achtlos direkt einen Schluck aus der Flasche. Dann schwiegen sie eine Weile und sahen in das prasselnde Feuer des Kamins.

„Woran denkst du gerade?"

Der Alkohol ließ ihre Stimmung umschlagen. „Ich denke darüber nach, ob jede Tat ein Motiv in sich trägt. Ob man alles mit etwas entschuldigen kann. Und wenn dem so ist, dann sind wir alle vogelfrei, alles zu tun und es gibt gar kein Richtig oder Falsch. Findest du das nicht beängstigend?" Sie sah ihn direkt an.

„Ein Motiv steckt hinter fast allem, aber das heißt nicht automatisch, dass hinter allem ein Vorsatz steckt", erwiderte er und wechselte dann so schnell das Thema, dass sie hätte schwören können, mit dem Anwalt zusammen zu sitzen und nicht mit ihrem guten Freund. „Was machst du eigentlich in letzter Zeit? Viel mit diesem Cop zusammen?"

Um Zeit zu gewinnen, trank sie noch einen großen Schluck Vodka. „Wir sind eigentlich die ganze Zeit zusammen. Ich versuche zu helfen, den Fall zu lösen."

„Viel mit der Polizei, verstehe."

Sie hielt inne und wandte sich langsam zu ihm um. Sein Ton hatte sich verändert. Kaum merklich, aber dennoch. „Wie meinst du das?"

„Irgendwie ungewöhnlich, dass Angeklagte in Fällen helfen."

Sie runzelte die Stirn. Ihr klarer Verstand war dahin. „Ich weiß nicht, was ich sonst tun soll."

„Wenn der Prozess vorbei ist, könntest du bei mir anfangen."

„Du willst, dass eine Diebin für dich als Anwaltsgehilfin arbeitet?" Völlig überwältigt warf sie sich in seine Arme und drückte ihn fest an sich. „Du bist unglaublich! Natürlich möchte ich!"

Er drückte sie an sich und sagte mit rauer Stimme: „Freut mich!"

Da spürte sie, wie nah sie einander auf einmal waren. Irgendwo in ihr schlug ein Alarm. Langsam löste sie sich aus der Umarmung, da lagen plötzlich seine Lippen auf ihrem Mund. Sie war so überrascht, dass sie erstarrte.

Daniel lehnte sich weiter in den Kuss und vergrub die Hände in ihrem Haar. Da überkam sie das Feuer, die Gedankenlosigkeit und der Wunsch, immer mehr zu fühlen als sie bereits fühlte. Sie presste sich an ihn und vergaß wer sie war und wofür sie die letzten Wochen gekämpft hatte.

Er zog sie an sich, eine Hand an ihrem Hinterkopf. Langsam lehnte er sich zurück und zog sie sacht mit. Immer noch gefangen in dem Kuss bemerkte sie den Positionswechsel kaum. Da sie nun praktisch auf ihm lag, ließ er von ihrem Mund ab und küsste ihren Hals.

Da erwachte sie, als hätte sie ein Schlag mit eintausend Volt getroffen. Sie richtete sich eilig auf und sah ihn voller Entsetzen an.

„Sam?", fragte er vorsichtig.

Ihr Name war Liv. Derrick wusste das. Daniel kannte sie nicht. Nicht wirklich. Er benutzte den alten Namen. Es war diese Tatsache, die sie panisch und beinahe stocknüchtern werden ließ.

Sie sprang auf, und wusste nicht, was sie sagen sollte. Am liebsten wäre sie einfach davongerannt. Das konnte man tun, wenn man bei Einbrüchen erwischt wurde. Hier aber nicht.

„Ich sollte gehen." Sie sah sich panisch um und suchte ihre Tasche, bis ihr einfiel, dass sie ohne gekommen war. „Tut mir leid, Dan. Das hätte niemals passieren dürfen. Niemals." Letzteres flüsterte sie beinahe und flüchtete sich in den Flur.

# Kapitel 24

Ritter, Tod und Teufel
~ Albrecht Dürer ~

*Derrick setzte sich auf den Boden gegenüber des Sofas. Vor ihm stand eine mittlerweile lauwarme Tasse Kaffee. Seine Hände trommelten gleichmäßig auf den Boden.*

*Liv schlug langsam die Augen auf und sah ihn direkt an, in ihrem Blick lag heillose Verwirrung.*

*„Morgen. Willst du mir vielleicht etwas erklären?", fragte er leise.*

*Sie setzte sich langsam auf und sah sich um, als müsste sie erst begreifen, wo sie sich befand. „Ich ... was?"*

*„Willst du mir vielleicht sagen, wo du gestern warst? Ich habe dich fünfmal angerufen, habe mir Sorgen gemacht!"*

*Sie starrte ihn entsetzt an, dann schien sie sich zu sammeln. „Ich habe dir eine Nachricht geschrieben, wo ich bin."*

*„Jedenfalls habe ich keine Nachricht bekommen."*

*Sie runzelte die Stirn. „Vielleicht habe ich vergessen, sie zu senden. Ich war bei ... bei Daniel." Bei dem Namen brach ihre Stimme und sie räusperte sich.*

*„Gott, ich hätte es wissen müssen", fluchte er, und ein Hauch von Eifersucht schwang in seiner Stimme mit.*

*„Es ging um meine Scheidung. Er ist mein Anwalt und mein Freund", verteidigte sie sich, wenn auch etwas schwach. Ihr Blick fand ihn dabei nicht.*

„Den ganzen Tag lang? Ist es normal, dabei literweise Alkohol zu trinken?“

Sie wurde blass. „Wir haben einfach über alte Zeiten geredet.“

„Ich habe gedacht, dir wäre etwas passiert. Stattdessen besäufst du dich mit diesem arroganten, korrupten ...“ Den Rest ließ er ungesagt.

„Hör auf“, sagte sie wütend und sah ihn zum ersten Mal an. „Daniel ist in Ordnung. Wie gesagt, es ging um die Scheidung und danach ... okay, ich habe etwas zu viel getrunken. Wir haben uns sicher verquatscht und ich bin dann hierhergekommen.“

„Daniel ist in Ordnung, ja? Bist du da sicher?“, fragte er in gefährlichem Ton.

Sie sah ihn finster an. „Was soll das denn jetzt heißen? Er hat dir auf der Party letztens den Arsch gerettet!“

„Glaubst du, ich hätte diesen Bastard nicht allein k.o. bekommen? Du hast keine Ahnung, wozu er fähig ist!“

„Was meinst du damit? Kannst du diese haltlosen Anschuldigungen vielleicht auch mit Beweisen unterlegen?“

„Bist du jetzt auch Anwalt, oder was?!“

Auf ihre Wangen trat ein leichter Hauch von rosa und sie schien an etwas zu denken, schwieg aber.

„Ich höre?“

„Ich bin keine Beschuldigte. Du spielst den Cop, merkst du das nicht?“

„Ist es das, was dich stört?“

„Was redest du für einen Unsinn! Du bist doch derjenige, der mich ins Kreuzverhör nimmt.“ Sie fuhr sich verzweifelt durchs Haar. „Was wirfst du mir eigentlich vor?“

*Er warf seine Kaffeetasse gegen die Wand, wo sie lautstark zerbarst und ging zur Tür.*

*Sie folgte ihm, griff nach seinem Hemd und hielt ihn mit aller Kraft fest. „Warum bist du so böse auf mich? Ich hätte mich melden sollen, gut, das tut mir leid, aber sonst habe ich nichts falsch gemacht." Sie stockte und ihre Augen wurden groß.*

*Derrick beugte sich nah zu ihr heran. „Da bin ich mir ganz sicher."*

*Er wartete ihre Antwort nicht ab, ehe er die Wohnung verließ. Er wollte sie ohnehin nicht hören. Niemand geht zu einem Scheidungsanwalt und verbringt dort zufällig eine ganze Nacht. So naiv war er nun auch wieder nicht.*

Er war bereits vor der Mittagsstunde in Hernandez' Büro gewesen. Seine geheimnisvolle Art hatte ihn neugierig gemacht. Normalerweise war er immer offen ihm gegenüber, gerade was Ermittlungsstände anging. Derrick war schließlich sein bester Detective.

Sonnenstrahlen fielen durch die Jalousien und die Zeiger der Uhr tickten langsam gen zwölf. Derrick fuhr sich durch die Haare. Sein Streit mit Liv hatte ihn die ganze Zeit über beschäftigt. Eigentlich hatte er nicht einfach so verschwinden wollen, aber beim Gedanken an diesen schleimigen, eiskalten Typen und wie er mit Liv Zeit verbrachte, wurde ihm schlecht. Er musste sich zusammenreißen, nicht das halbe Mobiliar des Büros zu zerschlagen, aus Ekel vor Daniel; aus Enttäuschung gegenüber Liv, aus Hass auf sich selbst. Er war ein guter Cop. Er konnte eins und eins zusammenzählen. Die Schuld in jedem ihrer Worte, das Zögern zwischen den Sätzen und ihr banger Blick.

„Sie sind da", riss ihn eine Stimme aus seinen Gedanken. Es war Hernandez, in Begleitung eines Mannes, den er zuvor noch nie gesehen hatte. Er trug ein weißes Hemd unter einem pechschwarzen Jackett, die stahlblauen Augen musterten ihn eingehend.

„Agent Somerson vom FBI. Er ist jetzt an der Ermittlung beteiligt", stellte der Commissioner ihn vor.

Derrick schüttelte ihm skeptisch die Hand. Mit den Feds zu arbeiten war immer ein Krampf. Diese Menschen hatten aus einem unerklärlichen Grund einen enormen Hass auf gewöhnliche Cops.

„Der Agent wird Ihnen bei Ihren Ermittlungen behilflich sein."

„Darf ich fragen, worum es hier geht?", hakte Derrick angespannt nach.

Hernandez holte Luft, aber bevor er etwas sagen konnte, schnitt ihm Somerson das Wort ab. „Ihre Kollegin Valentina Neri hatte einen anonymen Brief erhalten."

Er beugte sich vor und legte einen zerknitterten Zettel auf den Tisch, sorgfältig eingepackt in Klarsichtfolie, und schob ihn langsam zu ihm hinüber.

„Wer der Absender ist, wissen wir nicht. Allerdings gab er sich als Zeuge im Kunstraub-Fall aus. Planmäßig sollten sie sich im Park treffen und dann zu einem Haus im Upstate fahren. Dort sollten die Gemälde versteckt sein."

„Nur kamen sie dort nie an", seufzte Derrick und lehnte sich an die Wand.

„Exakt. Allerdings halten wir es nach wie vor für wichtig, uns dieses Haus anzusehen."

„Was versprechen Sie sich davon? Wahrscheinlich hat der Täter nur irgendeine Adresse angegeben. Er hatte ja ohnehin nicht vor, sie dorthin zu führen."

„Und er ging das Risiko ein, dass möglicherweise zuerst dem Haus ein Besuch abgestattet wird. Weshalb genau sie sich darauf einließ, ohne es jemandem zu sagen, wissen wir nicht genau.“

„Sie sagen, es könnte eine Falle sein?“

„Ich behaupte, es ist eine Falle gewesen“, entgegnete der Agent. „Sie sollten genauso daran interessiert sein, diesen Fall zu lösen wie ich. Schließlich war es Ihre Kollegin.“

„Ich fahre sofort hin“, platzte es aus ihm heraus. „Aber warum Valen... Detective Neri allein losgefahren ist, verstehe ich immer noch nicht.“

„Sie war noch nicht lange beim NYPD. Vielleicht wollte sie beeindrucken. Vielleicht war sie zu naiv oder zu hitzköpfig.“

„Das kann ich mir nicht vorstellen!“, protestierte Derrick.

„Ich mir schon. Es ist die beste Erklärung, die wir bisher haben. Agent Somerset und Sie sollten sich besagte Adresse genauer anschauen. Aber seien Sie vorsichtig“, mischte Hernandez sich ein.

Der Dodge des Agents fuhr vor besagtem Haus vor. Es sah unbewohnt aus, eine Fensterscheibe war eingeschlagen und das Innere lag im Dunkeln.

„Ich übernehme das Haus. Sie sehen sich das Grundstück an“, befahl Derrick dem Agent. Murrend nahm dieser den Befehl hin.

Sein Instinkt mahnte ihn zur Vorsicht. Das Haus wirkte schon von der Einfahrt aus wie das Set zu einem Horrorfilm. Ihn würde das an sich nicht stören, aber da hier wegen eines Polizistenmords ermittelt wurde, war ihm dieser Ort nicht geheuer. Er zog seine Pistole und seine Taschenlampe, ehe er die Treppen zum Haus hinaufstieg.

Es war in der Tat verlassen. Spinnweben hingen von den Decken, Staub hatte sich auf den Boden und die wenigen Möbelstücke gelegt. Glasscherben lagen an verschiedenen Stellen auf dem Boden verteilt. Er blickte hinunter zu Somerset, der eine Kellertür seitlich an der Fassade des Hauses auftrat.

„Ist irgendjemand hier?", fragte Derrick in den leeren Raum. Er hasste es, diese Frage stellen zu müssen, damit gab man das Überraschungsmoment auf und machte sich zu einer lebenden Zielscheibe. Aber es war Protokoll, um nicht vor Schreck nachher einen Obdachlosen zu erschießen, der in die Ruine eingezogen war.

Er trat in den nächsten Raum und schaute sich langsam um. Sein Blick wanderte an dem alten zerrissenen Sofa und dem umgefallenen Fernsehschrank vorbei zur Tür am anderen Ende. Viel mehr war in diesem Zimmer nicht zu sehen. Mit vorsichtigen Schritten bewegte er sich zur gegenüberliegenden Tür.

Lautlos wie ein Geist drückte er die Klinke und fand sich in einem Flur wieder. Die roten Flecken auf dem Boden sprangen ihm sofort ins Auge. Ein Muster aus Blutspritzern, in Richtung einer angelehnten Tür zu seiner Linken. Sein Herz raste. Er machte sich bereit für den Anblick einer verwesenden Leiche. Er spürte das Adrenalin in sich aufsteigen.

Mit aller Gewalt trat er die Tür ein. Sein Herz blieb beinahe stehen, ein schrilles Fiepen erfüllte seine Ohren. Der Raum war leer. Nichts. Nicht einmal ein Möbelstück.

Er hörte einen Schrei von draußen. „RAUS DA, GRAVES!"

Er wirbelte herum und legte einen Sprint zum Eingang hin. Weit kam er nicht, als ein ohrenbetäubender Knall die Luft zerriss. Der Schlag der Schockwelle fühlte sich an, als *wäre er von einem rasenden Auto erfasst worden. Sie wirbelte ihn hoch in die Luft, quer durch die Trümmer des sich um ihn herum zerstörenden Hauses. Die Hitze des Feuerballs brannte ihm beinahe sein Gesicht weg. Mit einem harten Schlag landete er am Boden. Vor Schmerzen konnte er kaum einen klaren Gedanken fassen, geschweige denn begreifen, was gerade passierte. Während seine Welt immer dunkler und dunkler wurde, kreiste nur ein Gedanke in seinem Kopf. „Das kann nicht das Ende sein. Nicht hier, nicht so nah an der Lösung des Falls. Nicht allein, ohne Liv …“ Bevor ihm sein Bewusstsein entglitt hörte er nur noch die Rufe des Agenten. „Notfall! Hier fliegt alles in die Luft!“*

# Kapitel 25

*Die große Woge*
*~ Katsushika Hokusai ~*

Wieso kam er nicht zurück? Wollte er sie bestrafen? Was würde er dann erst tun, wenn er von dem Kuss mit Daniel erfuhr? Warum hatte sie das bloß getan? Sicher, sie war ziemlich betrunken gewesen, aber sie wusste, dass diese Ausrede zu billig für Derrick wäre. Zu billig für sie selbst.

So war sie eben. Sie war flatterhaft und suchte stets das Neue. Konnte sie jemals ein ganz normales Leben führen, eine ganz normale Frau sein?

Sie hatte den Kuss mit Daniel gebraucht, um sich davon zu überzeugen, dass sie noch die alte gefährliche Liv war, die niemanden brauchte außer sich selbst. Nur dass sie damit genau das Gegenteil herausgefunden hatte.

Nun hatte sie alles zerstört, was sie jemals wollte. Zum millionsten Mal an diesem Tag sah sie auf die Uhr. Derrick war seit neun Stunden fort.

Sie hatte ihren Stolz überwunden und versucht, ihn anzurufen. Alles, was ihr das eingebracht hatte, war ein seltsames Piepen am anderen Ende der Leitung. Ihr untrügliches Bauchgefühl sagte ihr, dass etwas nicht stimmte.

Sie fühlte sich hilflos. Wer würde ihr schon Auskunft über den Verbleib des Mannes geben, den sie liebte? Sie war eine Kriminelle. Und er war derjenige, der sie eigentlich hinter Gitter bringen sollte.

Sie vergrub verzweifelt das Gesicht in den Händen. „Verdammt, Derrick! Wo bist du?"

Sie gönnte sich zehn Minuten der Schwäche, dann wurde ihr Kopf wieder klar und kühl. Liv war keine Frau, die jammerte und wartete, sondern jemand, der sein Schicksal selbst in die Hand nahm. Also griff sie die Schlüssel vom Wohnzimmertisch und verließ entschlossen das Haus.

Über dem Präsidium hing ein bleischwerer Himmel wie ein schlechtes Omen. Es passte zu der Angst in Livs Magen. Die Dämmerung brach ungesehen herein. An diesem Abend würde der Himmel sofort schwarz sein.

Ihre Absätze verursachten ein unangenehm lautes Geräusch auf dem kalten Boden des Foyers. Sie ging zügig am Empfangstresen vorbei, damit niemand auf die Idee käme, sie aufzuhalten, und suchte gezielt nach dem einen Büro. Das sie natürlich leer vorfand.

Dennoch trat sie ohne Zögern in den abgedunkelten Raum. Wie zu erwarten, wurde sein Schreibtisch vom Chaos beherrscht. Neben Unmengen an Papieren, die sich gefährlich in die Höhe stapelten, stand ein Aschenbecher, der es nötig hatte, mal wieder geleert zu werden.

Sie griff sich die oberste Akte und schlug sie auf. „Shadowman", lachten ihr die Lettern fett entgegen. Eine Gänsehaut überzog ihre Arme und sie schloss die Akte wieder.

Das half ihr nicht weiter, Derrick zu finden. Sie klappte den Laptop auf, der auf dem Schreibtisch stand, doch scheiterte an dem Passwort. Frustriert landete ihre Faust auf dem alten Holz des Schreibtisches.

Eine Hand legte sich auf Livs Schulter. „Sie haben hier nichts verloren!"

Sie drehte sich ganz ruhig zu dem Commissioner um. „Wo ist Derrick?"

„Sie verschwinden besser. Sie wissen hoffentlich, dass es eine Straftat ist, Polizeiakten zu durchsuchen." Er trank einen Schluck von seinem Kaffee. Seltsamerweise wirkte er nicht wirklich böse, sondern eher erschöpft.

„Sie wissen genauso gut wie ich, dass ich kaum mehr etwas zu verlieren habe." Sie sah ihn eindringlich an. „Etwas stimmt nicht. Ich erreiche Derrick nicht. Was ist mit ihm?"

Einen Moment lang zögerte Hernandez, und es sah aus, als wollte er etwas sagen. Dann griff er ihre Schulter und zog sie etwas unsanft aus dem Büro. „Gehen Sie einfach."

Sie riss sich aufgebracht von ihm los. „Ich werde nirgendwohin gehen, wenn Sie mir nicht sagen, was mit Derrick ist! Wenn es sein muss, können Sie Ihre Gorillas zusammentrommeln, aber täuschen Sie sich nicht. Mit denen werde ich fertig!"

„Wollen Sie mir etwa drohen?"

Sie lächelte gefährlich und lehnte sich, zum Zeichen, dass sie nicht gehen würde, bis sie hatte, was sie wollte, lässig an die Wand des Korridors. „Ich werde nicht das Überraschungsmoment verderben, indem ich es Ihnen verrate."

„Kommen Sie mit", seufzte er und bedeutete ihr, ihm zu folgen.

Seine ruhige Resignation sorgte dafür, dass ihr vor Angst die Kehle eng wurde. Schweigend folgte sie seiner Aufforderung.

Hernandez lehnte sich an den Schreibtisch seines Büros. „Ich weiß nicht, wie es Derrick geht. Es gab eine Explosion an einem Ermittlungsort."

„Was?", fragte sie mit unnatürlich hoher Stimme. „Was soll das heißen, eine Explosion?"

„Ein Haus ist explodiert und Graves war drin", platzte es aus ihm heraus, woraufhin er sich mit seinem Ärmel den Schweiß von der Stirn wischte.

Ihre Hand fuhr in einer fassungslosen Geste zu ihrem offenstehenden Mund. Eine Weile starrten sie einander an, ehe sie flüsternd fragte: „Aber er … er … lebt doch noch?"

„Er lebte noch, als die Feuerwehr ihn aus dem Haus gezogen hat. Jetzt habe ich seit Stunden nichts mehr gehört."

Sie musste sich an einem der Aktenschränke festhalten, um nicht ohnmächtig zu werden. „Wo?" Sie brachte nur noch Wortfetzen heraus. „Welches Krankenhaus?"

Er hielt einen Moment inne und dachte nach. Dann seufzte er. „Kommen Sie. Alleine werden Sie sowieso keine Informationen kriegen."

Sie konnte nicht überrascht sein. Konnte nicht mehr darüber nachdenken, dass Hernandez sich ganz anders verhielt als sonst. Sie konnte nur an Derrick denken und ihren Verrat ihm gegenüber. An den letzten Streit. Das letzte Wort, das sie gewechselt hatten. Vielleicht war es wirklich das letzte gewesen. Sie folgte Hernandez wie in Trance zu seinem Auto.

Sobald der Wagen zum Stillstand kam, zog Hernandez die Handbremse und riss seine Tür auf. Liv war noch vor ihm aus dem Wagen und eilte zum Eingang des Krankenhauses. Sie stürmte das Gebäude wie eine Bankräuberin.

Der Commissioner folgte wenige Meter hinter ihr und hielt der verwirrten Krankenhausschwester seine Dienstmarke hin. Diese rief den beiden nur eine Zimmernummer hinterher.

Livs Kopf war wie in Watte gepackt. Die Geräusche drangen nicht zu ihr durch. Sie stürmte in das Zimmer und hielt, dort angekommen, vor Schock den Atem an.

Er war übel zugerichtet, fast sein ganzer Kopf war in einen Verband gewickelt. Sie konnte nicht genau erkennen, ob er wach war. Aber der Herzmonitor zeigte einen Puls an. Er lebte.

Liv konnte nichts anderes tun, als ihn anzustarren und zu versuchen zu begreifen, dass das derselbe Mann war, der sie auf einen Maskenball begleitet hatte, vor gar nicht allzu langer Zeit. Der sie stürmisch in seiner Küche liebte oder sich atemberaubende Auseinandersetzungen mit ihr lieferte. Hilflos sah sie zu Hernandez, als erwarte sie, dass er etwas gegen Derricks Zustand unternehmen könnte.

Derrick hustete. „Hallo?“

Liv konnte nichts sagen, konnte kaum atmen und hielt sich in den Schatten des abgedunkelten Raums.

„Wie geht es?“, fragte Hernandez.

Derrick lachte, wobei man merkte, wie sehr das trotz der Morphium-Infusion schmerzte.

„Tut mir leid, dumme Frage", bemerkte Hernandez und trat etwas an ihn heran. „Sie werden zu dem Vorfall noch detaillierte Aussagen treffen müssen, aber aktuell will ich Sie damit nicht belästigen."

Derrick sah ihn an. „Die Ärzte meinten, dass alles wieder verheilen wird."

„Ich glaube, ich bin nicht die Person, die Sie gerade sehen wollen, Graves." Damit trat er zurück, bemüht, seine kalte Fassade wieder zu errichten, und verließ den Raum.

Liv erwachte mit dem Geräusch der zuschlagenden Tür und trat an Derricks Bett, wo sie sich auf die Knie niederließ wie vor einem Altar, die Hände auf die Matratze stützte und hemmungslos zu weinen begann.

„Liv?"

„Es tut mir so leid", brachte sie hervor und konnte ihre Tränenflut nicht stoppen. Sie griff nach seiner schlaffen Hand. „Ich hatte solche Angst, Derrick."

„Es tut mir leid", brachte er hustend hervor.

„Du musst dich nicht entschuldigen. Für nichts", sagte sie leise. Sie wollte ihm sagen, was bei Daniel passiert war, doch sie konnte es ihm jetzt nicht zumuten und verschob es. „Was ist denn um Himmels willen passiert?"

„Ich war mit diesem Agenten in dem Haus und es war auf einmal laut und heiß und ..." Er konnte nicht weiterreden.

„Eine Bombe? Wie ist das möglich? Was hattet ihr dort zu suchen?"

„Hernandez hat mich geschickt, wegen dem Fall, dem … dem Mordfall, und der Agent hat mich noch gewarnt", stammelte er wirr.

„Schon gut." Sie streichelte sanft seine Hand. „Ruh dich aus. Ich werde es herausfinden!"

Entschieden stand sie auf und stürmte aus dem Zimmer. Sie konnte es nicht ertragen, weiter tatenlos neben ihm zu stehen, zuzusehen wie er litt. Sie wollte Ergebnisse. Sie wollte denjenigen hinter Gitter bringen, der ihm das angetan hatte. Auf dem Korridor traf sie auf Hernandez.

„Sie müssen mich zu dem Ort fahren, an dem das passiert ist", sagte sie atemlos.

„Wie bitte?"

„Sie haben mich verstanden! Das war ein Anschlag auf Derrick. Das ist etwas Persönliches, das spüre ich seit einiger Zeit. Dieser Typ im Museum. Der hatte es auf mich abgesehen. Oder auf Derrick oder uns beide. Ich weiß nicht, warum. Halten Sie mich für verrückt, aber verdammt, ich werde es herausfinden!"

„Entschuldigen Sie, Detective Carstairs, aber das ist nicht Ihr Fall", antwortete er und wandte sich wieder einem der Ärzte zu, mit dem er gesprochen hatte, ehe sie ihn unterbrach.

„Verdammt noch mal! Können Sie vielleicht einmal Ihre Vorschriften außer Acht lassen? Lässt Sie das da drin völlig kalt?"

„Das ist nicht Ihre Aufgabe. Ich habe ein ganzes Team voller Profis dafür. Warten Sie einfach ab."

„Das werde ich mit Sicherheit nicht tun! Aber ich kann es auch ohne Sie!"

Hernandez stieß einen wüsten Fluch aus. Und nannte dann barsch eine Adresse. „Machen Sie mit der Information, was Sie wollen!"

Damit wandte sie sich um und rannte aus dem Krankenhaus.

# Kapitel 26



Liv hämmerte an die Tür zu Daniels Anwesen, bis ihre Fäuste weh taten. Die Türklingel ließ sie links liegen. Sie wollte einfach ihre Wut an dem massiven Holz abreagieren. „Daniel!"

Die Tür öffnete sich mit einem Ruck und Daniel stand mit verwirrtem Blick vor ihr.

„Was ist?", fragte er außer Atem.

„Es ist etwas Schreckliches passiert. Du musst mit mir an einen Tatort fahren. Schnell, wir dürfen keine Zeit verlieren." Sie packte seine Hand und wollte ihn mit sich ziehen.

„Langsam! Was ist denn passiert?", fragte er und versuchte, sie zu beruhigen.

Sie kämpfte gegen ihre Hysterie an. „Derrick! Er war an einem Tatort. Dort ging eine Bombe hoch. Daniel, das ist etwas Persönliches, ich weiß es genau. Das sagt mir mein Instinkt!"

„Was für eine Bombe? Ich verstehe kein Wort. Lass uns in Ruhe reden." Er dirigierte sie durch die Eingangstür. „Willst du einen Drink?"

„Nein, verdammt! Ich ..." Argwöhnisch sah sie zu ihm auf und dachte daran, was das letzte Mal passiert war, als er ihr etwas zu trinken angeboten hatte.

„Nein, Daniel, ich möchte nichts zu trinken“, sagte sie bestimmt und versuchte, ruhig und klar zu bleiben. „Derrick hat an einem Tatort ermittelt. Dort ist eine Bombe explodiert. Er kam gerade so mit dem Leben davon. Ich will den Scheißkerl finden, der dafür verantwortlich ist.“

„Ich bin sicher, der Typ wird gefunden. Die Polizei ist doch schon dran“, antwortete er ruhig und trank einen Schluck Whiskey.

Sie sah ihn an, als würde sie ihn zum ersten Mal sehen. „Hast du verstanden, was ich gesagt habe? Derrick ist schwerverletzt!“

„Ich habe dich verstanden. Und es tut mir wirklich leid. Aber da können wir wenig tun. Lass die Polizei einfach ihren Job erledigen, Samantha.“

„Hörst du dir eigentlich selbst zu? Mein Gott, wie kannst du nur so kalt sein?“

Da trat eine Wut in seine Züge, die ihr völlig neu war. „Er ist Polizist, das ist Berufsrisiko!“

Sie sah schockiert zu ihm auf. War das der Mann, den sie vor nur einem Tag geküsst hatte? „Was bist du für ein widerlicher Mistkerl.“

„Was willst du von mir hören? Du weißt inzwischen, was ich für dich empfinde. Ich hasse den Gedanken daran, wenn du bei ihm bist.“ Er trank noch einen Schluck.

Blind vor Verzweiflung riss sie ihm das Glas aus der Hand und warf es zu Boden. Es zerschellte in tausend Scherben. „Ich will, dass du wieder mein Freund bist!“

„Und was sollen wir tun?“, fragte er, nun etwas versöhnlicher.

„Du sollst mich nur hinbringen. Den Rest erledige ich schon."

„Nein, ich fahre dich nicht. Ich werde dich nicht unterstützen, während du dich in diese Sache verrennst. Mein Gott, Sam! Er ist der Mann, der dich hinter Gitter bringen könnte. Du bist so verrückt nach ihm, dass du nicht die Möglichkeiten siehst, die ich dir bieten könnte."

Sie sah ihn fassungslos an. „Merkst du nicht, dass es hier um etwas viel Größeres geht? Etwas viel Gefährlicheres? Daniel, ich habe mich lange vor dem gestrigen Tag für Derrick entschieden. Was zwischen uns passiert ist, war ein Fehler!"

Damit drehte sie sich auf dem Absatz um, ehe sie noch etwas Dummes sagte, und warf lautstark die Tür hinter sich ins Schloss. Nun war sie wirklich das, was sie immer geglaubt hatte zu sein – mutterseelenallein auf dieser Welt.


Sie ließ das Taxi bewusst einige Blocks vom Tatort entfernt halten, falls sie beobachtet wurde. Sie wählte nicht den direkten Weg und schlenderte wie eine normale Spaziergängerin wie zufällig die Straßen entlang.

Erst als sie sicher war, dass keine neugierigen Augenpaare auf sie gerichtet waren, strebte sie den Weg zum Tatort an.

Er war nicht schwer zu finden. Das Haus lag in Schutt und Asche. Vermutlich war es bereits vor der Explosion dem Einsturz nahe gewesen. Sie hatte wenig Hoffnung, hier noch irgendwelche brauchbaren Spuren zu finden, aber sie musste etwas tun. Vor allem, um ihr

Gewissen zu beruhigen. Wegen des Kusses mit Daniel. Wegen des Streits. Wegen Derricks aktuellem Zustand.

Auch sie war eine tickende Zeitbombe in seinem Leben. Es war nur eine Frage der Zeit, bis sie hochging und ihn wieder enttäuschte. Sie hatte kein Vertrauen zu sich selbst. Würde sie wirklich mit dem Stehlen aufhören können? Konnte sie sich mit dem zufriedengeben, was Derrick ihr zu bieten hatte? Würde das reichen?

Als sie näher an das Gebäude herantrat, offenbarte sich ihr das ganze Ausmaß der Zerstörung in einer Art und Weise, die sie nach Luft schnappen ließ. Ihre Hand fuhr zu ihrem Mund, direkt an die bebenden Lippen. Ein Schluchzer entrang sich ihrer Kehle, als sie sich schockiert in den Schmutz sinken ließ. Dort gab sie ihren Tränen nach. Erst jetzt wurde ihr bewusst, wie kurz davor sie gewesen war, Derrick für immer zu verlieren.

Sie sandte ein Stoßgebet des Dankes zum Himmel. An einen Gott, um den sie sich ihr Leben lang nicht gekümmert hatte. Dass Derrick den Anschlag überlebt hatte, grenzte an ein Wunder.

Umso wichtiger war es, den Täter zu enttarnen, damit er keine neue Gelegenheit dazu bekam, zuzuschlagen. Wer war zu so einer grausamen und feigen Tat fähig? Es musste jemand sein, der Derrick um jeden Preis beseitigen wollte.

Just in dem Augenblick, da sie diesen Gedanken hegte, sah sie einen Gegenstand im Licht der Sonne glänzen. Er lag unweit von ihr entfernt im Schmutz. Mit klopfendem Herzen rappelte sie sich hoch und klaubte ihn auf. Es war ein Kugelschreiber. Nicht irgendein

Kugelschreiber, den man in Masse als Werbeartikel produzierte. Es handelte sich eindeutig um ein Einzelstück. Sie erkannte die Machart sofort. Sie benutzte diese Marke selbst gern. Das schwarze glänzende Metall wies nur geringfügige Kratzer auf. Hier und da goldene Applikationen.

Liv war sofort klar, dass sie ein entscheidendes Beweisstück in den Händen hielt. Sie zog ihr Seidentuch vom Hals und schlang es um den Kugelschreiber, um keine Fingerabdrücke zu verwischen. Dann sah sie ein letztes Mal zum Haus und gen Himmel. Es war kein Zufall, dass der Spurensicherung dieser Hinweis entgangen war. Das hier war für sie bestimmt gewesen. Vom Schicksal, vom Leben, von Gott – wie auch immer man es nennen wollte.

# Kapitel 27



*Durch die Strömung*
*~ Judith C. Riemer ~*

*Ein Kleinwagen des Krankenhauses fuhr vor Derricks Appartement vor. Endlich klare Luft, frei von Desinfektionsmitteln und PVC-Böden, von Erbrochenem oder anderen Gerüchen, die er die letzten Tage ertragen musste. Die Luft von Brooklyn war keinesfalls sauber, Abgase hingen fast so penetrant in der Luft wie auf der anderen Seite des East Rivers.*

*Aber selbst das war ihm aktuell lieber als die weißen Wände, grauen Böden, kargen Decken und Kittelträger der beklemmenden Krankenhauszimmer. So viele Jahre lebte er mittlerweile schon in New York, erst jetzt fiel ihm auf, wie farbenfroh die Stadt war.*

*Er sah zum Fenster seiner Wohnung hinauf. Schon von hier konnte er das Licht sehen, das durch seine Fenster fiel, und er meinte, schemenhaft die Umrisse einer Person zu erkennen.*

Endlich zu Hause, *dachte er.* Endlich wieder bei ihr. *So schnell es ihm möglich war, humpelte er ins Treppenhaus. Nach wie vor schmerzte ihn jeder Schritt. Er klopfte an die Tür. Die Schlüssel zu seiner Wohnung befanden sich in unbekannten Tiefen seiner Manteltaschen. Die Tür wurde aufgerissen und die Frau, die er liebte, lag in seinen Armen.*

„O Derrick! Ich wusste nicht, dass du heute entlassen werden solltest! Ich hätte dich abgeholt!"

„Das Datum wurde verschoben. Anscheinend ist alles besser verheilt, als gedacht. Die Verbrennungen brauchen noch etwas Pflege, aber nichts, was ich nicht auch Zuhause schaffen könnte. Die Rippe ist auch gut verheilt, tut kaum noch weh", antwortete er und vergrub das Gesicht in ihrem Haar. Er konnte nicht fassen, wie sehr er sie vermisst hatte.

„Schön, dich wieder hier zu haben", sagte sie leise. Ihr Tonfall ließ ihn unruhig werden. Irgendetwas war nicht richtig. Er löste sich von ihr und studierte eindringlich ihr Gesicht.

„Wie fühlst du dich?", fragte sie nervös.

„Dafür, dass ich beinahe den Löffel abgegeben hätte, relativ gut. Wie ist es dir die letzten Tage ergangen?"

Die Worte waren so bedeutungslos. Er wollte so viel mehr sagen. Aber er war noch nie gut in diesen Dingen gewesen.

„Sicher besser als dir", entgegnete sie und dann herrschte einige Minuten Schweigen.

„Schluss mit dem Schmierentheater, Derrick. Ich muss dir was sagen."

„Schieß los", antwortete er mit einer Coolness, die er absolut nicht fühlte.

Liv zögerte einen Moment. „Erinnerst du dich an die Auseinandersetzung, die wir vor der Explosion hatten?"

„Natürlich erinnere ich mich daran."

Sie atmete erneut tief durch und stieß es dann hervor. „An dem Abend bei Daniel, da haben wir uns geküsst." Derrick spürte den Schlag in den Magen. Es war wie durch die Schockwelle der Explosion, ihm blieb die Luft weg, dann merkte er, wie ihm speiübel wurde. Sein Blick wurde zunehmend schwärzer, seine Sicht verschwamm.

„Bitte was?", fragte er in gefährlichem Flüsterton. „Ich habe lächerlich viel getrunken, ich war dumm und … ach, Derrick! Ich kann dir nur sagen, dass das ein Fehler war und all die Sachen und die dämlichen Sätze, die man in solchen Momenten sagt! Dass es mir nichts bedeutet hat. Es tut mir leid!"

Im Gegensatz zu ihrem letzten Streit war er nicht sauer. Er könnte es gar nicht sein, so sehr zog es sich in ihm zusammen. Es war wie ein großer pechschwarzer Schatten, der sich über den Raum legte wie eine Decke, und Liv, ihn und den Rest der Wohnung verdunkelte.

„Was erwartest du jetzt von mir?"

„Nichts!", rief sie verzweifelt aus. „Gar nichts. Ich kann sofort gehen, wenn du möchtest, dann stelle ich mich den Behörden und du siehst mich nie wieder."

Derrick wusste nicht, was er darauf antworten sollte. Er hatte nichts zu sagen. Einerseits wollte er nicht, dass sie verschwand. Andererseits konnte er sie im Augenblick nicht einmal ansehen. Er blickte nur zum Fenster. „Wir haben uns ja nichts versprochen. Ich weiß, dass es trotzdem falsch war. Ich wollte mir beweisen, dass ich immer noch Liv bin. Dass ich tun kann, was ich will, und dass ich niemanden brauche." Sie seufzte. „Aber das stimmt nicht."

„Stimmt es nicht?", flüsterte er ironisch. Seine Stimme war auf irgendeine Art giftig und feindlich, obwohl er das nicht beabsichtigte.

„Nein! Ich brauche dich! Ich bin nicht mehr tausend Frauen mit tausend Leben und tausend Wünschen. Ich habe nur noch einen Wunsch!"

„Bist du sicher, dass ich der Eine bin? Oder hast du Daniel an dem Abend genau dasselbe gesagt? Welche deiner

Fassaden ist echt, Liv?" Er gewann seine Stimme zurück. Er musste sich bemühen, nicht durchschimmern zu lassen, wie verletzt er war, und nahm auf der Couch Platz.

Sie fuhr zurück, als hätte er sie geschlagen. „Das ist nicht fair! Ich weiß, du bist wütend. Ich fühle mich scheußlich und habe es verdient. Vermutlich würde ich jetzt weglaufen, wenn ich noch die Alte wäre, das wäre das Leichteste. Aber das bin ich nicht." Sie schluckte. „Können wir das mit uns kurz ausblenden?"

Er blickte überrascht zu ihr auf. „Wozu?"

Sie griff eine Akte vom Tisch und warf sie ihm auf die Couch, sodass der Name „Shadowman" zu ihm zeigte. „Woher hast du das?"

„Von deinem Schreibtisch", entgegnete sie ohne eine Spur schlechten Gewissens. Sie warf ihm einen Block zu, der mit einer Art Mindmap zu dem Fall gefüllt war. Darauf zu sehen war eine Ansammlung von Daten, Ereignissen und Verbindungslinien, die er auf den ersten Blick nicht ganz nachvollziehen konnte.

„Jedes Mal, wenn es Neuigkeiten zu meinem Fall gab, tauchte Shadowman in irgendeiner Weise auf. Er ist hinter mir her. Die Explosion sollte mich treffen. Was sie in gewisser Weise ja auch hat."

Es ergab in seinem Kopf keinen Sinn, auch wenn die zeitlichen Überschneidungen seltsam genau aufeinanderpassten.

„Dich treffen? Ich glaube nicht, dass du in die Luft gesprengt werden solltest. Wie wärst du überhaupt auf das Haus gekommen?"

„Ich weiß es nicht. Aber irgendetwas Wesentliches haben wir übersehen, und darum bin ich hingefahren."

„Warte, was? Du bist zum Tatort gefahren?"

Sie verschränkte die Arme vor der Brust. „Bevor du dich aufregst – ich war vorsichtig."

„Du hast dich in Gefahr gebracht! Und du hast den Tatort kontaminiert! Vielleicht Fingerabdrücke oder Haare hinterlassen oder was weiß ich nicht was!", rief er und sprang auf.

„Ich wusste, dass du so reagieren würdest", antwortete sie gelassen und kramte in einer Tasche. „Mehr sollte dich interessieren, dass ich gefunden habe, was deine Dogge eines Super-Schnüfflers übersehen hat."

„Du hast Beweise mitgenommen?", fragte er, hin- und hergerissen zwischen Fassungslosigkeit und Neugierde. „Was hast du gefunden?"

Sie holte einen länglichen schwarzen Gegenstand aus ihrer Tasche und reichte ihn Derrick. „Wohl kaum etwas, was man an Orten findet, wo nur Obdachlose und Junkies rumhängen."

Er drehte den Gegenstand gedankenverloren in der Hand und betrachtete seine Spiegelung im schwarzen Hochglanzlack. „Was ist das?"

„Ein Stift, ein Kugelschreiber. Und nicht einer von der Sorte, die in Läden zum Mitnehmen ausliegen." Sie ließ sich auf der Couch nieder.

„Mont Blanc", las Derrick vom Clip des Stiftes ab. „Woher kenne ich das Ding?"

„Es ist ein Einzelstück, aber er ist nicht der Einzige seiner Art."

„So häufig sieht man die als Cop nicht."

„Du witterst eine Spur?"

„Wo habe ich diesen verdammten Stift schon mal gesehen?", fragte er sich ungeduldig und lief nervös auf und ab.

Plötzlich blieb er stehen, es fiel ihm wie Schuppen von den Augen.

„Hätte ich mir denken können. Nur ein Lackaffe in New York würde so etwas mit in ein Präsidium nehmen. Das ist der Stift deines Anwalt–Freunds!“

Liv sprang wütend auf. „Das ist doch nicht dein Ernst! Ich weiß, dass du wütend bist wegen des Kusses, aber das geht zu weit!“

„Woher soll ich denn sonst einen Mont–Blanc–Kugelschreiber kennen? Meinst du, so etwas ist bei uns Standard–Schreibmaterial?“, entgegnete er, nicht minder wütend.

„Ich hätte dich nie für so kindisch gehalten!“

„Glaub mir oder glaub mir nicht!“

„Daniel ist mein ältester Freund, ich kenne ihn seit Jahren. Du glaubst doch nicht im Ernst, er hätte mich damals im Museum niedergeschlagen?“

„Ob er dich geschlagen hat, weiß ich nicht, aber er hat mich in die Luft gesprengt!“

Liv schüttelte den Kopf. „Was wäre denn sein Motiv, Mr. Detective?“

„Mich aus dem Weg zu räumen, um bei dir freie Bahn zu haben, zum Beispiel. Wenn du dir so sicher bist, dass er unschuldig ist, frag ihn doch, ob es sein Stift ist.“

Liv knirschte mit den Zähnen, den herausfordernden Blick haltend. „Schön! Ich treffe mich morgen mit ihm und frage ihn nach dem Stift! Dann werden wir herausfinden, wer recht hat, und es wird für dich sehr peinlich werden!“

Derrick überkamen bei dem Gedanken unglaubliche Sorgen. „Du triffst diesen Typen nicht allein. Ich komme mit!“

„Bist du von allen guten Geistern verlassen? Dann wird er uns überhaupt nichts sagen, geschweige denn die Tür öffnen. Ich tue das auf meine Weise, Derrick."

„Wir verkabeln dich und ich rufe zwei Streifenwagen zur Verstärkung. Das ist mein letztes Wort."

Sie lachte verächtlich. „Du bist paranoid. Wer sollte dir das genehmigen? Es ist nur ein dummer Verdacht von dir."

Er dachte kurz nach. So genau waren sie im Präsidium nie gewesen. Er war ein guter Cop. Wenn es um einen begründeten Verdacht ging, wurde ihm einiges bewilligt. „Ich könnte den Commissioner fragen."

Sie riss die Augen auf. „Derrick! Das war nicht Daniel!"

Er nickte. „Dann lass ihn seine Unschuld beweisen!"

# Kapitel 28



Sie wischte sich die schweißnassen Hände an dem weißen Rock aus feinem Leinen ab. Sie konnte sich nicht erinnern, wann sie ihn außerhalb des Country Clubs je getragen hätte. Sie fand ihn abscheulich heuchlerisch für eine kleine Diebin. Dennoch hatte sie sich bewusst für dieses Kostüm entschieden. So kannte Daniel sie in ihrer gemeinsamen Welt. Das würde ihn besänftigten. Besorgt dachte sie an ihr letztes Aufeinandertreffen zurück. Und das davor, dachte an den Kuss. Und kam sich schrecklich vor. Von der Diebin zu einer Art Doppelagent. Würde sie sich je in nur einer Welt zu Hause fühlen können? Und wo lag die Wahrheit?

Nervös tastete sie nach dem Stift in ihrer Jackentasche, dann klingelte sie.

Er öffnete, und sie erschrak über seinen Anblick. Es war, als stünde ein vollkommen anderer Mensch vor ihr. Sein Hemd war zerknittert. Seine sonst immer so ordentlich gebundene Krawatte hing ihm lose um die Schultern. Die oberen Knöpfe seines Hemdes standen offen. Er hatte sich anscheinend einige Tage nicht rasiert und die Bartstoppeln ließen seine Züge seltsam gefährlich erscheinen. Sie fluchte gedanklich und sagte sich, dass sie Gespenster sah. Daran war Derricks lächerlicher Verdacht schuld!

Sie setzte ein schnelles Lächeln auf und fragte in versöhnlichem Tonfall: „Darf ich reinkommen?"

„Selbstverständlich", erwiderte er und trat zur Seite. Das Geräusch ihrer Pumps auf dem stets makellos sauberen Marmor verschaffte ihr eine Gänsehaut. Ihr Magen war ein einziger Knoten. Sie spürte die Verkabelung unter ihrem Hemd, die dafür sorgte, dass die Polizei jedes Wort verstand, was sie mit ihrem Freund wechselte. Am liebsten wäre sie wieder davongelaufen und hätte alles vergessen. Zum ersten Mal wollte sie nicht mehr Liv sein.

„Was verschafft mir die Ehre?", fragte Daniel und winkte sie zu dem langen Esstisch, auf dem sich Aktenberge stapelten. Er wartete bis sie sich gesetzt hatte. „Möchtest du etwas trinken?"

Als sie dankend ablehnte, setzte er sich zu ihr. „Also? Du wirkst angespannt, Sam."

*Und du wie der erfolgreiche Anwalt, der du bist*, dachte sie erschrocken. Er hatte sie im Visier. Er wusste, dass etwas nicht stimmte. Unsinn. Das hier war Daniel. Er würde sie nicht verdächtigen, nicht nach all den gemeinsamen Jahren. Aber tat sie nicht dasselbe mit ihm? Sie rief sich zur Ruhe und atmete tief durch, ehe sie den Text aufsagte, den sie wie ein Drehbuch auswendig gelernt hatte. „Ich wollte mich dafür entschuldigen, dass ich dich letztens so überfallen habe."

„Verstehe", sagte er nur und musterte sie eingehend.

Sie unterdrückte ein Schaudern. Das erste Mal verstand sie, warum er achtundneunzig Prozent seiner

Fälle gewann. Und sie sah in seinen Augen, dass er skrupellos sein konnte, wenn es dazu diente, sein Ziel zu erreichen. Die Frage war nur, wie weit er dafür zu gehen bereit war.

„Ich möchte nicht, dass wir uns entzweien, Dan“, fuhr sie mit klopfendem Herzen fort. Irgendwie hatte sie das Gefühl, sie hatten einander überführt, seit er ihr die Tür geöffnet hatte.

„Das möchte ich ebenso wenig“, erwiderte er und schob die Akten beiseite, um über dem Tisch nach ihrer Hand zu greifen.

Sie unterdrückte ein Schaudern und versuchte, sich zu entspannen. Er musste spüren, wie feucht und kalt ihre Hände waren. Sie versuchte sich an einem Lächeln.

„Ich danke dir. Bevor ich es vergesse, den habe ich in der Auffahrt gefunden. Nicht, dass du dir die Reifen ruinierst.“ Den Kugelschreiber aus ihrer Tasche zu holen, bot ihr die perfekte Gelegenheit, ihre Hand aus seiner zu befreien. Sie legte den Stift mitten auf den Tisch und hielt den Atem an.

Er griff danach und drehte ihn in der Hand. Einen Moment herrschte angespanntes Schweigen, dann lächelte er. Selbst sein Lächeln wirkte mit dem Bartansatz seltsam gefährlich. „Den habe ich schon seit Langem gesucht. Ich danke dir, Sam.“

Sie spürte, dass sie weiß wie eine Wand wurde und ihn mit offenem Mund anstarrte. In ihrem Magen brodelte es, als er ihren Blick erwiderte.

„Liv, komm sofort da raus! Er ist schuldig“, meldete sich prompt Derricks eindringliche Stimme aus dem

Ohrstöpsel, den sie gekonnt hinter einer blonden Strähne verborgen hielt.

Sie wusste, sie sollte das Haus verlassen, und zwar so schnell wie möglich. Aber sie konnte nicht glauben, dass Derrick mit seinem Verdacht recht behalten sollte. Es musste ein Missverständnis vorliegen. Sie musste nachdenken.

„Kann ich kurz dein Badezimmer benutzen?"

In ihrem Ohr ertönten ein unschöner Fluch und hastig gemurmelte Warnungen und Bitten. Nichts davon nahm sie bewusst wahr.

„Natürlich. Du weißt ja, wo es ist", antwortete Daniel lächelnd und klappte den Aktenkoffer am Rande des Tischs zu. Das Klicken des Schlosses klang wie ein Kanonenschuss.

Sie erhob sich und verließ so anmutig wie möglich den Raum. Sie schaffte es, diese gekünstelte Ruhe beizubehalten, als sie das Foyer durchquerte. Erst als sie die Treppe zum Obergeschoss erklomm, wurden ihre Schritte immer schneller und passten sich bald schon ihrem rasenden Herzschlag an.

„Liv? Bist du auf dem Weg nach draußen?", ertönte abermals Derricks alarmierte Stimme in ihrem Ohr. Sie konnte nicht antworten. Sie hatte keinen Grund, das Haus zu verlassen! Sie hatte keinen Grund vor Daniel davonzulaufen!

Im Obergeschoss angekommen, zögerte sie kurz und ging nicht wie besprochen sofort ins Badezimmer. Die Tür links von ihr stand weit offen. Dahinter befand sich ein geschmackvoll eingerichtetes Schlafzimmer. Im Nachhinein konnte sie nicht mehr sagen, was sie dazu bewogen hatte, diesen Weg einzuschlagen. Der

Commissioner würde es den natürlichen Polizei-Instinkt nennen. Es war eine Art innerer Ruf, dem sie folgte.

Es war seltsam, ohne Daniels Wissen sein Schlafzimmer zu betreten und so in seine Privatsphäre einzudringen. Doch zu mehr Gedanken über die Etikette kam sie nicht, da sah sie das Bild. Es war genau das Gemälde, mit dem der Alptraum begonnen hatte. Ihr vermeintlich letzter großer Coup. Es lehnte lässig an der Wand neben dem Bett, als wäre es gut bedacht genau dort in Szene gesetzt worden. Und schlagartig wurde ihr klar, dass genau das passiert war. Sie war in seine Falle gelaufen. Wie hatte sie so dumm sein können? Die Erkenntnis war kaum zu ihr durchgedrungen, da hörte sie seine Schritte unten im Foyer. Langsam, bedächtig. Wie das Raubtier, das genau wusste, dass die Beute in der Falle saß. „Es ist hier. Im oberen Schlafzimmer", wisperte sie fassungslos ins Mikro.

„Komm sofort da raus!", herrschte Derrick sie an.

„Zu spät, er hat mir den Weg abgeschnitten. Er kommt die Treppe rauf. Ich höre seine Schritte." Die Panik schnürte ihr die Kehle zu.

„Bleib ganz ruhig, Liv. Wir kommen." Sie hörte, wie Derrick Befehle gab und Autotüren aufgerissen wurden. Aber es war zu spät. Daniel hatte das Obergeschoss bereits erreicht und Derrick war zwei Straßen zu weit von ihr entfernt, um rechtzeitig bei ihr sein zu können. Sie hatte auf diesen Abstand bestanden, um zu vermeiden, dass Daniel – den sie zu diesem Zeitpunkt noch für unschuldig gehalten hatte – etwas von der Überwachung mitbekam.

Panisch sah sie sich im Raum um und rannte zum Fenster. Ein Blick hinaus genügte, um ihr zu sagen, dass es viel zu hoch für einen Sprung war. Sie wandte sich um und griff in blinder Verzweiflung zu dem Brieföffner, den sie auf dem antiken Sekretär gegenüber dem Bett entdeckte, und schloss die Finger darum.

Eine Sekunde später erschien Daniel in der Tür. Auf seinem Gesicht lag ein seltsames Lächeln. „Weißt du, wie lange ich schon davon geträumt habe, dich in dieses Zimmer zu bekommen? Du hast es nie gemerkt, oder? Ich habe alles versucht. Komplimente, Flirts, ein paar Blicke, die Schulter zum Anlehnen. Nichts hat geholfen. Und ein dummes Bild von einem Mohnblumenfeld schafft es."

Sie schluckte ihre Fassungslosigkeit hinunter. „Ich verstehe das alles nicht, Daniel. Wir waren doch Freunde, oder? Was hast du mit dem Diebstahl des Bildes zu tun? Hast du die beiden Männer ermordet und mich zu Boden geschlagen? Bist du ..." Ihr stockte der Atem, sie brachte den Namen kaum über die Lippen. „Shadowman?"

Sein Grinsen verwandelte sein schönes Gesicht in die alptraumhafte Fratze eines Monsters. „Du bist nicht die einzige, die seit geraumer Zeit ein Doppelleben führt, Samantha. Oder sollte ich besser sagen: Liv? Das magst du doch hm? Während du dir deine Langeweile beim Stehlen vertrieben hast, habe ich mir eine Tätigkeit gesucht, meine Frustration aufgrund meiner unerwiderten Liebe zu dir loszuwerden."

Alles in ihr drehte sich. Das durfte nicht wahr sein. Es war nicht mehr als ein schrecklicher Traum, aus dem sie gleich erwachen würde. Aber das tat sie nicht. „Das ist Wahnsinn! Wir reden hier von Morden. Wie viele davon gehen wirklich auf deine Kappe?"

Er schüttelte lässig den Kopf als sprächen sie über das Wetter anstatt über Menschenleben. „Darum geht es doch jetzt gar nicht." Er nickte zu dem Bild hinüber. „Darum geht es."

Und ihr ging es darum, Zeit zu schinden. Es war ihre einzige Chance. Nur dass sie kaum mehr denken konnte hinter all dem Grauen, das sich ihr in diesem Zimmer offenbart hatte. „Was hättest du von dem Bild gehabt? Wolltest du es mir zum Geburtstag als Geschenk präsentieren?"

„Ein netter Gedanke." Das kalte Lächeln war zurück. „Ich wollte dich einfach aus der Sache herausboxen, Sam. Der strahlende Retter sein, wie man so sagt. Aber leider kam mir da ja ein anderer zuvor." Seine Züge verfinsterten sich, als er sich ihr näherte. Seine Stimme wurde zu einem gefährlichen Zischen. „Dein geliebter Cop hat mehr Glück als Verstand, sonst befände er sich jetzt bei den beiden Wachmännern aus der Nacht im Museum! Hast du wirklich gedacht, ich wusste nicht sofort, wo du den Stift gefunden hast? Für wie blöd hältst du mich eigentlich?"

Das Letzte schrie er und riss ihr mit einer einzigen Handbewegung die teure Bluse auf. Sofort trat die Verkabelung zum Vorschein, die er ebenfalls mit einem wütenden Schrei von ihr riss und zu Boden schleuderte, ehe er sie zwischen seinem Körper und der Wand gefangen hielt. „Was bist du jetzt? Ein kleines Polizistenflittchen?"

Sie starrte ihn an. Die Angst war der Wut und einem Gefühl kalter Resignation gewichen. Wenn sie sterben musste, wollte sie das wenigstens nicht unwissend tun. „Woher wusstest du von den Diebstählen?"

„Wir sind fast Nachbarn, Sam. Außerdem habe ich die armen Schweine vertreten, die für deine Späße als Sündenböcke herhalten mussten. Die ersten Male dachte ich mir nichts dabei. Aber irgendwann wurde es auffällig. Jedes Mal, wenn Robert auf Geschäftsreise war, wie er seine Dates nannte, flatterte bei mir Post herein. Jemand wurde zu Unrecht des Raubes bezichtigt. Ich begann, dich zu beobachten und siehe da – die liebe, brave Samantha Carstairs war gar nicht so brav."

Ekel stieg in ihr auf. Ekel vor ihm, vor sich selbst, vor ihrem ganzen Leben. Dennoch dachte sie rasend schnell nach. Sie wusste, er war in einer empfindlichen Emotion gefangen. Diese konnte sie sich zu Nutze machen. Das war ihre letzte Chance. Sie wusste, wie man spielt.

Sie legte den Kopf zur Seite und sah ihn verzweifelt an. „Warum hast du nicht einfach in all den Jahren etwas gesagt, Dan?"

Er seufzte frustriert. „Weil du Robert liebtest."

„Nein." Jetzt war sie ehrlich, was es ihr leichter machte. „Ich habe ihn nie geliebt. Es wäre ein Leichtes für dich gewesen, mich zu haben, Daniel. All die Jahre. Aber du hast nie etwas gesagt."

Sein Blick bohrte sich in den ihren. „Dann flieh mit mir. Ich habe das Geld und die Kontakte, damit wir ein neues Leben zusammen anfangen können."

Sie schluckte all ihren Hass hinunter und erwiderte mit weicher Stimme und einem Lächeln, das sie all ihre Kraft kostete: „Nichts lieber als das."

Sie erkannte an seinem Blick sofort, dass sie die falsche Antwort gegeben hatte. Dass sie viel zu schnell kapituliert hatte. Auf diese Weise führte man keinen Staranwalt hinters Licht.

„Und was ist mit deinem Cop?"

„Was denkst du, was das hier vor zwei Tagen war?", sagte sie und trat wieder einen Schritt näher.

„Du sagtest, du hättest es bereut", erwiderte er und durchbohrte sie mit Blicken.

„Ich wollte, dass du um mich kämpfst!", fuhr sie verzweifelt auf. Und diese Verzweiflung war echt, steckte doch all ihre Angst dahinter. Es war ihre letzte Chance. Sie hatte in den letzten Monaten so viele verschiedene Identitäten angenommen, dass es ihr ein Leichtes sein sollte, diese Rolle zu spielen. Doch sie bekam die Toten nicht aus dem Kopf. Die namenlosen Wächter des Museums. Valentina Neri. Und beinahe auch der Mann, den sie liebte. Aber wenn sie ihn wiedersehen wollte, musste sie genau jetzt überzeugend sein.

„Wir sind beide gleich, Dan. Ich bin eine Diebin. Denkst du, mich kümmert, was du getan hast?" Sie lachte hell, packte ihn mit beiden Händen am Kragen und zog sein Gesicht für einen Kuss zu sich hinab.

Es war eine nahezu unüberwindliche Hürde, sich ihm jetzt noch zu öffnen. Doch es funktionierte. Er ging sofort darauf ein und schlang die Arme um sie, machte sich wehrlos. Sie versuchte, ihre Gedanken davon zu lösen, wen sie küsste, und konzentrierte sich allein darauf, was zu tun war. Langsam wanderten ihre Hände von seinem Kragen in sein Haar, zausten es zärtlich und zogen ihn noch mehr in ihren Bann. Er sah es nicht kommen, als sie eine Hand über seine Schulter gleiten ließ, ehe sie mit aller Kraft den Brieföffner in seine Haut bohrte, den sie noch immer in der Hand hielt.

Er schrie auf. Das Überraschungsmoment war auf ihrer Seite, sodass sie sich aus seiner Umarmung lösen und ihn zu Boden stoßen konnte, ehe sie mit rasendem Herzen aus dem Zimmer stürmte. Knapp hinter sich hörte sie an der Wand eine Vase zerschellen. Seine wutentbrannten Schreie gingen ihr durch Mark und Bein. Ein zweites Mal würde sie ihm nicht entkommen. Atemlos rannte sie die Treppe zum Foyer hinunter. Sie hatte kaum die Hälfte der Stufen genommen, da traf etwas Hartes ihren Hinterkopf. Der Schmerz ließ sie zusammensacken. Sie stolperte, verpasste eine Stufe und fiel die Treppe hinunter. Als sie auf dem Marmor des Foyers aufschlug, spürte sie, wie ihr Arm brach und stöhnte. Sie konnte sich nicht aufrichten. Als sie den Kopf drehte, sah sie, dass ihr ohnehin keine Zeit blieb. Daniel kam die Treppe herunter, in einer Hand hielt er eine große Scherbe der teuren Vase, die seine Mutter ihm zum dreißigsten Geburtstag geschenkt hatte. Liv erinnerte sich genau an den Tag und den Moment, da er ihr bitter davon erzählt hatte. Sie hatte zu ihm gesagt, er solle sie dazu benutzen, sie in einem filmreifen Streit gegen eine Wand zu schleudern. Und er hatte auf sie gehört. Nun würde er sie mit einem Teil eben dieser Vase töten. Damit schloss sich der Kreis. Als er bei ihr angekommen war, kniete er sich herab. Zu ihrem Entsetzen sah sie Tränen über sein Gesicht rinnen; sah, dass ein Teil von ihm immer noch der Mann war, den sie von tiefstem Herzen mochte.

„Das hättest du nicht tun sollen, Sam. Wieso hast du alles kaputt gemacht? Wir hätten ein wunderbares Leben zusammen haben können." Sie schluckte, ihr Bewusstsein driftete immer wieder weg. Die Wunde an ihrem Kopf schmerzte höllisch. Er hatte sie schon einmal geschlagen. Und er hatte getötet. Er war kurz davor, es wieder zu tun. Das war nicht mehr der Mann, den sie geglaubt hatte zu kennen. Und sie war nicht mehr Samantha Carstairs. „Wir sind beide Monster, Dan. Wir können nicht anders, als uns gegenseitig zu zerfleischen."

Er nickte reuevoll, dann hob er die Hand mit der Scherbe hoch über sich. Sie schloss die Augen. Kein Gedanke war ihr geblieben, nur die letzten Sinne nach dem Leben ausgestreckt, das ihr wie Wasser durch die geöffneten Finger rann.

Ein ohrenbetäubender Knall ließ die Wände des Anwesens erzittern. Etwas Warmes spritzte in ihr Gesicht. Sie riss die Augen auf und erkannte, dass es Blut war. Daniels Blut, der neben ihr lag mit einem Loch in der Stirn.

Sie schluchzte auf. Verschwommen vernahm sie Stimmen und Rufe, dann wurde alles um sie herum schwarz.

# Kapitel 29

„Danke, das wäre dann alles." Derrick winkte zum Zeichen, dass die zwei Polizisten entlassen waren. Mit einigen Plastiktüten an Beweismaterial traten sie den Rückzug an. Weitere Männer folgten aus der Villa, diverse Beweisgegenstände, hauptsächlich Gemälde, aber auch andere Kunstgegenstände abtransportierend. Die Leute von der Spurensicherung trugen das gestohlene Gemälde mit weißen Handschuhen aus dem Türrahmen und verstauten es in einer großen Stahlbox.

Derrick lehnte sich an einen Baum gegenüber der Villa und beobachtete das Treiben. Auf einmal hörte er eine tiefe Stimme links neben sich. Er musste nicht hinschauen, um zu wissen, dass es Hernandez war.

„Wie geht es Ihnen jetzt?", fragte dieser und trat an ihn heran.

„Gut", erwiderte er geistesabwesend, den Blick weiter auf Daniels Anwesen gerichtet.

Der Commissioner seufzte.

„Sie haben das Richtige getan, Derrick. Es gab keine Alternative."

Er holte tief Luft und legte den Kopf in den Nacken. „Reden Sie davon, dass ich einen von New Yorks besten Anwälten erschossen habe? Oder davon, dass ich für diesen Fall das Leben von L... Miss Carstairs riskiert habe?"

„Beides", antwortete Hernandez und legte eine Hand auf Derricks Schulter. „Sie haben einen Mörder gefasst und

Miss Carstairs' Gefängnisstrafe abgewendet. Sie war kooperativ. Ich rate Ihnen, holen Sie sich einen guten Anwalt. Dann kann die Strafe sicherlich bis auf eine Bewährung gedrückt werden. Ich werde auch ein gutes Wort für sie einlegen. Und ich denke, mein Wort hat Gewicht." Und genau das war der Deal gewesen. Nur deshalb hatte Liv sich überhaupt auf dieses Experiment eingelassen. Sie wollte Freiheit. Die sollte sie nun bekommen.

Hernandez hielt einen Moment inne. „Die Ärzte sagen, sie wird morgen oder übermorgen aufwachen. Sicher dürfen Sie dann zu ihr."

Damit wandte sich der Commissioner ab und ging zu zwei Sanitätern hinüber, die den Toten auf einer Trage aus der Villa transportierten.

Sie wachte nicht auf, als er am nächsten Tag an ihrem Krankenbett saß. Die Ärzte sagten, sie wäre okay und hole lediglich Schlaf nach. Er solle ihr Zeit geben. Und nichts anderes hatte er vor. Sie sollte alle Zeit der Welt haben, sich zu erholen. Alle Zeit der Welt, um sich an den Gedanken zu gewöhnen, dass er sie liebte und weiter beschützen würde. Sie war frei. Sie könnte gehen. Auch das musste er akzeptieren. Doch er wusste, sie würde bleiben. Erst recht nachdem er ihr eröffnete, was der Commissioner ihm heute mitgeteilt hatte. Er lachte, wenn er daran dachte, was Liv für ein Gesicht machen würde, wenn sie den Vorschlag hörte. Ein letztes Mal sah er auf ihr erschöpftes Gesicht in den weichen Kissen hinab, beugte sich zu ihr hinunter und gab ihr einen Kuss. Sofort schienen sich ihre Züge etwas mehr zu entspannen. Er richtete sich auf und holte einen

zerknitterten Zettel sowie einen Kugelschreiber aus seiner
Jackentasche und schrieb.

Liv, ich habe dir diesen kleinen Zettel geschrieben, für den
Fall, dass du aufwachst, wenn ich gerade nicht da bin. Du
sollst wissen, dass ich dich liebe. Und bald zurück sein
werde, mit Blumen und einem ekelhaften
Krankenhauskaffee.

Er lächelte. Als er weiterschrieb, wurde das Grinsen in
seinem Gesicht breiter und veränderte seine von Jahren der
Einsamkeit und Kämpfe ausgemergelten Züge.
Wir sehen uns. Dein Partner.